달이 이끄는 이세계여행

이세계여행

아즈미 케이 3

목차

사부

숲 도깨비의 전투 부대
대장을 맡고 있다.
커다란 덩치에 걸맞은
완력을 지니고 있다.

에리스

사부의 제자 1호.
마법을 주특기로 사용하는
4차원 불가사의 소녀.

아쿠아

사부의 제자 2호.
활을 주특기로 사용하는
성실한 인상의 누님.

미오

원래 모습은 거대한 거미.
마코토와 계약해서
사람의 모습을 얻었다.
마코토에 대한 마음만큼은
누구에게도 지지 않는다.

토모에

본래 모습은 「신(蜃)」이라고
불리는 용.
마코토와 계약함으로써 사람의
모습을 얻었다. 일본 문화를
각별히 사랑하고 있다.

시키

원래 모습은 「리치」라고 불리는
언데드 몬스터.
마코토와 계약함으로써
사람의 모습이 되었다.
풍부한 마법의 지식을
지니고 있다.

미스미 마코토

본작의 주인공. 부모의 사정으로
이세계에 소환된 비운의 고등학생.
소환 시에 얻게 된 치트 능력 덕분에
엄청난 전투력을 자랑한다.

프롤로그

여기는 변경에 위치한 도시, 츠이게의 상인 길드다.

접수 누님이 내가 제출한 서류를 확인하고, 설명을 시작했다.

"예, 이걸로 등록은 완료되었습니다. 상회 명칭은 쿠즈노하 상회, 대표는 라이도우 님이시고 구성 직원은 토모에 님과 미오 님이시죠? 대표 분께서 상인 길드에 등록하셨기 때문에 다른 직원분들께서 길드에 따로 등록하실 필요는 없습니다. 또한, 등록하신 정보에 변경 사항이 발생할 경우엔 대표이신 라이도우 님께서 신속하게 상인 길드에 연락을 주십시오. 임시 고용 등의 비정규 직원을 증원하실 경우엔 신고는 필요 없습니다만, 정규 직원을 새로 고용하실 경우엔 신고가 필요합니다. 기타 신고가 필요한 사항이나 면허가 필요한 품목 등에 관해서는 이쪽의 책자를 확인하여 주십시오."

누님의 설명이 끝나고, 나는 방금 발행된 길드 카드를 받아 들었다. 이렇게 나, 미스미 마코토는 종자 두 사람과 함께 정식으로 자신의 상회를 개업하는데 성공했다. 아, 참고로 라이도우런 건 내 가명이야.

나는 방금 발행된 길드 카드를 들여다봤다. 표면이 파란색으로 도장된 금속제 카드다.

그리고 책자를 촤르륵 넘기면서 확인해봤다. 두껍지는 않지만,

페이지마다 글자가 빽빽이 들어차 있었다. 종이가 귀중하니까 가능한 한 적은 페이지 수로 많은 정보를 기록하려는 의도로 보인다. 좀 독자의 편의를 우선해줬으면 하는군.

어쨌건 상회를 개업하는 데까진 성공했지만, 그래도 아직 결정해야 하는 사안이 산더미 같이 쌓여있다. 일단은 사과나 복숭아 등의 과일류의 아공의 산물과 약 종류를 메인으로 판매할 생각이다. 하지만 그 이외에는 아직 막연했다.

그래서 누님이 등록을 진행하면서 상회의 특징과 방침에 대해 질문해왔지만, 아직 결정되지 않았으므로 정식으로 활동을 시작하게 되면 재차 인사를 드리러 오겠다고 적당히 얼버무릴 수밖에 없었다.

그녀의 설명에 따르면, 길드가 고객들에게 상회를 소개할 경우에 이러한 정보들을 보유하고 있는 편이 설명을 더 원활하게 진행할 수 있다고 한다. 따라서 보고할 수 있다면 보고하는 편이 유리하다는 것이다. 일리가 있는 말이었다.

그러한 것에 관해선, 나중에 이곳 츠이게에서 거상으로 활약하고 있는 렘브란트 씨와 상담해두면 좋을 것 같다.

쿠즈노하 상회로써 사업을 시작하려면, 우선 점포를 확보하고 싶다. 그리고 가게의 지명도를 쌓기 위해서는 츠이게에서 좀 더 얼굴을 팔고 다닐 필요가 있을 것이다.

영업 활동은 필수라고 치고…… 거래처에 배부하기 위한 명함을 만들어두는 것도 괜찮을 것 같다. 이쪽 세계에선 본 적 없지만 역시 편리한 물건이니까—.

……좋았어, 점포 개업을 위해 접수 누님에게 여러 가지 물어보자.

[너무 서두르는 것 같긴 합니다만, 점포 개점을 생각하고 있습니다. 여기서 개점 준비에 대해 여쭤볼 수 있을까요?]

나는 마법으로 허공에 말풍선을 띄워서 질문했다. 이렇게 번거로운 의사소통 방식을 사용하는 이유는, 제가 이 세계의 주요 언어인 공통어를 구사할 수 없기 때문이랍니다.

츠이게의 상인 길드엔 이미 여러 차례 방문한 적이 있기 때문에 누님은 내 말풍선을 보고도 놀라지 않는다. 그녀는 부드럽게 미소를 지으며 설명해줬다.

"예, 저희가 여러 가지로 설명을 드릴 수 있답니다. 가게를 개점하실 생각이라면, 우선 토지가 필요할 겁니다. 일단 후보지에 관해서라면, 지금부터 조사를 시작해서 내일쯤엔 몇 군데 안내드릴 수 있을 것 같습니다. 그렇게 진행할까요?"

오옷! 그렇게 빨리 대응해준다고?! 이건 생각해 볼 것도 없겠군.

[예, 부탁드립니다.]

누님은 말풍선에 적힌 나의 의사를 확인한 다음, 설명을 계속했다.

"잘 알겠습니다. 후보지 선정에 관해서 따로 희망 사항이 있으시다면 지금 접수하겠습니다. 혹시 특별한 조건이라도 있으신가요?"

[아닙니다. 『세계의 끝』에서 츠이게에 도착한지 얼마 지나지 않은 관계로 이 도시에 관해선 아는 게 별로 없어서……. 그러니 일단, 장사하는데 적합해 보이는 장소를 몇 군데만 알아봐주실 수 있나요?]

나는 츠이게를 구석구석 돌아다닌 건 아니라서, 솔직히 어디가 어떻게 좋은지 그런 건 전혀 알 수가 없었다. 이런 경우엔 전문가에게 맡기는 편이 나을 것이다.

"알겠습니다. 특별한 희망 사항이 없으시다면, 금일 중에 몇 군데 정도는 안내해 드릴 수 있을 수도 있습니다."

누님은 그렇게 말하며 미소를 지어 보였다.

응, 토지 관련은 순조롭게 진행시킬 수 있을 것 같다. 그렇다면 남은 건 그 이외의 주의 사항에 관련된 이야기겠지.

[정말 감사합니다. 토지 이외에 개점할 때 고려해야 하는 주의 사항을 가르쳐주실 수 있을까요?]

"기본적인 사항은 방금 전해드린 책자에 기재되어 있으므로 확인해보시면……. 아, 『세계의 끝』에서 츠이게로 오신지 얼마 지나지 않았다면, 이 말씀은 드리는 편이 좋을지도 모르겠네요."

응? 뭔가 의미심장한 대사로군. 신경 쓰이네.

[예, 말씀해주세요.]

"예, 이 츠이게라는 도시는 아이온 왕국이라고 불리는 국가에 소속된 곳입니다. 따라서 제1호점을 츠이게에서 개장하실 경우, 그 상회는 아이온 왕국 소속으로 등록됩니다."

아이온 왕국? 처음 듣는 이름이다. 대체 어떤 나라지?

나는 누님의 설명을 가로막고 질문했다.

[아이온 왕국은 대체 어떤 국가지요?]

누님은 나의 너무나 직설적인 질문을 듣고 조금 곤혹스러운 표정을 지었다.

"아— 그러니까…… 그냥 평범한 왕정 국가거든요? ……다만,

상인 여러분이나 저희들 상인 길드의 입장에서 보자면 조금 성가신 점이 있다고 해야 할까요……."

누님이 말꼬리를 흐렸다. 하지만 그냥 넘어갈 만한 화제가 아니기 때문에 더욱 따지고 들어갈 수밖에 없었다.

[그 성가신 점이란 건 뭐죠?]

누님은 말을 꺼내기 어려운 눈치였지만, 결심을 한 듯이 입을 열었다.

"……지금 드리는 말씀을, 우리끼리의 비밀로 해주실 수 있나요?"

누님은 그렇게 말하면서 목소리의 음량을 낮춘 후, 나에게 얼굴을 가까이 들이밀었다. 이 세계의 주민인 만큼, 당연히 그녀도 엄청난 미인이다. 당연히 그런 미녀와 얼굴이 가까워지면 나는 긴장할 수밖에 없다. 이거 슬슬 익숙해지지 않으면 곤란하겠는걸.

"……아이온 왕국은 첩보 활동에 상당히 적극적인 국가로 알려져 있습니다. 물론 외국에 스파이를 파견한다는 건 당연한 이야기입니다만, 아이온 왕국의 경우엔 그 스파이의 수를 더욱 늘리기 위해 각국을 왕래하는 상인들에게 첩보 활동의 협조를 요구하는 일이 많습니다."

듣고 보니 굉장한 얘기로군……. 하지만 어떻게 쓸 만한 상인을 골라내는 거지? 설마 상인 길드 등록을 한 시점에 정보가 전달되는 건 아니겠지?

[첩보 활동에 협력할 것을 강요한다고 하셨는데, 그들은 어떻게 상인들의 동향을 파악하고 있는 거지요? 혹시 길드에 등록하자마자 왕국으로 정보가 전달되는 구조인가요?]

누님이 내 질문에 속삭이는 목소리로 대답했다. 옆에서 보기엔 이 대화도 상당히 수상하게 보이겠군.

"아니요. 등록 정보는 다양한 국가들에 설립된 모든 상인 길드들끼리만 공유하는 정보입니다. 등록했다고 해서 아이온 왕국이 관리하게 되는 것은 아닙니다. 상인 중에는 점포를 가지지 않고 각국을 자유롭게 왕래하는 여행상인과 같은 형태도 존재하니까요……. 문제는 점포를 개장할 경우랍니다―."

누님의 목소리가 더욱 작아졌다. 나는 무심코 카운터 쪽으로 몸을 들이밀었다.

"―가게를 개장하실 때는 토지에 대한 권리문제가 발생하므로, 당연히 왕국의 허가가 필요합니다. 왕국은 토지에 대한 허가를 내리는 대신에, 상회와 관련된 정보를 입수할 수 있습니다. 그 과정에서 입수한 정보를 통해 상회의 규모나 자금력, 성장 상황 등을 확인하게 됩니다. 이후에 외국에 지점을 내려고 하면 그 상회로 첩보 활동에 협력하라는 권고가 전달됩니다."

그렇군. ……대체 아이온 왕국은 얼마나 스파이 활동에 열심인 거야?

[알겠습니다. 지금 말씀을 들어보면, 츠이게는 첫 점포 개점에 그다지 적합하지 않은 곳이라는 느낌이 드는군요.]

"예. 1호점을 개점하는 상회의 경우, 다른 나라의 간첩일 가능성이 적기 때문에 왕국 입장에선 특히 안성맞춤일 겁니다. 점포를 개점한 적이 없다는 것은, 다른 나라의 지원을 받고 있을 가능성이 적다는 의미이기도 하니까요……. 참고로 어느 나라에서 개업하셔도, 토지를 구입하면서 점포를 개점할 경우엔 상회의 상세한 정보가 국가기관의 손으로 넘어가는 건 공통적인 사항입니다."

어? 다른 나라의 간첩일 가능성이 적다는 건, 이 세계에선 어느 나라에서 점포를 개점하던지 스파이 활동을 강요당할 가능성이 있다는 얘긴가?!

[어느 나라에서 점포를 개장하던지 간첩 활동을 강요당할 우려가 있다는 건가요?]

누님이 내 질문에 곤혹스러운 표정으로 대답했다.

"다른 나라들이 얼마나 첩보 활동에 적극적인지는 잘 모르겠습니다만, 이러한 활동은 대부분의 나라들이 하고 있지 않을까요……? 하지만 아이온이 특별히 정보 수집에 중점을 두고 있는 나라라는 것은 확실합니다. 각 상인 길드가 접수하고 있는, 스파이에 대한 상담 건수가 다른 나라와 비교해서 눈에 띄게 많은 편이니까요."

도대체가, 왜 상인이 다른 나라에 가서 장사하는데 첩보 임무까지 겸임해야 하는 거지?

절대 사절이다.

아이온 왕국에 산다고 해서 당연하게 애국심이 있을 거라고 생각하진 마. 현대인을 우습게 보지 말라고.

[그렇군요……. 참고로 그 요청을 거절할 경우엔 불이익 같은 게 있을까요?]

당연히 있을 거라고 생각했지만 일단 페널티에 관해 물어봤다.

"거절 자체가 불가능하진 않겠지만, 향후 아이온 국내에서 전개하는 사업 활동에 있어서 두드러지게 불이익을 당할 가능성이 있 겠지요…….”

누님이 힘없이 대답했다. 그런 포기한 표정을 짓지 말아달라고. 보다 자유로운 경제 활동을 위해 단호한 자세로 싸워 달라고요. 상인 길드님들.

겨우 도착해서 한숨 돌린 장소가 스파이 행위에 열을 올리는 나 라의 도시라니. 시련이 끊이질 않는다. 솔직히 말해서 이 이상 성 가신 일에 말려드는 사태는 사양하고 싶다.

우리는 잠시 동안 할 말을 잃었다. 누님이 내 모습을 보고 상당 히 충격을 받은 것으로 판단했는지, 부드럽게 말을 걸어왔다.

“하지만 일종의 편법 같은 수단은 존재한답니다. 상당히 어려울 지도 모르겠습니다만, 다른 상회가 보유한 점포의 일부를 빌리는 형태를 취하실 경우엔 왕국에 대한 신청 없이 사업을 시작하실 수 있어요.”

……그렇다면 렘브란트 씨에게 부탁하면 해결할 수 있을지도 모 르겠군.

[좋은 정보를 주셔서 감사합니다. 검토해보지요. ……방금 하셨 던 말씀을 생각해 보면, 어느 나라에서 등록한다고 해도 첩보 활 동에 이용당할 가능성이 있는 것 같네요. 그런 정치적 간섭과 인 연이 없는 장소는 정말로 없을까요? 저는 순수하게 상인으로서 여 러 나라에 가게를 열고 싶을 뿐입니다.]

누님이 내 질문을 듣고 잠시 생각에 잠겼다. 그녀는 짚이는 곳이 있었는지, 잠시 후 입을 열었다.

"어느 나라에도 속하지 않은 도시가 있긴 합니다. 그 도시라면 라이도우 님께서 희망하시는 형태의 사업이 가능할지도 모릅니다."

호오! 모든 나라에 지점을 설치하고, 이 세계의 어디에 있다고 해도 신속하게 상품을 공급할 수 있는 글로벌 상회! 그 이상향을 이룰 수 있는 장소가 정말로 있다는 거야?

바로 가르쳐 달라고 해야지!

[정말인가요? 부디 그 장소를 가르쳐 주시지요!]

누님이 말풍선을 보고 미소를 지으며 대답했다.

"……라이도우 님께선 정말로 특이한 사고방식을 지니고 계신 분인 것 같군요. 뭐, 틀림없이 여러 나라에 지점을 연다는 것……. 상인 길드의 이념을 생각해보면 대단히 이상적인 형태라고 할 수는 있지요."

누님은 어디까지나 가능성이 있다는 것뿐이지 실제로 아무런 간섭이 없을지는 장담할 수 없다고 덧붙이고 나서, 그 도시의 명칭을 입에 담았다.

"학원 도시, 롯츠갈드입니다."

"도련님, 오래 기다리셨습니다."

"도련님, 너무 늦어서 죄송합니다."

나는 여러 가지 유익한 이야기를 듣고 기분이 풀린 상태로 상인 길드에서 나온 후, 토모에, 미오와 합류했다. 두 사람은 내가 상인 길드에 들어가기 전에 아공에서 츠이게로 와 있으라는 전달을 받았을 것이다. 그녀들은 늦게 도착한 사실에 대해 사과했지만, 베스트 타이밍이었다.

나는 종자 두 사람과 합류한 후, 점심을 간단하게 해결하고 토아 일행에게 연락했다. 그녀들은 츠이게를 거점으로 열심히 퀘스트를 수행하고 있는 중이다. 우리가 요전에 달성한 퀘스트에 대한 보수의 수취와 보고를 위해 모험자 길드로 향하겠다고 전하자, 아무런 예정도 없었는지 「서둘러 가겠습니다!」라는 대답이 곧바로 돌아왔다.

토아는 「세계의 끝」에 위치했던, 지금은 사라지고 없는 베이스 「절야(絶野)」에서 만난 모험자다. 우리는 그녀와 그 여동생인 리논, 그리고 그녀의 현재 파티 멤버들과 함께 이 츠이게까지 당도한 것이다.

이전에 츠이게에서 거상으로 유명한 렘브란트 씨의 가족을 저주병이라고 불리는 병에서 구했을 때, 우여곡절 끝에 이 도시에서 가장 강하다는 모험자를 묵사발 냈던 적이 있다.

그 사실이 들통 나서 길드로부터 클레임이라도 들어오지 않을까 내심 조마조마했는데, 딱히 문제는 없었던 것 같다.

참고로 렘브란트 일가를 구하게 된 계기는 모험자 길드에 붙어 있던 퀘스트 의뢰서였다. 저주병의 술법을 시전한 술사를 찾아달라는 종류의 의뢰가 아니라 그 치료에 필요한 소재를 제공해달라는 의뢰였다. 그때 렘브란트 씨가 했던 말로 봤을 때, 술사는 이미 자신들이 직접 찾아내서 처리까지 끝낸 것 같다…….

대충 그런 식으로 보통 뒤숭숭한 의뢰가 아니었기 때문에, 결과를 보고할 때 길드 쪽에서 뭔가 태클을 걸지도 모른다고 생각했다. 하지만 길드에서는 딱히 별말 없었다.

모험자 길드 정도면 상당한 정보망을 갖추고 있을 것이고, 그렇다면 모를 리는 없을 텐데?

확실히 편리하기는 해도 비밀이 많은 조직이라 불안하다. 귀찮아서 읽어 보지도 않았던 모험자 입문 책자라도 대강 훑어볼까? 모험자 길드에 대해서 조금은 알아낼 수 있을지도 모르니까―.

우리가 혼쭐을 내준 츠이게의 톱 랭커였던 라임=라떼라는 사내는 딱 봐도 평범한 깡패나 건달 같은 분위기였지만, 사건 이후에 길드에 매달리거나 동업자나 졸개들에게 이상한 소문을 퍼뜨리고 다니거나 그러진 않았던 것 같다. 생각보다 정신이 제대로 박힌 사람이었나? 생각해보면 그 이후로 만나본 적도 없다.

그래서 딱히 모험자 길드에 들어가기 불편한 분위기도 아니었기 때문에, 무사히 접수 카운터까지 도착할 수 있었다.

그리고 우리는 길드에 이미 전달되어 있었던 파격(의뢰 내용을 고려하면 사실 그렇게 파격적인 금액도 아니었던 것 같지만)적인 액수의 보수를 받았다.

그리고 나 이외의 여러분들께서 두근두근 울렁울렁 기다리고 기다리던 메인이벤트가 찾아온 것이다.

보수를 전달받는 단계에서도 조금 주목을 모으고 있었지만, 이 이벤트가 시작되면 곧바로 머나먼 과거의 역사처럼 묻혀버릴 것 같다는 예감이 듭니다.

그렇다, 토모에와 미오의 모험자 등록 시간이다.

이 두 사람은 나의 종자로, 겉보기엔 평범한 휴만으로 보인다. 하지만 토모에의 정체는 「세계의 끝」에 잠들어있던 상위 용 「신(蜃)」이며, 미오는 사람들로부터 「재앙」이라고 불리며 공포와 기피의 대상으로 군림하던 거대 거미였다. 말하자면, 두 사람 다 **원래** 모습은 괴물이었다. 그건 바로 이 두 사람이 일반적인 휴만들과 비교조차 할 수 없는 강대한 힘을 지니고 있다는 뜻이고…… 소란이 벌어지리라는 것은 틀림없다. 뭐, 별 수 없나?

두 사람이 등록하기 전에 우선 내 레벨을 확인해달라고 했다. 하지만 역시 레벨은 1 그대로였다. 전투 같은 것도 꽤나 자주 경험했는데 말이지. 이쯤 되면 이 현상은, 나를 이세계로 끌어들인 그 망할 여신의 저주가 틀림없다.

토모에가 미오보다 먼저 등록하기를 희망하면서, 한바탕 말썽이 벌어질 것 같은 분위기를 조성했다. 하지만 나는 아무래도 좋았기 때문에, 우선 토모에부터 시작하라고 허락했다.

지금 길드 내부에 사람은 그다지 많지 않았지만, 아마 그녀들은 며칠만 지나면 토를 달 여지가 없을 정도로 완벽한 유명인의 자리에 등극할 것이다.

토모에는 갑자기 레벨 1600까지 측정할 수 있는 종이를 요구해서 길드 직원으로 하여금 넋을 잃게 했다. 당연히 주위에선 웅성거리기 시작한다. 뭐, 이 정도는 당연한 반응이겠지~.

예전에 「절야」의 모험자 길드에서 측정했을 때는 1320이었다. 역시 이 정도의 고레벨에서 그렇게 레벨이 쉽게 쑥쑥 오를 리는 없으니 아마 그대로일 것이다.

"토모에 님, 레벨…… 1340입니다."

"'뭐라고오오오오오오?!'"

토모에와 나의 경악스런 목소리가 하모니를 일으켰다.

토모에뿐만 아니라, 나까지 무심코 고함을 지르고 말았다. 목소리를 낼 생각이 없었는데 자동으로 나오더군.

토아 일행이 내 목소리를 듣고 깜짝 놀랐다. 아, 그렇지. 나는 그녀들 앞에선 필담으로 의사소통을 하는 사람으로 통하고 있었다.

그건 그렇고, 왜 레벨이 20이나 오른 거야? 거기다 왜 그 레벨을 듣고 불만스러운 표정을 짓고 있냐?

설마 이 녀석, 개별 행동 중에 남몰래 사냥으로 날을 지새우고 있었던 건가……? 무사 수행이라는 건 너하고 따로 행동하기 위해 둘러댄 구실에 지나지 않았거든? 진심으로 수행을 쌓고 있었던 거야?!

주변의 술렁임이 장난 아니다. 순식간에 우리를 중심으로 사람들이 모여들면서 시장 바닥 같은 양상을 보이기 시작했다.

"그, 그, 그럴 리가 없어! 그렇게나 마구 베고 다녔다고! 1500은 넘지 않았나?!"

"아니, 그, 저, 그만 좀 잡고 흔드세요—!"

누님의 몸이 앞뒤로 마구 흔들렸다. 토모에가 1500이라는 구체적인 숫자를 입에 담은 이유는……. 아, 그렇군. 미오 때문이다. 이전에 측정했을 때, 미오의 레벨은 정확히 1500이었다.

[토모에, 그만해.]

"헉! 그만 넋을 잃고……. 도련님, 면목이 없습니다."

우아, 누님 얼굴이 새파랗다. 내가 제지하는 타이밍이 조금만 늦었어도 목숨을 부지하지 못 했을지도 모르겠군. 그녀의 심정은 이해가 가고도 남는다.

[미오, 잽싸게 끝내고 와.]

"예에—♪"

"으그그그그그극……!"

미오는 토모에의 결과를 듣고 안심했는지, 내 말에 기분 좋게 대답하는 동시에 토모에를 곁눈질로 한번 흘겨보면서 지나갔다. 토모에, 아무리 주먹을 부들부들 떨고 있어도 결과는 변함없잖아?

미오가 1600의 측정 용지를 잡아들자 종이는 눈 깜짝할 사이에 새빨갛게 물들었다.

"미, 미오 님. 레벨 1500입, 니다. ……하으."

누님은 미오의 레벨을 선언하자마자 졸도했다. 가엾어라. 사실 그녀는 잘 버틴 편이다.

아무리 미오라도 레벨은 오르지 않은 것 같다. 아니 그런데 황야에서 그렇게 많이 싸웠는데도 1레벨도 오르지 않았다고? 그럼 토모에는 대체 무슨 짓을 해서 20이나 올린 거야……?

혹시 황야의 한편에 시체로 이루어진 산이라도 생긴 건 아니겠지? 지금부터라도 소재를 채집하러 가야하나? 아니야, 이미 다른 마물들의 위장 속으로 들어가서 소화까지 됐을 거다.

하지만 이빨이나 뼈 정도는 남아있을지도 몰라. 만약 그렇다면 나중에 토모에에게 장소를 실토하게 해서, 리자드맨이나 오크 일족에게 회수를 부탁하도록 할까? 내가 직접 갈 필요는 없겠지? 토모에가 만들어낸 참상을 직접 목격하게 되면 제정신이 깎여나갈 것 같기 때문에 그런 건 아니라고요?

기절한 누님 대신에 다른 직원이 레벨 측정 이후의 업무를 대행해준 덕분에 등록은 무사히 완료되었다.

이렇게 도합 두 번째에 해당되는 최강 레벨 모험자의 탄생 이벤트가 일어난 거랍니다.

토아 일행은 발 빠르게 방금 발행된 토모에와 미오의 길드 카드에 자신들의 연락처를 등록했다. 그녀들은 주위로부터 쏟아지는 선망의 시선을 한껏 받으면서 기쁜 표정을 짓고 있었다.

MMORPG 같은 게임을 할 때 초강력한 유명 플레이어와 프렌드 등록을 하는 것 같은 기분일까?

……아니지. 그녀들은 실제로 목숨을 걸고 있으니 프렌드 같은 가벼운 관계가 아니라 굵은 생명줄이라도 잡고 있는 느낌에 가까울지도 모른다.

"그러고 보니 도련님? 상회의 정규 직원인 저희들은 상인 길드에 등록하지 않아도 되나요?"

미오의 질문이다. 구성원 전원이 길드에 소속될 필요는 없다고 들었으니, 당장은 딱히 필요 없을걸?

[앞으로 등록해야 하는 일이 생길지도 모르지만, 당분간은 괜찮을 거야. 일단 나만 등록해두면 문제는 없다고 들었어.]

토아 일행은, 그런 우리의 대화를 듣고 더욱 놀란 표정을 지었다.

"라, 라이도우 씨? 혹시 상인 길드의 「재발행」 시험에 합격하신 거예요?"

아, 그랬었지. 그녀들과 함께 했던 여행길에서 상인 길드에 대한 화제가 나왔을 때, 나는 토아 일행에게는 길드 카드를 잃어버렸다고 설명했었다. 지금 토아의 말을 듣고 기억이 났다. 까딱하면 말실수를 할 뻔했군.

사실 재발행 시험은 본 적 없지만, 일단 여기선 그녀의 대사에 편승하는 편이 나을 것 같다.

[예. 다시 한 번 시험을 보고 어제 취득했습니다. 이게 새로운 카드랍니다.]

나는 그렇게 말하면서 상인 길드의 카드를 보여줬다.

"호오오오, 그 어려운 시험을 돌파하셨다고요! 정말 여전히 어처구니없을 정도로 초인적인 모습을 보여주시는 군요!"

신관 전사인 드워프 여성이 나를 바라보는 시선은 명백히 변태를 보는 그것이었다.

[이 도시를 거점으로 삼아서 사업을 시작할 계획이니, 부디 단골로 이용해 주시길 바랍니다.]

"가능한 한, 이용하도록 할게."

"과자도 팔 거야~?"

엘프 여성은 왠지 모르겠지만 비장한 표정으로 고개를 강하게 끄덕였다. 리논은 아무튼 굉장히 어린 아이다운 귀여운 의견을 입에 담았다. 리논에게는 미안하지만 과자와 같은 가공품이나 일상용품, 잡화 종류는 일단 보류할 생각이다. 과일 등을 비롯한 아공의 생산품이나 약품을 중심으로 사업을 시작할 것이다. 드워프들의 대장장이 실력도 활용할 수 있다면 좋겠지만, 이쪽도 일단 나중으로 미룰 생각이다. 괴팍한 장인 정신 때문에 그 외진 곳까지

틀어박힐 정도니 억지로 불특정 다수를 대상으로 팔아먹기 위한 병장기를 만들라고 하면 반감을 살 것 같아서 무섭다고. 그들의 반감을 사면서까지 무기를 취급하고 싶은 건 아니니까 그다지 서두를 필요 없었다.

"저기, 라이도우 씨? 미오 님과 토모에 님은, 지금 바로 점포를 개점하기 위한 준비에 들어가시나요?"

토아가 말을 걸어왔다. 왜 그런 걸 물어보는 거지?

……아, 혹시 상회가 점포를 열 때까지 의뢰를 받거나 일시적으로 파티를 조직해서 모험자로서의 활동을 시킬 생각이 있냐고 묻고 있는 건가? ……점포를 개설하기 위해 해야 하는 일이 산더미처럼 쌓여있거든. 당분간은 모험자 랭크를 올리는 것보단, 이쪽에 관한 심부름을 시키는 일이 많을 것 같아.

[그렇군요. 두 사람에게는 상회의 멤버로서 점포를 개설할 장소의 탐방이나 츠이게의 동업자 분들을 대상으로 한 영업 활동 등 가게를 개점할 때까지 시켜야 하는 일이 너무 많은지라.]

우선 그녀들이 맡아야 할 임무는, 아까 상인 길드에 부탁해서 알아보고 있는 점포 후보지를 확인하는 일이다. 그리고 츠이게에서의 정보 수집을 겸한 영업 활동도 사람이 많은 편이 일을 순조롭게 진행시킬 수 있을 것이다. 렘브라트 씨에게 부탁해서 점포의 일부를 빌리는 것도 하나의 방법이라고 할 수 있겠지만, 그래도 언젠가는 내 가게를 가지고 싶다. 그렇다면 토지만이라도 확보해두는 편이 낫겠지.

"예에?! 이, 이 두 분한테 부동산 탐방하고 영업을 시키신다고요?!"

[예. 모험자 레벨이 몇이 됐건 간에 결국 제 종자니까요. 이제 겨우 신장개업하는 자그마한 상회의 말단 사원이니 당연한 거 아닙니까?]

"아, 아니 저기요, 라이도우 씨! 그보다도 모험자 길드의 의뢰를 해결하시면서 두 분의 지명도부터 올리시는 편이 틀림없이……!"

좋은 선전이 될 거라고요! 어쩌고저쩌고. 토아가 하고 싶은 말은 대충 알 것도 같다.

이 반응을 보면, 토모에나 미오를 자신들의 파티에 참가시켜 달라고 부탁할 생각이었나?

그야, 언젠가는 모험자의 상식을 익히도록 동행시킬 계획이긴 합니다. 하지만 그런 일은 꽤 나중에 시작해도 될 거라고 생각해.

[아하하, 모험자로서의 지명도 같은 건 지금은 딱히 필요 없답니다. 일단 당분간은 모험자로 활동하게 할 생각은 전혀 없어요.]

길드 내부 여기저기에서 「그럴 수가!」라던가 「말도 안 돼!」 같은 소리가 울려 퍼졌다. 점차 나에 대한 욕설까지 들려오기 시작했다.

그러나 그런 소란은, 토모에와 미오가 조금 언짢은 표정을 짓자 금세 잦아들었다.

나는 주위를 향해 말없이 압력을 발산하고 있는 두 사람에게 말을 걸었다.

[자, 가자. 준비해두고 싶은 것도, 해두고 싶은 일도 산더미처럼 쌓여있다고. 너희들도 이제 바빠질 거야.]

"명을 받들겠습니다!"

"예♪"

"오빠, 즐거워 보여~!"

아, 모처럼 리논과 만날 수 있었으니 하나 부탁을 해둘까?

[그러고 보니 리논. 네 그림 실력을 높이 사서 부탁하고 싶은 일이 있는데.]

"내 그림? 알았어, 오빠의 부탁이라면 들어줄게!"

좋아, 이걸로 내가 이 세계에서 시작하려고 한 계획을 추진할 수 있게 됐다.

기다리고 있으라고, 이세계 사람들! 이제 곧 쿠즈노하 상회에서 나온 약으로 당신들에게 건강한 생활을 선사할 테니까 말이야!

아, 그렇지! 상회 로고도 고안해야지!

리논이 말대로— 저는 지금, 즐겁습니다!

1

"흠, 학원 도시라. 그리고 「만물상(萬物商)」이라고 했나?"

모험자 길드에서 숙소로 돌아와서 오늘 있었던 일들을 떠올리고 있다 보니, 상인 길드에서 가르쳐준 도시의 이름이 무심코 입 밖으로 튀어나왔다. 만물상이라는 건 내가 쿠즈노하 상회의 사업 형태로 신청하려고 생각하고 있는 업종이다.

"도련님, 학원 도시라는 건 대체 무슨 말씀이신지요?"

토모에가 내 혼잣말에 반응했다.

"응, 상인 길드에서 가르쳐준 도시의 이름이야. 쿠즈노하 상회 제1호점을 이대로 츠이게에서 개업하게 되면, 첩보 업무에 적극적인 아이온 왕국 소속이 된다고 해서 조금 고민 중이거든."

"그렇군요. 확실히 이곳은, 자치적인 성격이 강하다고 해도 아이온 왕국령의 도시니까요. 다른 나라들의 동향을 캐고 다니는데 집착하는 것은 옛날과 마찬가지인 모양이군요."

여기가 어느 나라의 영토인지 알고 있었던 거야? 아주 당연한 것처럼 아이온 왕국령이라는 단어를 입에 담고 있구먼.

이봐, 토모에? 그런 지리 정보 같은 걸 알고 있었다면 좀 더 빨리 가르쳐줄래?

"응. 그러니 여기서 가게를 개업한 상인은 억지로 그 활동에 협력해야 할지도 모른다고 하더라고. 그런 사태는 피하고 싶으니까, 당분간은 어딘가의 점포를 일부만 빌려서 영업하다가 기회를 봐서 학원 도시로 가볼 생각이야."

"흠……. 그래서 그 학원 도시라는 곳은 어떤 도시인지 알고 계십니까?"

토모에가 물어왔다.

"네가 알지 못한다면 아마 비교적 새로 생긴 도시가 아닐까? 어느 나라에도 속하지 않은 특수한 중립 도시라고 하더라고. 그러니까 그곳에서 개업하게 되면, 어쩌면 간첩 활동 같은 짓거리에 협력하지 않고도 여러 나라에서 사업을 전개할 수 있을 지도 몰라. 대충 그렇게 들었어. 나도 상인 길드에서 전해들은 것뿐이니 알고 있는 건 이 정도야."

상인 길드의 접수 누님에 따르면, 아무래도 스파이 활동은 꼭 아이온 왕국에 한정된 이야기가 아닌 것 같았다. 하지만 토모에가 방금 보인 반응을 보면, 이 아이온 왕국은 확실히 유별날 정도로 유서 깊은 첩보 국가라는 느낌이다. 아주 절망적이네요. 츠이게가 변경에 위치한 도시이기 때문인지, 겉으로 그런 분위기를 풍기진 않는 만큼 충격은 더욱 컸다.

"잠시 한 눈을 판 사이에 세상도 많이 변한 것 같더군요. 당장 세계 지도에 표시된 세력 분포도 크게 변했고요."

토모에의 정보가 언제 적 정보인가에도 달렸지만, 그 여신이 말하기로는 마족들하고 무슨 정령인지가 멋대로 일을 벌여서 휴만이 위기인지 뭔지에 처했다고 했으니 이 정도의 변화 정도야 그다지 대단한 일도 아닐 것이다.

세계 지도……라. 종이가 귀중한 세계니까 지도의 가치도 상당히 높은 편일 것 같은데, 가능하면 입수해두고 싶군. 분명히 존재할 터인 아름다운 명승지 같은 곳도 돌아다니고 싶고 말이야. 민둥산이나 황무지나 무지막지한 화산 같은 건 지겹게 봤지만, 나는 이 세계에 온 이후로 아름다운 바다나 산처럼 경치가 아름다운 장소와는 아직 인연이 없었다.

황야는 어딜 돌아봐도 적갈색이었고, 아공은 그리운 지구의 분위기를 풍기는 곳이니―.

온갖 자연으로 넘실대는 판타지 세계의 랜드 마크! 꼭 경험해봐야 되지 않겠어?

"그런데 도련님, 내일 일에 관해서입니다만……."

"그래. 내일은 상인 길드에 가서 그들이 뽑아온 후보지를 검토하고 와줄래? 네 생각에 여기다 싶은 장소가 있으면 아예 정해버리고 와도 돼. 다만 아까 했던 얘기로 돌아가지만, 소속 국가에 관해선 해결해야 할 일이 남아있으니 점포에 대해 논의하고 올 필요는 없어. 아무래도 건물을 짓는 단계까지 가버리면 나라에 여러 가지 정보가 넘어가는 모양이니까, 만약 사용 목적을 묻거든 적당히 얼버무리라고."

"알겠습니다. 하지만 정말로 토지만 구입하는 형태로 추진해도 되겠습니까?"

"응, 일단 지금은 말이지. 츠이게는 성곽으로 둘러싸여 있으니까 토지에 한계가 있잖아? 괜찮은 토지가 언제까지 남아있을지 알 수 없다고. 언젠가는 츠이게에도 가게를 열고 싶으니까 우선 구입이라도 해두자는 거야. 당장 어떻게 할지에 관해선 내일 내가 렘브란트 상회로 가서 상담해보려고 해. 하지만……."

"무슨 고민이라도 있으십니까?"

토모에는 완전히 회의 모드로 들어가서 시시덕거리지 않고 진지하게 내 말을 경청하고 있었다. 이런 사고방식의 전환이 능숙한 토모에는, 역시 장사에 적합한 성격이라는 생각이 든다.

겉보기엔 일본도를 허리춤에 차고 다니지 않는 미오 쪽이 훨씬 장사에 적합해 보이긴 하지만 사실은 반대였다.

"응. 사업 형태도 등록해야 되니까—."

"아까 말씀하셨던 만물상으로 등록하시면 되지 않겠습니까?"

"어, 음. 일단은 그렇지. 그야말로 고민하고 있던 참에 너무 딱

들어맞는 게 아닌가 싶을 정도로 적합하긴 한데."

"약품만 취급하시면 여러 가지로 운신의 폭이 좁을 테니, 타당한 판단으로 사료됩니다."

"하지만, 만물상이라는 명칭에서 악의가 느껴진다고."

만물상―. 그 명칭이 가리키는 대로, 어떤 품목을 취급해도 상관없는 업종이다. 하지만 특정 장르를 전문으로 취급하는 업종보다 길드에서 봐주는 편의가 적었다. 예를 들면 만물상이 약이나 식품의 원료를 사들일 경우, 길드에서 정한 일정량 이상을 구입해야만 한다. 지구의 감각으로 생각해보면, 구입량이 늘어나면 늘어날수록 단가는 내려가는 게 상식인데 만물상의 경우엔 그런 할인이 적용되지 않는다. 반면에 전문 업종들은 그런 규약에 해당 사항이 없을 뿐만 아니라 아예 원료를 한개만 구입할 때부터 할인을 받을 수 있다. 이러한 규약은 모든 품목에 똑같이 적용된다.

애초에 만물상이라는 사업 형태 자체가 오랫동안 영업한 끝에 취급 품목을 확장하게 된 대형 업체를 위해 준비된 것으로, 규모가 큰 상회 이외엔 신청하는 경우가 드물다고 한다.

상인 길드의 누님도 등록한지 얼마 지나지 않은 신입 상인이 사업 형태를 만물상으로 신청해도 유리한 점은 없다고 충고해줬다. 그 이유는 간단했다. 신입 상인은 자금적인 문제로 인해 갑자기 여러 가지의 품목을 폭넓게 다루는 일이 불가능에 가깝기 때문이다. 뿐만 아니라 만물상에만 적용되는 특수한 규정까지 존재하다 보니, 결국 특정한 하나의 품목에 집중할 수밖에 없는 상황에 처하게 된다. 하지만 품목을 하나로 집중시킨다고 해도, 그 품목을 전문으로 다루는 상회와 비교해서 원료의 매입 단가가 비싸기 때문에 가격을 설정하는 단계에서 패배할 수밖에 없다.

나 같은 초보자가 대충 생각해봐도 뻔히 보이는 사실이다. 지금 내가 놓인 상황에서 만물상이라는 업종을 선택하는 것은 좋은 아이디어로 보이지 않았다.

"우리가 취급할 품목은 대부분 아공의 산물 아닙니까? 다른 상인들이 우리의 특수한 원료 조달 방식에 대항할 수 있을 리가 없습니다. 너무 복잡하게 생각하실 필요는 없지 않을까요?"

지금 토모에가 말했듯이, 우리 쿠즈노하 상회의 주력상품은 아공의 산물이다. 즉, 원료 조달에 관련된 룰은 우리에게 적용되지 않는다는 뜻이다. 그래도 약 종류도 취급하고 싶으니까, 그 소재들을 입수할 때 성가신 일이 벌어질지도 몰라서 조금 고민하고 있는 거라고.

그리고…… 신입 상인인 내가 갑자기 만물상으로 사업을 시작함으로써 이상하게 눈에 띄게 될 수도 있다는 점도 마음에 걸린다. 하지만 이런 건 사업을 시작하려면 어차피 감수해야 하는 일인지도 모르겠다.

"만물상……. 뭐 일단 상관없으려나? 이상하게 눈에 띄는 거야 토모에와 미오가 있는 시점에서 따라다니는 일이고, 사업 형태 같은 건 사소한 문제일지도 모르겠네. 그런데 미오는 어디 갔지?"

"도련님께서 말씀하신 꽃…… 암브로시아라고 하셨지요. 아르케 둘을 데리고 그 탐색을 개시했습니다. 며칠 내로 돌아올 겁니다."

"그래? 그럼 토모에는 지금부터…… 아, 그렇지!"

토모에를 즉시 모험자로 활동하게 할 예정은 없었지만, 이 녀석은 내가 뭘 부탁해도 순식간에 처리해 버린단 말이지……. 생각보다 훨씬 계획을 앞당기는 셈이지만, 지금부터 모험자 활동에 참가하게 할까? 이 녀석이 내가 시킨 일을 처리하지 못해서 큰일 났다고 울며불며 매달리는 모습 같은 건 상상조차 되지 않으니, 아마 별 문제없을 거다.

"또 명령하실 일이 있으신가요?"

"적당히 이유를 갖다 붙여서, 시간이 날 때마다 토아 일행과 동행해줄래?"

"그 자들과 말입니까?"

토모에의 표정은 「왜 그런 짓을?」이라는 감정을 드러내고 있었다. 이 녀석의 입장에선 뜬금없는 소리일지도 모르겠네. 확실히 모험자 랭크를 올리기 위해서는 토아 일행의 임무에 관여하는 것보단 단독으로 잽싸게 의뢰를 수행하는 편이 빠를 것이다. 토아 일행은 실력은 있는 편이지만 랭크가 낮기 때문에, 함께 행동해도 토모에의 랭크 업에 도움이 되지 않는다. 하지만 지금 목적은 그게 아니거든.

"앞으로 필요해질지도 모르니까 소재들의 가치나 질, 그리고 채집 방법 등을 숙지해 뒀으면 해서 말이야."

"소재? 아, 그렇군요. 그러고 보니 미오 녀석도 이미 채집 기술을 익혔다고 으스대더군요. 그럼 도련님, 덤으로 소재에 관한 서책을 몇 권 정도만 구입해도 되겠습니까?"

"물론이야. 공부라는 건 역시 중요하니까. 지금 우리가 소지하고 있는 돈은 거의 다 너한테 맡겨둘 테니까, 필요하다고 생각되는 건 일단 사도 돼. 나는 학원 도시로 가는 길을 확인하고, 렘브란트 상회를 방문해서 부탁할 일이 있다 보니 좀 바빠질 것 같거든."

"잘 알겠습니다. 그렇다면 결과 보고는 나중에 아공에서 드려도 되겠습니까?"

"그래. 숙소의 객실도 이제 결계를 쳐놓은 상태이기도 하고, 나도 오늘밤부터 잠은 아공에서 자도록 할게. 사실 아공 쪽이 안심되기도 하니까, 보고는 그때 해줘도 문제없어. 아, 잊어먹을 뻔 했네. 비싸도 좋으니까 세계 지도를 구해줄 수 있어? 그리고 아이온 왕국의 상세한 지도도 필요할 것 같아. 돈이 모자라면 말해줘."

이 숙소는 렘브란트 씨나 토아 일행과 연락을 하기 위한 용도로 머물고 있을 뿐이니 밤은 아공에서 보내도 딱히 문제는 없었다.

……아니 잠깐. 상세한 지도를 구하러 다니는 건 위험할지도 몰라.

안 그래도 이 나라는 첩보 활동에 열심이라는데, 상세한 지도 같은 걸 구하러 다니면 쓸데없는 이목이 끌릴지도 모른다.

만약 다른 나라의 스파이라는 오해를 사게 되면 성가시다. 지리 정보는 국가 기밀로 취급되고 있을 가능성도 충분하니까 말이야. 예전에 학교의 역사 수업에서 대충 그런 소리를 들은 것 같아.

차라리 직접 조사해서 새로 만들어 볼까? 그렇게 하면 적어도 지도를 구입하면서 국가기관으로부터 의심의 눈초리를 받는 일은 없을 거야.

"아니, 기다려 봐. 국내의 상세한 지도 같은 건 역시 필요 없어. 그냥 일반 시장에 나돌아 다니는 지도 정도면 충분해. 상인이 소지하고 있어도 이상하지 않을 정도의 레벨로."

"도련님께선 걱정도 팔자십니다. 말씀하시고자 하는 바는 잘 알 겠습니다. 그렇다면 괜한 의심을 사지 않도록 조심스럽게 움직이 도록 하지요."

토모에는 쓸 만한 녀석이다. 내가 하고 싶은 말의 의도를 헤아려 주는 귀중한 존재라고 할 수 있다. 「절야」에서처럼 내 의도를 일단 헤아리고 나서, 그걸 일부러 엉뚱한 방향으로 해석하지만 않는다 면 이 녀석만 한 인재도 드물 것이다.

"부탁해. 잘 처리해 줘."

"그럼 내일 밤에라도 저쪽에서 제대로 된 보고를 드릴 수 있도록 준비해놓겠습니다."

오크 일족의 에마 양도, 가능하면 아침저녁으로 하루 두 차례 정 도는 와 달라고 했다. 7일에 한번 정도는 하루 종일 있어주면 사람 들도 기뻐할 거라고 하더군.

언제가 될지는 아직 알 수 없지만, 하루 종일 아공에서 지낼 수 있는 날이 오면 최근에 빼먹고 있던 활 연습이라도 해야겠다.

"그럼, 잘까? 이 객실에서 보내는 마지막 밤이야. 잘 자~."

"예. 안녕히 주무십시오."

나는 내일부터 겪게 될 분주한 일상을 기대하면서, 천천히 잠이 들었다.

◇ ◆ ◇ ◆ ◇

토모에와 상담한 이후로 며칠 동안은 눈 돌아갈 정도로 바빴다.

상인 길드로 가서, 접수 누님의 우려를 무릅쓰고 상회의 사업 형태를 만물상으로 신청했다. 그리고 토아 일행에게 토모에를 의뢰에 동행시킬 취지를 전달하고 승낙을 받은 후(그녀들은 내 뜻이 길드에서 만났을 때 했던 말과 달라졌다는 사실에 놀랐지만), 토모에를 맡겼다.

솔직히 말해서 굳이 토아 일행일 필요는 없단 말이지.

……나도 스스로가 그녀에게 너무 너그러운데다가 심하게 편애하고 있다는 자각은 있다. 그녀의 눈앞에서 「절야」를 폐허로 만들어버린 것 때문에 켕기는 구석도 있다. 리논은 내가 만난 최초의 호의적인 마을사람이기도 하고—.

토아는 사채업자의 흉계로 지하에서 구덩이나 파는 처지에 있었다.

지금 찾아온 행운을 그저 누리기만 할 것인가, 성장의 밑거름으로 삼을 것인가는 솔직히 말해 그녀의 자유다. 당분간 토모에와 행동을 함께 하면서 본인의 실력도 제대로 연마할 수 있다면, 틀림없이 한 사람의 인간으로서 제대로 성장할 기회일 것이다. 혹시 실속 없이 지갑의 내용물만 부풀어 오른다면…….

각자 갈 길 가자면서 관계를 끊을 수 있을까?

목적 자체가 다른 이상, 언제까지나 함께 행동할 수 있는 사람들이 아니다. 내 목적지가 학원 도시인 이상, 머지않아 거리가 멀어질 것은 틀림없다. 하지만…….

…….

자신이 없군.

토아의 나이는 물어본 적 없지만…….

역시 어딜 어떻게 뜯어봐도 하세가와라고!

말하자면 야성적인 부분이 추가된 하세가와다. 흔히 말하는, 이 세상에 쏙 빼닮은 사람이 세 사람 있다는 가운데 한 사람일 거라는 생각은 들지만—.

그녀가 미오나 토모에를 거느리고 있는 나에게도 존댓말을 사용하다 보니, 더욱 쓸데없이 그 빼다 박은 후배를 연상시켰다.

아무리 하세가와 본인이 아니라고 해도 편을 들고 싶어지는 것이 인지상정이다.

내가 츠이게에 도착하고 나서 뒷풀이 후에 그녀들과 일정한 거리를 두려고 노력했던 이유는 스스로의 마음을 자제하기 위해서였다. 그럴 수밖에 없는 것이, 내가 토아를 돕고 싶어 하는 이유는 결국 지인과 닮았다는 것밖에 없었다. 하세가와와 토아는 서로 별개 인물이며, 따라서 토아를 특별 취급할 근거는 전혀 없었다. 이건 서로에게 그다지 좋은 관계가 아니었다.

하지만 타인이라는 사실을 알고 있어도, 그렇게 이해하려고 해도 그녀를 돕고 싶다는 마음은 감출 수가 없었다. ……에휴.

자립해서 성장해 줬으면 하는 심정도 있고, 가능한 한 보살펴주고 싶다는 심정도 있다. 토아 자매는 나에게 있어서 어떤 의미로 보자면 여신이나 용사 두 사람에 버금갈 정도로 정말 까다로운 상대였다.

당분간은 토모에를 보디가드 삼아서 황야 투어를 시킬 예정이다. 토모에라는 녀석은 보기보다 사람을 잘 다루는 녀석이다. 그냥 오래 묵기만 한 드래곤은 아니란 거다.

토모에는 내가 미리 부탁했던 미래의 쿠즈노하 상회 상점의 후보지를 탐방하는 일도, 소홀히 하지 않았다.

본인의 말에 따르면, 토아 일행과 함께 의뢰를 수행할 때 이외의 시간을 이용해서 점포용으로 소개받은 토지를 돌아다니고 있다고 한다. 토모에가 임대가 아니라 구입이라고 하니 업자들이 몹시 기뻐했다는 얘기를 들었다.

그 동안 나는 아공에서는 주민들이 추진하고 있는 도시 구축의 작업 상황이나 농작물의 생산 상황 등에 대해 보고를 듣기도 하고, 상회에서 취급할 수 있을 듯한 상품을 검토하면서 시간을 보냈다. 그리고 츠이게에서는 렘브란트 상회와 면담 약속을 하고, 상회의 점포 중 일부를 빌릴 수 없는지에 대해 상담을 했다. 점포의 실제 책임자 등과 여러 차례 면담을 거쳐, 렘브란트 상회가 보유한 점포의 일부를 빌리는 형태로 들어가는 허가를 받았다. 면담이라고 해도 심사 같은 것이 아니라, 책임자끼리 얼굴을 트면서 점포의 운영 방침에 대해 논의하는 스타일이었다. 나는 렘브란트 가족의 생명을 구한 은인이기도 했기 때문에, 교섭은 원활하게 진행되었다.

그리고 그런 작업들을 추진하는 동시에 짬을 내서 학원 도시라는 장소에 대한 정보를 수집했다.

—시간은 화살처럼 빠르다는 말이 실감이 갔다.

그리고 엿새가 지났다.

겨우 엿새에 지나지 않는다고 할 수도 있겠지만, 정말로 하루하루가 눈이 핑핑 돌 정도였다. 24시간이 순식간에 지나갔다.

나와 토모에가 츠이게에서 활동하고 있는 동안에, 미오로부터 황야에서 암브로시아를 발견했다는 보고가 들어왔다. 미오에게 부탁해서 아공에 암브로시아의 그루터기를 몇 개 정도만 가지고 돌아오라고 했다. 암브로시아는 만능약의 소재로 사용되는 꽃의 이름이다. 암브로시아가 아공에서도 자생할 수 있는지의 여부를 확인하고 싶었기 때문에, 나도 함께한 자리에서 원래 있었던 황야의 환경과 최대한 한 비슷한 장소를 몇 군데 정도 골라서 심었다.

암브로시아를 심은 장소는 아르케의 서식처와 가까웠기 때문에, 그들에게 관리를 일임했다.

아르케는 상반신이 사람이고 하반신은 거미라는 이상야릇한 외모로 봐선 상상하기 어렵지만, 식물을 돌보는 데 소질이 있는 듯하다. 아르케는 정말 외모로 사람을 판단해선 안 된다는 대표적인 사례였다. 그들은 언어를 습득하는 속도도 굉장히 빨라서, 지금은 선원이 평범하게 의사소통이 가능한 상대였다.

쿠즈노하 상회를 설립하기 위해 점포 운영을 맡길 수 있는 인재를 준비해야 한다는 과제는 남아있었지만, 대체적으로 모든 일들이 순조롭게 진행되고 있다고 할 수 있었다.

토모에도 마수나 마물, 그리고 기타 소재 등에 대해 상당히 학습

할 수 있었던 모양이다. 그녀가 토지 문제도 해결해줬기 때문에 아무런 걱정도 없었다. 잠시 토모에를 동행시켰던 토아 일행 파티도 직업의 랭크나 레벨이 상당히 많이 오른 것 같다. 아직 엿새 밖에 지나지 않았는데, 놀라운 성장 속도였다.

오늘밤엔 미오와 아르케가 아공으로 귀환한다. 그리고 최근엔 내가 아공에 머물고 있는 시간이 예전에 비해 길어졌다. 이런 것들을 축하하는 의미에서 에마 양의 주도로 연회를 개최했다.

정말로 좋은 사람들이다. 휴만보다 훨씬 정이 깊어.

휴만은 기본적으로 전부 다 미남미녀 밖에 없다 보니, 내 얼굴로는 임팩트가 너무 강해서 가면을 쓰지 않고는 그 사이로 들어갈 수 없었다. 거기다 나는 필담으로 의사소통을 하고 있다. 공통어는 여전히 발음이 되지 않아 옹알이 소리밖에 내지 못 하는 상태였다. 그래서 문제는 나한테 있긴 하지만, 그다지 친근감을 느낄 수가 없단 말이야. 전부 여신 때문이라고 해두자.

"도련님께선 지금, 황야 근처에 위치한 도시에 머물고 계시다고 들었습니다. 휴만들의 도시는 어떠십니까?"

드워프 중 한 사람이 새빨간 얼굴을 하고 물어왔다. 술 냄새가 엄청나다.

"활기가 넘치는 괜찮은 도시에요. 변경에 위치해서 그런지 아인(亞人)에 대한 편견도 없고, 지내기 편하더군요. ……그야 토모에나 미오는 조금 붕 떠 있지만요."

"와하하하하하!! 그것 참 유쾌한 말씀이십니다! 그 두 분이 휴만들의 도시에 섞여 있으면 당연히 소란이 벌어질 만도 하지요!!"

"그렇더라고요. 특히 토모에는, 사냥을 나갈 때마다 산더미처럼 소재를 채집해 와서 도시의 소재를 취급하는 도매상들이 영웅처럼 떠받들더군요."

"도련님을 곁에서 직접 모시는 두 분이 부럽습니다. 나날이 자극적인 경험이 넘쳐날 것 같군요!"

나날이 자극적이라. 그야말로 정곡을 찌르는 표현이네요.

……그렇구나. 여기 사람들은 쭉 아공에서 살고 있으니 숨이 막힌다고 느껴도 이상할 게 없겠어.

그렇다면 아공에서 나와서, 츠이게나 황야를 자유롭게 왕래할 수 있는 수단을 준비해놓는 편이 좋을까? 나는 여기에 그들을 가둬둘 생각은 없는데, 가끔은 바깥공기를 쐬고 싶어 하는 것도 당연한 얘기겠지―.

"도련님, 왜 그러십니까? 갑자기 말씀을 안 하시고."

"아, 아니. ……역시 아공에만 머물고 있으면 숨이 막히나요?"

그러자 드워프가 어안이 벙벙하다는 표정으로 나를 바라봤다. 어라? 내가 무슨 착각을 한 건가?

나는 황급히 말을 이어나갔다.

"아, ㄱ, 세가 무슨 이상한 소리라도 했나요? 여러분도 가끔은 아공 바깥으로 나가고 싶지 않을까~ 대충 그런 생각이 들었을 뿐인데."

드워프는 내 말을 듣고 정색한 표정을 짓더니 입을 열었다.

"……도련님, 주변을 둘러보시지요. 지금은 어둠에 뒤덮여 있습

니다만, 이 세계의 어디에 숨이 막힐 듯한 폐쇄성이 있다는 말씀이십니까? 아직도 어디까지 이어지는지 짐작도 가지 않는 대지와 저 멀리 지평선 끝으로 보이는 산맥, 앞서 출현한 큰 강의 원천조차 알지 못하는데다가 도시의 건설은 시작 단계에 불과한데—."

"예? 어? 저기?"

"뿐만 아니라 자연이 풍족하고 농작물도 잘 자랍니다. 아직 호전적이고 위험한 생물과도 마주친 적이 없지요! 저희들의 입장에서 보자면 이 세계는, 이 이상 바랄 것이 없을 정도로 완벽한 낙원이라고 할 수 있습니다!"

드워프는 그야말로 있는 힘을 다해 역설했다.

그렇구나. 내 입장에서 보자면 여기는 토모에와의 계약으로 인해 탄생한 모형 정원 같은 세계라는 인상이지만, 실제로 굉장히 넓은데다가 아직 개척도 제대로 진행되지 않았어. 다른 사람들은 사방을 둘러봐도 미지의 프론티어라는 인상을 받을지도 모르겠다.

분명히 폐쇄성 같은 건 별로 느껴지지 않을지도 모르겠네. 그렇구나. 조금, 안심했다.

드워프는 미소를 지은 채 말을 이었다.

"그리고 규격 밖의 힘을 지니고 계신 도련님과 종자 분들께서 이 세계를 다스리고 계십니다. 저희들의 지식과 기술을 총동원한 병장기로도 모자랄 정도의 강대한 능력을 지니신 분들이 사용할 무기를 만들 수 있다니, 장인으로서 이보다 더 보람 있는 일은 없다고 말씀드릴 수 있습니다. 최장로인 엘드 님까지도 연일 철야로 무기의 제작에 온힘을 다 바치고 있을 정도지요!"

으하하, 드워프가 호쾌하게 웃어 넘겼다. 아니 잠깐, 최장로님?! 무리하지 말고 주무세요! 안 그래도 토모에 녀석이 「엘더 드워프라는 종족 명칭은 너무 기니까 엘드워라고 부르는 게 어떠냐?」라고 어처구니없는 소리를 해대서 안쓰러운데!

"……하지만, 아공 바깥을 구경해보고 싶다는 마음도 조금은 있습니다. 요즘 바깥세상에서 병장기의 유행이 어떤 추세로 돌아가고 있는지 흥미가 있군요."

"아하, 병장기를 제작하는 장인으로서 흥미는 있으시다는 거죠?"

"그렇습니다. 휴만들이 과연 어느 정도의 무기를 사용하는지도 궁금하군요. 어설픈 무기를 넘겨줘서 문제가 생겼다가는 도련님께 폐를 끼칠 수도 있으니까요."

일리가 있는 말이다. 우리는 지금 아공에 모험자를 유인한 다음, 그들을 접대했다가 돌려보내면서 조금씩 들려 보내는 식으로 여러 가지 아이템을 바깥세상으로 반출하고 있다. 상회에서 위화감 없이 아공의 산물을 취급하기 위한 물밑 작업이다. 따라서 아공 쪽에도 바깥세계를 알고 있는 이들이 한두 명 정도는 필요하다.

하지만 아르케들의 경우엔 지금의 모습으로 휴만들의 거주 지역에 보낼 수는 없다. 조금 더 휴만으로 변신하기 위한 연습을 쌓은 후에야 가능한 일일 것이다. 지금까지 그들이 보여준 성장 속도를 보면, 휴만으로 변신하는 방법을 터득하는 것도 시간문제일 것이다.

반면에 드워프들의 경우엔 당장에라도 문제없을 것 같다. 츠이게에서도 모험자 드워프를 목격한 적이 있다. 종족 명칭에 엘더가 붙어 있다고 해도, 겉보기엔 별 차이 없으니까 분간은 가지 않는다.

"그럼 츠이게에 개장하는 점포에서 며칠 정도 종업원으로 일해보실래요? 요전에 정식으로 상회를 창설했거든요. 우선은 츠이게에서 유명한 거상이 경영하고 있는 점포의 일부를 빌리는 형태로시작할 예정이에요."

휴만 이외의 종족을 상회의 멤버로 고용하는 건 문제없다. 그건상회를 등록하면서 길드에서 받은 책자에서 확인한 사실이다. 구성원으로 고용할 경우엔 휴만과 완전히 동일한 수속을 통해 가능하다.

"오오! 그건 듣던 중 반가운 말씀입니다!"

"그럼 몇 사람 정도 유지를 모아서 연락 주실래요? 나중에 맞이하러 돌아올게요. 드워프라고 하면 우수한 병장기를 만들어낼 수있는 대장장이의 대명사라고 할 수 있는 종족이니까요. 어쩌면 무기를 제작해달라는 의뢰가 들어올지도 몰라요."

"호오! 그 의뢰들을 받아들여도 되겠습니까?!"

"가능하면 받아주셨으면 해요. 저도 츠이게에서 필요로 하는 무기의 수요 같은 걸 알아두고 싶거든요. 여러분이 고객에게 무기의품질이나 능력에 대해서 제안하는 게 아니라, 가능한 한 의뢰인의희망사항을 들어주는 형태로 해주시는 게 좋을 것 같네요."

"이거야 정말 기대되는 군요! 토모에님이 말씀하신 축제날 노점상을 여는 기분입니다!"

토모에, 니는 드워프들에게 대체 뭘 가르쳐 주고 있는 거냐? 축제날 노점상 같은 건 비싸기만 하고 쓸 만한 건 없다는 이미지거든? 나쁘게 말하면 바가지 장사꾼들이라고.

하지만 생각해보면 절묘한 표현일지도 모르겠네. 애들을 상대로 물건을 파는 노점상 정도의 마음가짐으로 시작하는 편이 오히려 딱 적당할지도 모르겠다. 과도하게 기합을 넣고 사업을 시작했다가 헛돌게 되면 충격도 클 테니까 말이야.

지금까지 내 말상대를 해줬던 드워프는 자리에서 일어나, 동족들에게 다가가서 지금 들었던 이야기로 당장 자세한 의논을 시작한 것 같다.

나는 새삼스레 주위를 둘러봤다. 사방에서 떠들썩하고 즐거운 듯한 분위기가 전해져왔다.

리자드, 아르케, 오크, 토모에, 미오, 토모에. ……토모에?

아―, 벌써 취했나? 토모에가 두 사람으로 보이잖아? 아니, 틀림없이 두 사람이다?

아하, 폴짝폴짝 뛰어다니면서 자그마한 술잔을 감싸 쥐고 있는 건 토모에가 말했던 분신체라는 녀석이구나? 자세히 보면 키도 작고 신체 비율도 2등신 정도였다.

저 분신체가 아공에서 중심적으로 온갖 잡일을 담당한다고 했었지. 음, 그렇게 생각하고 쳐다보니 생김새에 걸맞지 않게 술을 마시는 모습도 어딘지 모르게 귀엽게 보인다.

다들 사이가 좋은 것 같아 보이니 안심되는군.

이렇게 한곳에서 캠프파이어를 에워싸고 술잔을 나눌 정도는 친밀한 사이다.

서로 다른 종족이 같은 장소에서 지내고 있으니 이런 행사를 가지는 건 중요한 일이지. 새로운 문화를 창출해낸다는 의미도 포함해서 말이야.

문화에 동질감이 생기면 자연스럽게 서로간의 교류도 두터워질 것이다. 만약 거기까지 고려한 연회라고 한다면, 에마 양은 위정자로서 심상치 않은 재능을 지니고 있는지도 몰라.

……하지만 개인적으론 별 생각 없이 그저 놀기 위해 이런 자리를 마련한 거라면 좋겠다. 그 편이 앞으로 걱정이 적을 것 같아. 뭐든지 적당한 게 최고라고. 적당한 게—.

나는 아공에 관해서는, 기본적으로 방임주의로 가고 싶어. 내가 반강제로 무슨 임금님 같은 위치까지 오르는 전개는 사양하고 싶다고. 하지만 에마에게서 그런 분위기가 느껴지긴 한단 말이지. 오히려 내 관점에서 보자면, 그녀가 여왕 자격으로 이 땅을 다스리는 편이 더 낫다는 생각이 든다. 나로서는 단순한 토지 임대인 이상은 소화하기 힘들어.

어디 보자, 연회도 슬슬 분위기가 가라앉고 있는 것 같다. 각 종족들을 둘러봐도 여자나 어린이들은 서서히 그 모습을 감추기 시작했다. 남아있는 건 술주정꾼들뿐이군.

나도 슬슬 돌아가도록 할까?

……그렇지. 생각난 김에 간만에 활이라도 쏘고 들어가야겠다.

나는 오랜만에 취미 생활을 즐기기 위해 조용히 연회석상에서 일어났다.

2

연회의 소란스러운 소리도 들리지 않는, 인기척이 없는 숲의 한 귀퉁이—.

시각은 밤이다.

"으응—, 괜찮은데?"

그럼, 시작할까?

나는 스트레칭을 한 후, 숲의 공기를 깊이 들이마셨다.

그리고 준비해둔 활을 손에 잡고, 손수 제작한 과녁을 응시했다. 거리는 대충 150미터 정도다. 일부러 나무 사이에 잘 안 보이게 과녁을 설치했으니, 평소보다 짧은 거리에서 쏘기로 했다.

야외에서 활을 쏠 때는, 언제나 이렇게 장애물을 준비하곤 했다.

그리고 앉습니다아, 영차.

음, 역시 난 이 순간이 좋아.

마음을 무(無)의 상태로 가져간다. 명중시킨다. 단지 그것만을 생각하면서 집중하고, 다음으로 의식을 확산시킨다. 나라는 존재가, 과녁까지의 직선상에 위치한 모든 사물들과 동화한다. 나도, 활도, 과녁도, 장애물로 설치해놓은 나무들의 가지와 잎까지도—.

전부 나의 의식 속으로 들어온다.

조용히 일어서서, 활을 손에 잡고, 화살을 시위에 메겼다. 이건 나에게 있어서 하나의 완성된 동작이다. 지금까지 몇 만 번이나 반복했던 행위다.

"후우……."

집중시켰던 기합이 입에서 숨결로 변해 나온다.

―첫 번째 화살.

화살은 마치 빨려 들어가듯이 과녁의 중앙에 꽂혔다.

몇 차례나, 몇 차례나 연속해서 과녁을 향해 화살을 쏜다.

오랜만에 찾아온 기회라서 그런지 신이 나서 몇 십 발이나 화살을 쏴 버렸지만, 그런 것치곤 피로는 느껴지지 않았다. 초인 스펙의 육체 덕분인지 궁도를 좋아하기 때문인지는 모르겠다.

건강을 위해, 강해지기 위해, 더 잘 하기 위해―.

목적은 시기에 따라 항상 변하기는 했지만―.

나는 그야말로 인생의 몇 할 정도는 활에 바쳤다고 해도 과언이 아니다. 누나와 여동생도 격투기를 익히고 있었다. 하지만 그것들이 생활에서 차지하는 비중을 보자면, 명백하게 나보다 적었다. 내가 3남매 중에서 눈에 띄게 빈약했기 때문에, 몸을 단련하기 위해 다른 사람들보다 연습량을 늘렸던 것도 있지만 그것만은 아니었다.

단순히, 활에 강한 매력을 느꼈기 때문이다. 가족들이 내가 궁도에 과도하게 열중하는 모습을 보고 우려하는 모습을 보일 정도였다. 하지만 활을 쏘면서 힘들다고 느낀 적은 한번도 없다.

아공에서 처음으로 활 연습을 했을 때, 힘을 조절하지 않아서 과녁까지 통째로 날려버렸다. 하지만 이번엔 그런 요소들도 전부 제대로 감안을 했으니 걱정 없다.

집중을 끝낸 의식 속에 보이는 그 결말―. 뇌리에 떠오른, 과녁에 꽂힌 화살의 이미지는 틀림없이 실현된다.

"과녁도 갈라지지 않았고, ……음, 좋았어."

다만, 피로가 정말 전혀 느껴지지 않는 건 신경 쓰인다.

평소 같으면 상당히 피곤하고, 온몸의 근육이 긴장해서 움직이기가 조금 힘들 정도로 체력을 사용했는데 말이다.

뺨을 타고 내려오는 땀을 닦아내고, 불안을 뿌리치듯이 하늘을 올려다봤다.

구름 하나 없는 어둠 사이로, 별들이 반짝이고 있었다.

하늘과 별이 있다면 우주도 존재하는 걸까? 하지만 아공은 토모에의 능력으로 탄생한, 단순한 공간이라고 들었는데? 설마 그런 능력으로 우주씩이나 되는 엄청난 공간까지 창조할 수 있으리라곤 생각되지 않는다. 그렇다면, 이 밤하늘의 저편에 펼쳐져 있을 우주는 이세계의 우주인건가? 아니면—.

"도련님."

움찔.

왜 나는 이렇게, 활만 잡고 있으면 무방비 상태가 되는 걸까요?!

이 목소리는—.

"토모에. 그리고 미오도 왔구나."

내 등 뒤에 두 사람이 서 있었다. 거리로 치면 몇 미터도 떨어져 있지 않았다. 이렇게 가까이 다가올 때까지 그 존재를 전혀 감지할 수 없었다.

기분 탓인지 두 사람의 모습에서 긴장한 기색이 역력하다. 혹시 긴급 사태인가?

"지금 보여주신 모습이, 도련님께서 평소에 하고 계신 활의 수

련입니까?"

토모에의 표정은 진지했다. 미오는 당장에라도 울음을 터뜨릴 것 같은 표정을 짓고 있었다. 두 사람 다 내 옆으로 다가왔지만, 표정은 변함없었다.

"……어—. 응, 그렇긴 한데 왜 그래? 태도가 딱딱한데?"

"도련님께서는, 방금 보여주신 수련을 지금까지 계속 반복해 오셨다는 말씀이군요."

토모에의 이마에서 한줄기 땀이 뺨을 타고 내려온다.

뭐지? 대체 무슨 일이야? 미오는 기어코 눈물을 글썽글썽하기 시작했잖아?

아니 잠깐! 왜 갑자기 껴안는 거야? 미오!

"우오?! 대체 무슨 일이야!"

"도련님~ 살아계시죠! 살아계신 거죠?!"

미오는 나를 껴안은 채로 온몸을 부비부비 문지르면서 내 안부를 확인하기 시작했다.

안부를 확인한다고? ……설마 적이라도 쳐들어온 건가?!

"이봐, 토모에! 설마, 적습이야?!"

"아닙니다. ……그저, 실례지만 도련님께서 수련하시는 광경을 지켜보고 있었습니다. 도중에서부터이기는 했습니다만."

"허? 그래서?"

상황 파악이 전혀 안 된다.

"도련님께서 화살을 쏘시기 전의 집중, 이라고 표현해도 좋을지 모르겠습니다만……. 가부좌를 틀고 계셨을 때 일어난 일입니다."

"응."

"도련님의 의식이 갑자기 희박해지더니, 주위에 녹아들어가는 듯한 모습을 보였습니다."

"응."

그래서 어쨌다고?

"응, 이 아닙니다! 그건, 그건 말하자면 도련님의 의식이 일시적으로 죽은 사나 다름없는 상태였다는 뜻입니다!"

나는 그 말들에 긍정하는 의미로 맞장구를 치고 있었는데, 토모에가 갑자기 이상할 정도의 박력으로 고함을 질렀다.

10년 이상이나 내가 일상적으로 쌓아온 너무나 당연한 연습이다. 그런데 그것 때문에 죽는다는 소리를 하니 당연히 영문을 모르겠다.

"헤? 왜 그것 때문에 죽는 건데?"

"사람이 스스로 의식을 확산시키다니, 죽는 게 아니라면 그런 경우는 없습니다!"

"그, 그런 거야?"

갑자기 그런 소릴 들어도, 자기류기는 해도 내가 활을 쏠 때는 반드시 거치는 동작이거든?

"도련님께서, 도련님께서 연회 도중에 갑자기 자리를 비우셔서…… 다른 이들이 소동을 일으키지 않도록 저희들끼리만 조용히 찾아다니고 있었는데, 갑자기 도련님의 기척이 희박해지더니…… 그리고 마치 녹아들어가듯이 기척이 사라졌다고요!"

미오가 흐느껴 울면서 두 눈에서 성대하게 눈물을 흘리고 있었다.

우오, 미오가 드디어 울기 시작했다.

내가 정말 무슨 위험한 짓이라도 벌인 거야?

"아~ 저기, 연회 도중에 자리를 뜬 건 미안하지만 말이야? 옛날부터 활을 수련하면서 마음을 안정시키는 동작으로 항상 하고 있었던 거니까…… 단순히 활을 쏘고 있었을 뿐이니 굳이 이렇게까지 신경 쓸 필요는—."

"도련님. 도련님께서는 지금 마음을 안정시키기 위한 동작이라고 말씀하셨습니다. 그 말씀은 곧, 무슨 의미인 거죠? 도련님께서는 의식을 확산시킴으로써 마음을 안정시키고 있다는 말씀이십니까?"

약간 초조해 보이는 분위기의 토모에가, 이마에 손을 갖다 댄 자세로 질문해 왔다. 움찔거리는 관자놀이에 핏대가 서 있었다.

아니, 이봐? 걱정을 끼쳤을지도 모르겠지만, 그렇게까지 화를 낼 일이야? 보시다시피 난 멀쩡하고, 그럼 아무 문제없는 거잖아?

"응. 한번 마음을 안정시키고 텅 비운 다음에, 과녁까지 의식을 뻗어서 과녁과 내 사이에 있는 모든 존재와 동화시키는 느낌으로 의식을—."

"도련님!"

"지금 얘기하고 있는 도중이거든요?!"

"도련님께서는 저런 거리에 있는 과녁까지 의식을 분산시키신 후, 그것을 다시 재구성하셨다는 말씀이십니까?!"

"응, 그래! 바로 그 말을 하려고 했는데 가로막지 말라고!"

토모에는 내 말을 듣고 잠시 어리둥절한 표정을 짓고 있었지만, 이윽고 한숨을 내쉬면서 입을 열었다.

"……하아~. 도련님. 덕분에 최근에 발생했던 수수께끼가 몇 가지 풀렸습니다."

당돌하게 화제를 전환하는군.

"이번엔 또 뭐야?"

"모든 것은 도련님께서 하고 계신 활 수련이 원인입니다. 궁도라고 하셨지요? 그게 바로 원인이었습니다."

"무슨 의미지?"

응? 갑자기 명탐정 타임이야?

"우선 도련님의 몸에 일어나고 있던 마력의 증폭 현상입니다. 이런 현상은 원래 있을 수 없는 일입니다. 왜냐하면 마력이란, 본래 한계치가 정해져 있는 선천적 능력이기 때문입니다. 아무리 강도 높은 수련을 거친다 해도, 보통은 타고난 양의 두 배 정도까지 강화시키기도 힘듭니다."

토모에는 이마에 손을 갖다 댄 채 고개를 숙이고 있다가, 갑자기 기세 좋게 나를 향해 시선을 돌렸다. 페〇소나4의 연출 같군.

"하지만, 미오와 계약을 나누시던 시점에 이미 도련님의 마력량은 저와 계약하셨을 때와 비교도 안 될 정도로 증폭된 상태였습니다. 그 이후로도 엄청난 속도로 마력량이 증폭되고 있습니다."

"증폭?!"

"예. 믿기 어려운 일입니다만, 도련님께서는 그 독자적인 집중 수련을 통해 스스로의 마력량을 증폭시키고 계십니다."

나는 토모에의 충격적인 발언에 할 말을 잃었다.

"도련님, 그리고 말입니다."

"뭐야?"

"방금 전, 아공이 확장되었습니다."

"뭐어어어?!"

토모에는 추가로 폭탄 발언을 내던졌다. 그건 내가 너한테 조사하라고 명령했던, 아직 해결되지 않은 사안이었잖아?!

"도련님께서 보여주신 행동은 저희들의 눈으로 보자면, 자살 시도하는 모습으로밖에 보이지 않았습니다. 하지만 집중을 끝내시고 평범하게 화살을 쏘고 계셔서 저희들도 일단 사태를 관망하고 있었습니다만…… 말씀을 듣고 나니 이제야 확신이 서는 군요."

토모에의 분위기를 보니 농담하는 듯한 기색은 전혀 없었다. 따라서 지금 한 말도 사실일 것이다. 토모에가 말을 계속했다.

"도련님께서 의식을 확산시키신 후에 수속시키시자, 동시에 아공 세계가 단번에 확장되었습니다. 방금 전만 해도, 다섯 차례 정도 일어났습니다. 최근 들어서 한 번도 일어나지 않았던 현상이, 도련님께서 수련을 하신 직후에 발생한 겁니다."

"또 강이나 산 같은 게 생긴 거야?!"

"아닙니다. 그저 넓어진 것뿐입니다. 아마도 새로운 지형은 도련님께서 새로운 종자를 거느리게 되셨을 때 발생하는 것으로 예측하고 있습니다. 물론 이것도 어디까지나 추측에 지나지 않습니다만—."

"……이봐, 그거 진짜야? 그럼 맘 놓고 활도 못 쏜다는 얘기잖아?"

"깊이 집중만 안 하시면 괜찮지 않을까요? 원인은 활을 쏘는 게 아니라 집중하시는데 있으니까요."

"말인즉슨, 마음을 안정시킨 상태에서 하는 게 문제라는 거야? 그것도 곤란하네."

"그쪽은 조만간 대책을 생각해 보겠습니다……. 보다 심각한 문제는 마력량 쪽입니다."

"어?"

아공의 확장보다 큰 문제가 있는 거야? 마력 량이라고?

"현재 도련님께서 지니고 계신 마력으로 계산하면, 저희와 같은 클래스의 존재들과 계약하실 때 한 무더기에 얼마 정도의 감각으로 가능하실 겁니다. 이 몸과 계약하셨을 때는 본인의 마력 량 중 절반 가까이가 필요했었는데 말입니다."

어.

"준비는 되셨습니까? 잘 들으십시오. 도련님께서 현재 보유하고 계신 마력 량은―."

어어어어어.

"―아마도 여신 클래스 정도는 될 겁니다. 아니, 어쩌면 여신조차 능가하고 있을 가능성이 있습니다."

어어어어어어어어어어어?!

여신 클래스의 마력이라니 그게 뭔 소리야? 내 마력이 이 세계의 주신에 필적할 정도라고?

이제 겨우 어느 정도 마력을 억제할 수 있게 됐는데, 그럼 숨기는 게 더 힘들어지잖아! 또 부담이 늘어나잖아!

으헉! 가면이 어쩌고저쩌고 걱정하고 있을 차원을 초월했잖아! 이제 슬슬 벗고 다닐까 생각하고 있던 참에 또 다른 문제가 튀어

나오다니 대체 어쩌라는 거야?!

"어쨌든 마력을 억제하고 계셔야 합니다. 도련님의 마력을 흡수하고 있는 드라우프니르는 매일 교환하시는 편이 좋을 것 같습니다. 드워프들에게 명해서 방어구를 우선적으로 제작하도록 추진하겠습니다."

토모에는 「최악의 경우엔 흡수 효과를 최우선적으로 강화한 신작을 제출하게 하겠습니다.」라고 덧붙였다.

"대체, 어째서 이런 일이 벌어진 거지?"

"역시 의식의 확산과 수속이 문제일 겁니다. 도련님께서 수련을 통해 그런 과정을 거치실 때마다 죽음을 경험하시고, 거기서 다시 태어나는 듯한 상태 변화가 일어나는 거지요. 그때, 마력이 0인 상태까지 떨어졌다가 단번에 증폭되는 것 같습니다. 그런 기적적인 사태가 벌어졌을 때, 마력의 최대치가 상승했다는 사례는 몇 건 정도 들은 적이 있습니다."

죽었다가 살아났으니 마력도 2인분이라는 건가? 그걸 반복했으니 2배X2배X2배라는 거야? 그런 사기적인 능력치 계산식은 처음 들어본다.

"그렇게 되면 이 아공도—."

아직도 할 말이 남아있냐…….

"사정이 바뀐다고 할 수 있습니다. 이 가설을 토대로, 제가 지금까지 조사했던 정보와 아울러서 생각해보면 말입니다. 도련님과의 계약으로 넓어진 아공을 기초 삼아, 도련님께서 무의식적으로 원래 세계와 유사한 **세계를 창조하셨을** 가능성도 있습니다."

"세계를 창조했다고?!"

"도련님께서 원래 계셨던 세계와 유사한지 어떤지는, 이 세계의 주민인 저희들의 관점에서는 정확하게 파악할 수 없는 일입니다. 다만, 도련님의 세계에 존재했던 여러 가지 사물들이 이곳에 자생하고 있는 경우가 많기 때문에 당장 떠올릴 수 있는 추론일 뿐이죠."

"아니, 이봐 잠깐. 겨우 그 정도의 증거 가지고는 아직⋯⋯."

토모에가 하늘을 올려다보며 대답했다.

"그렇군요. 하지만 이 아공의 하늘에 늘어선 별들의 대열은 제가 전혀 알지 못하는 모양입니다. 이 하늘이 만약에 도련님께서 알고 계신 밤하늘이라면, 이 아공은 도련님께서 창조하신 세계일 가능성이 높아집니다. 그렇다면 도련님께서 새로운 종자와 계약하실 때마다 아공의 모습이 변하는 것도 납득이 갑니다. 창조주에게 새로운 종복이 생김으로써 세계에 새로운 법칙이 늘어난다고 하면 이상할 건 없으니까요."

밤하늘—.

응, 아니야. 이 하늘은 내가 모르는 하늘일 거야. 이세계 라이프를 시작한지 며칠 만에 세계의 창조 같은 어처구니없는 짓을 저질러 버렸다고 믿고 싶진 않다고.

으, 음. 모르는 하늘일 거야. 괜찮겠지? 별자리 같은 거.

솔직히 말해서 그쪽 분야는 문외한이다 보니「북두칠성 엄청 작네」나「모래시계 같은 게 보이네⋯⋯」정도의 감상밖에 떠오르지 않는다. 그리고 물병자리나 처녀자리, 쌍둥이자리 같은 유명한 별자리의 모양을 기억하고 있는 정도야.

"북두칠성에 카시오페이아, 오리온?"

이, 이, 이, 있다아?!

각각의 배치는 제멋대로였지만, 여기저기에 알고 있는 별자리가 늘어서 있었다. 계절을 무시하고 있는 게 또 리얼해!

"아무래도, 별의 배치에도 짚이는 구석이 있으신 모양이군요. 수수께끼가 풀렸으니 바람직한 일이라고 할 수도 있겠습니다만, 이거 참 골치 아파지네요."

"여신이 개입해 올수도 있다는 거야?"

"예. 그 신의 성정을 생각해볼 때, 이 사실을 알게 되면 아마도 도련님을 제거하기 위해 움직일 겁니다. 새로운 세계를 창조할 정도의 권능을 지닌 자를 자신의 세계에 그냥 내버려두고 싶진 않을 테니까요."

역시 그렇겠지? 그 여신이라면 저지르고도 남을 짓이다. 어쩌면 용사까지 사용해서 나를 제거하려고 들지도 몰라. 하지만 내 본심을 말하자면, 그런 형태로 나와 마찬가지로 지구에서 끌려온 용사들과 만나는 사태만큼은 피하고 싶다. 절대로 피하고 싶다. 그냥 단순하게 싫어. 우리의 첫 대면이 나를 죽이러 왔을 때나 물리치러 왔을 때가 되는 사태만큼은 사양하고 싶다고.

"당장은 마력을 숨기기 위한 대책을 마련하는데 힘을 쏟아야 할 듯합니다."

사무라이 명탐정이 정확한 판단을 내렸다.

일단 완벽한 마력 제어 능력을 터득해서 당장 마력을 숨겨야 한다.

당분간은 궁도도 쉴 수밖에 없겠군. 그렇게 치면, 오늘 많이 쏠 수 있었던 건 나름대로 행운이었나?

응, 행운이었어. 적어도 오늘 이 사실을 깨달은 덕분에 라스트 보스가 갑자기 동향 사람들을 거느리고 쳐들어올 가능성은 줄은 셈이니까―.

긍정적으로 생각하자고. 긍정적으로―.

그래! 렘브란트 씨에게 제약 관계자들을 소개받고 나서, 곧바로 학원 도시로 출발하자.

덤으로 학생 생활이라도 보내고 오는 것도 괜찮겠어. 아하, 아하하, 하하하…….

◇◆ 토모에 ◆◇

아공의 변두리에 위치한 숲속―.

연회 도중에 자리를 비우신 우리 주군의 기척을 찾아, 미오와 함께 그 장소를 알아낸 것까진 별 문제 없었다만―.

이게 대체 무슨 조화란 말인가?

도련님께서 활을 손에 쥐신 채, 땅바닥에 앉아 계신다.

의식이 희박해서 당장에라도 그 존재가 흩어져 버릴 듯했다. 평범하게 생각하면 죽기 일보 직전과 같은 상태였다. 하지만 도련님의 모습에서 죽음의 냄새는 느껴지지 않았다. 이런 모순적인 상황이 있을 수 있단 말인가?

미오 녀석이 곧바로 도련님에게 뛰어가려고 해서, 그 팔을 붙잡고 제지했다.

미오가 고개를 돌리더니 예리한 눈빛으로 노려봤다. 눈동자에서 격렬한 분노의 빛이 담겨있었고, 팔에도 힘이 잔뜩 들어간 것이 전해져왔다.

……이 녀석은 정말로 도련님이 걱정돼서 견딜 수가 없는 모양이군. 그 마음은 나도 마찬가지다. 아무 이유 없이 만류하고 있는 게 아니라는 사실을 설명해주지.

"걱정하지 마라, 미오. 분명히 지금 도련님의 의식이 희박한 상태인 것은 사실이지만, 죽음의 냄새가 느껴지지 않는다. 오히려 안정되어 계시다."

"……."

미오는 침묵을 지킨 채, 이 몸에게서 시선을 돌리지 않았다. 하지만 일단 납득한 모양이군. 미오는 팔에 주고 있던 힘을 거두어 들였다.

……도련님께서 최근에 보여주신 모습을 생각해보면, 자살하려는 징후 같은 것은 보이지 않았다. 자살은커녕, 상회의 개업을 위해 정력적으로 활동하셨다. 아무리 생각해도 죽음을 생각하고 있는 이가 취할 행동이 아니었다.

오늘도 미오가 찾아온 암브로시아의 꽃을 보시고 대단히 기뻐하셨다.

도련님께서 몸을 일으키시고, 활시위를 잡아당기셨다.

그리고 우리들의 눈앞에서 터무니없는 의식이 시작됐다.

평소에도 함께 하면서 지루할 틈이 없는 분이라고 생각했지만, 정말 이번만큼은 스스로의 상식을 의심할 수밖에 없는 일이 일어났다. 도련님께서 이 몸에게 명하셨던 아공의 확장에 대한 조사는, 아직 아무런 성과가 없었다. 그런데 그 아공의 확장 현상이 바로, 확산되어 있던 도련님의 의식이 다시금 본인의 몸으로 돌아오는 그 순간에 일어난 것이다! 그리고 도련님께서 화살을 쏘셨다. 이 정도로 동시에 그런 현상이 일어나고 있다면, 최소한 직접적인 원인 가운데 하나라는 사실은 틀림없다.

동시에 도련님께서 그 존재를 명확하게 하시고 쏘신 화살이 멀리 떨어져 있던 과녁에 빨려 들어갔다. 그 모든 동작들이 넋을 잃을 정도로 아름다웠다. 도련님에게서 활, 그리고 멀리 떨어진 과녁까지, 물 흐르는 듯한 동선을 눈으로 쫓게 된다.

빗나갈 거라는 생각은 조금도 들지 않았다. 도련님께서 몸의 상태를 정(靜)에서 동(動)으로 전환시키신 바로 그 순간, 지켜보는 나조차 그 결과를 믿어 의심치 않고 있었다. 예사로운 일이 아니다.

과녁으로부터 다시 도련님에게 시선을 돌린 후, 주의 깊게 도련님의 상태를 살폈다. 그리고 그 몸에 일어난 현상을 목격하고 벌어진 입이 다물어지지가 않았다.

지금까지도 충분히 거대했던 도련님의 마력이, 단숨에 폭등한 것이다.

마력의 최대치는, 그렇게 쉽게 오르지 않는다. 평생에 걸친 고된 수행 끝에 타고난 양의 두 배 정도까지 단련할 수 있다면, 그 자에게 대마도(大魔導)라는 칭호가 어울린다고 할 수 있을 정도다.

활시위를 당겼다가 화살을 쏘는 일련의 동작을 통해 마력의 최대치가 상승한 것처럼 보였다. 물론 그런 기술은 이 몸의 오랜 생애를 통틀어도 본 적도 들은 적도 없다.

과연 그렇게 된 거였군. 도련님의 마력은 이렇게 단계적으로 증폭되었다는 건가.

가까이에서 목격하면서 확신을 얻을 수 있었다.

도련님께서 활을 내려놓으시고, 다시금 자리에 앉으셨다.

또 다시 의식이 희박해졌다. 미오의 표정도 다시 비장해진다.

몸을 일으키시고, 화살을 쏘셨다. 도련님의 의식이 다시 원상 복귀된다.

그리고 마력이 또 다시 늘어났다.

—죽음과 재생을 이런 단시간 동안에 반복해서 경험하고 계시다는 건가……. 아공은 도련님께서 화살을 쏘실 때마다 확장되고 있다.

아공은 도련님의 최대 마력에 따라 그 넓이가 변화하는 것인가?

그렇다면 이 몸이 만들었던 아공과 이 아공 세계는 별개의 존재란 말인가? ……혹시 이곳은, 계약의 결과로 도련님께서 무의식중에 **창조하신** 세계인 건가?! 도련님과 계약한 후 처음으로 이곳에 발을 들여놓았을 때, 정말로 이 몸이 만들어낸 공간인지 확신이 가지 않았다면……. 아무래도 그 감각은 그렇게 빗나간 생각도 아니었던 것 같군.

하지만 세계를 창조하다니, 그건 이 세계에 존재하는 그 누구도 달성하지 못한 위업이 아닌가?

그렇다. 그 누구도 세계를 창조한 적은 없다. 그 여신조차도 말이지.

여신은 먼 옛날 이 땅에 강림하여, 우리 상위 용들이나 그 당시

맹위를 떨치던 마수들과 같은 선주민들과의 대화를 거쳐 사람이 살아갈 수 있는 터전을 창조했다. 여신 본인이 이 세계와 계약을 체결함으로써 다양한 생물들을 탄생시킨 것이다.

다름 아닌 이 몸이나 다른 상위 용종들도 그 선주민들 중 하나였다. 참고로 미오도 여신보다 먼저 이 땅에 존재했다는 의미로 보자면 마찬가지라고 할 수 있겠군. 이 녀석의 경우엔 원래 모습은 표류자이며, 당시에 우연히 이 땅에 거처를 두고 있었을 뿐이지만 말이야.

말인즉슨, 그 여신이라고 해서 무(無)에서 유(有)를 창조하지는 않았다는 것이다. 그 녀석이 최고위에 해당하는 신족이 아니라는 사실만큼은 확실하지만, 하나의 세계에 강림해서 그 관리를 맡을 수 있다는 것은 상당히 격이 높은 존재라는 것을 의미한다.

그렇다면 우리 주군께서는 대체······. 그 여신보다도 몇 단계나 고차원적인 권능을 무의식 중에 행사하셨다는 건가?

독자적으로? 아니면 주군께서 이쪽으로 소환될 때 힘을 부여했다는 신의 힘이 관여하고 있는 건가? 주군의 기억을 통해 확인한 바로는, 그저 평범한 수준의 신족으로 보였다만······.

그리고 아무리 특이한 세계의 출신자라고 해도 결국 원래 종족은 인간족이다. 독자적이건 누군가의 도움을 받았건 이런 일들이 가능하리라는 생각은 들지 않는다.

······아니 잠깐, 만약 이 아공 세계에 대한 추론이 진실이라면 도련님께서 조사를 명하셨던 또 하나의 문제도 해결할 수 있을지도 모르겠군.

아공의 불규칙한 기후를 불러일으키는 원인이 이 몸의 예측대로라면 해결 방법도 하나 떠오르긴 한다.

하여간—.

주군께서는 정말 끝없이 흥미거리가 샘솟는 분이시다. 이대로 의식의 확산과 재구성을 반복한다면, 창조신 정도의 마력까지 손에 넣을 수 있을지도 모른다. 이런 터무니없는 경우가 정말로 있을 수 있단 말인가!

정말로 주군에 대한 흥미가 끊이질 않는다. 정말로 이런 분께서 겨우 100년 정도의 수명밖에 없단 말인가? 사실 그것이야말로 가장 믿어지지 않는 일이다.

이런 단기간 동안에, 특히 전투에 관한 부분에서는 부자연스러울 정도로 엄청난 성장 속도를 보이셨다.

이대로 간다면 만에 하나 여신과 정면으로 대립하게 된다고 해도 걱정할 필요는 없을 것 같다. 오히려 강력한 존재들을 몇몇 추가적으로 종자로 받아들이시면 승리조차 노릴 수 있을 것이다.

신 초월—. 승리라고는 해도, 도련님에게 신 살해라는 말은 왠지 어울리지 않는다는 느낌이 든다.

도련님께서 여신에 대해 말씀하실 때는, 걸쭉한 말투로 욕설을 퍼붓는 경우가 많으시다. 하지만 순수한 증오로 이어질 정도의 살의까지 보이지는 않는다.

그저 이 몸이, 도련님께서 증오에 사로잡혀 살육에 물든 모습을 본 적이 없기 때문에 그런 모습을 떠올리지 못 하고 있는 건지도 모른다. 하지만 우리 주군께서 여신을 살해한 뒤 그 피를 뒤집어

쓴 채 그 존재를 멸망으로 몰아넣는 모습은 상상이 가질 않는다.

평범하게 생각하면 주군께서는 그 손으로 직접 여신을 죽여 버린다고 해도 불평을 들을 여지가 없을 정도로 가혹한 처사를 당하셨다. 하필이면 황야에 갖다 버리다니 여신이 제정신인지 의심이 갈 정도다.

따라서 신 초월―. 신 살해가 아닌 그 단어를 떠올린다.

어느 쪽이건 마찬가지로 금단의 행위라는 것은 마찬가지라는 생각이 들었다. 도련님께서는 하늘을 올려다보시면서 깊은 생각에 잠겨 계셨다. 이 몸은 주군께 말을 걸기 위해 다가갔다.

상회의 지배인이건 아공의 조사원이건, 도련님께서 이 세계를 파악하시기 위해 필요로 하실 편리한 사전 역할이건, 이 몸은 무슨 짓이든지 할 수 있다. 이 너무나 멋지면서도 위태로운, 그 한계가 보이지 않는 주군을 위해서라면―.

◇◆ 어떤 여성 모험자 ◆◇

최근 츠이게에, 때 아닌 호황이 찾아왔다.

이유는 간단하다.

그녀는 어느 날 갑자기 이 도시의 길드에 모습을 드러냈다. 낯선 형태의 검을 허리춤에 차고 다니는 굉장한 실력의 여성 모험자가 차례차례로 의뢰들을 처리하고 있다. 길드의 상위 랭크 리스트에 실린 이름들도 상당히 그 양상이 변하고 있었다. 당사자인 그 모험자의 이름은 아직 실리지 않았지만, 그녀의 지인이라고 알려진 파티의 멤버들이 한번에 레벨을 올리고 전원이 상위 랭크 리스트에 들어와 있었다.

그 모험자는 다른 일행들 두 사람과 함께 길드를 방문하여 등록한 것으로 알려져 있지만, 실질적으로 움직이고 있는 것은 그녀 한 사람뿐이다. 그녀의 이름은 토모에, 믿어지지 않지만 그 레벨은 1340이다!

당대 최강이라고 일컬어졌던 『드래곤 슬레이어』 소피아의 레벨을 아득히 초월하고 있었다.

토모에의 레벨은 소피아와 비교해도 넉넉잡아 400 정도 웃돌고 있었지만, 랭크가 낮기 때문에 본인의 이름은 리스트에 올라 있지 않았다. 그 때문에, 레벨보다 랭크를 중요시하는 모험자 길드 전체에서 보면 아직 일부의 주목을 받고 있는 정도였다. 하지만 츠이게에서는 이미 상당한 유명인이었다.

……그녀는 지금까지 인수하는 모험자들이 없어서 계속 방치된 상태였던 황야 관련 의뢰들을 손쉽게 해결할 정도의 진정한 실력자였다. 너무나 차원이 다른 레벨로 인해, 처음엔 그녀가 레벨을 측정하면서 부정을 저지른 게 아닌지 의심하는 이들도 많았다. 하지만 지금에 와서는 그런 생각을 가진 사람은 없다.

츠이게의 길드에 등록된 모든 모험자들은, 그녀와 친밀한 관계를 맺고 싶어 한다. 하지만 실제로 친분이 생겼다는 이야기는 거의 들어본 적이 없었다. 어차피 그들 중 대부분은 평범한 사냥조차 제대로 해결하지 못 하는 어중간한 반편이들이 대부분이다. 소문에 따르면, 대부분의 녀석들은 은근슬쩍 토모에가 인수한 의뢰의 내용을 조사해서 그 뒤를 미행하면서 그녀들이 남긴 찌꺼기 소재 등을 회수하는 정도라고 한다. 한심한 족속들이다.

녀석들은 멍청이들이다. 토모에의 힘을 빌리고 싶다면, 상대에 관해서 좀 더 조사할 필요가 있다는 사실도 모르고 있다. 그런 면에서 보자면 나는 녀석들과 다르다.

내가 지금 주시하고 있는 것은 토모에와 행동을 함께 하고 있는 나머지 두 사람이다.

—라이도우와 미오.

라이도우는 레벨 1이다. 그 수치가 증명하듯이, 그는 아마 대단한 실력자는 아닐 것이다.

그리고 이것은 모험자 길드와 렘브란트 상회가 상당히 교묘한 수법으로 은폐하고 있기 때문에 평범하게 주변을 캐고 다녀도 입수할 수 없는 정보다. 들자하니 츠이게의 톱 랭커였던 라임이 상당한 머릿수의 수하들을 거느리고 토모에 일행을 습격한 적이 있다고 한다. 라이도우는 그 자리에서 라임이 거느리고 있던 술사 한 사람을 때려서 기절시켰을 뿐이고 나머지 인원은 전부 토모에가 처리했다고 한다. 나는 개인적으로 친분이 있던 모험자가 그 습격에 동참했었기 때문에 우연히 전후 사정을 들을 수 있었다. 라임 정도의 실력자가 어째서 그런 짓을 저질렀는지는 모르겠지만, 그는 천박해 보이는 외모에 비해 리더십이 있고 정에 약한 남자다. 경험이 적은 젊은 모험자들로부터 낮은 랭크의 의뢰를 인수할 기회를 빼앗는 렘브란트 상회에 분노를 느낀 결과였을지도 모른다.

그런데 라임 패거리의 습격을 받았을 때, 세 사람 가운데 미오만은 전투에 참가하지 않았다고 들었다.

미오는 레벨 1500으로, 혹시 그 정체가 정령이 아닌지 의심이 갈 정도의 레벨이다. 그녀가 싸움을 방관했던 이유가 힘을 아무리 조절해도 상대를 죽여 버리기 때문에 자제했다는 대답을 들어도 납득이 갈 만하니 정말 무시무시하다. 실제로 전투에 참가하지 않은 이유는 알려져 있지 않다.

아마도 토모에는 이 세 사람 중에서 발언권이 그다지 강한 편은 아닌 것 같다. 그녀는 라이도우와 미오에게서 뭔가 지시를 받고 특정 파티를 따라 사냥을 하고 있는 것이 틀림없다.

사람들 앞에서는 라이도우라는 수상한 가면 사내가 우두머리 행세를 하지만, 분명히 그건 연기일 것이다. 애초에 레벨 1 가지고 무슨 수로 저 두 사람을 거느리고 다닌단 말인가? 제대로 가능성을 고려해 볼 가치조차 없다. 뭐, 그래도 무슨 재주가 있으니까 두 사람과 행동을 함께 하고 있는 거겠지. 어쩌면 두 사람이 공용으로 쓰는 기둥서방일지도 모르겠다. 혹시 예상 외로 두 사람과 동시에 진지하게 교제하는 연인일지도 모르겠군.

토모에와 라이도우의 관계는 아직 파악이 안 되지만, 실제로 누가 진정한 우두머리인지는 확실하다. 아마도 실제로는 미오가 세 사람의 리더일 가능성이 높을 것이다. 높은 레벨이 그것을 증명하고 있다. 그렇다면 아무리 토모에에게 간청을 해봐도 바람직한 대답을 들을 수 있을 리가 없다. 뭔가 말이라도 꺼내려면 미오를 상대로 해야 한다.

나의 직감이 그런 신호를 보내고 있다. 지금까지 이 직감은 나를 여러 차례에 걸쳐서 도와줬다. 나와 나의 파티 멤버들은 이 직감 덕분에 레벨 95, 드디어 황야에 진입할 수 있을 정도의 레벨까지 도달할 수 있었다. 물론 많은 노력이 필요했다. 그 정도의 자부심도 있다.

츠이게에 모험자로 머물면서 출세할 생각이라면, 황야로 진출하지 않고서야 아무런 의미도 없지 않나? 그곳에 발을 디딜 생각이 없다면, 다른 지역에서 활동하는 편이 낫다.

하지만 황야 관련 의뢰들은 하나 같이 고난이도의 의뢰들뿐이다. 우리도 그 중 몇 개 정도를 인수해 본 적은 있지만 아직 한 번도 성공하지 못 했다.

일단 마물들이 너무 강하다. 한 마리 정도는 세 사람이 협공해서 물리칠 수 있는 녀석도 없지는 않지만, 강력한 개체의 경우엔 협공으로도 해치울 수 없다. 도저히 토벌 의뢰나 부위의 채취 같은 작업을 수행할 수 있을 만한 상황이 아니다.

의뢰 중에는 오직 탐색과 채집만을 요구하는 부류도 있었지만, 결국 마물을 상대하게 되면 격렬한 전투는 피할 수 없었다. 그 결과, 우리 파티는 아직도 황야 관련 의뢰를 한 번도 달성하지 못 했다. 하지만 만약 토모에게 우리 파티의 선봉을 부탁할 수만 있다면, 그 어떤 의뢰라도 충분히 달성할 수 있을 것이다. 그녀와 친밀한 관계를 맺고 있는 토아라는 여자의 파티도 우리와 비교해서 차원이 다를 정도로 강하지는 않다. 그녀들이 의뢰를 연속적으로 달성하면서 랭크와 레벨을 올리고 있을 수 있는 이유는, 전적으로 토모에와 행동을 함께 하고 있기 때문에 지나지 않는다. 우리도 토아의 파티를 한번 미행한 적이 있는데, 멤버 전원이 소재 수집에 정신이 팔려 있어도 토모에가 버티고 있는 것만으로도 마물들이 접근해오지 않았다. 지능이 없는 부류의 마물이 가끔 습격을 걸어오는 경우도 있었지만, 그녀의 공격 범위 안으로 들어가자마자 두 동강이 나 버렸다. 이쯤 되면 웃음밖에 안 나온다.

그렇다면 우리도 그걸 이용하지 말란 법은 없지 않나? 미오에게 빌붙을 수만 있다면, 토아 일행과 마찬가지로 콩고물을 얻어먹을 수 있을 것이다. 황야의 소재를 회수해 와서, 환금한 후에 강력한 장비를 맞출 수 있을 것이다.

토모에와 함께 황야에 위치한 여러 개의 베이스를 떠돌아다니는 것도 괜찮겠군. 츠이게로 귀환할 때쯤엔 레벨을 최소한 200~300 정도까지 올릴 수 있을 것이 틀림없다. 그렇게 되면 최고위의 기사 작위도 꿈이 아니다. 각지에서 개최되는 무예 대회를 제패하고 다니는 것도 식은 죽 먹기일 것이다. 이쪽 분야에서 최고봉이라고 알려진 제국 투기 현란제에 초청받을 수도 있을 것이다.

어쨌든, 갑작스럽게 이 도시에 나타난 저 세 사람과 친밀한 관계를 구축하는 것이 먼저다.

하지만 나와 파티를 결성하고 있는 나머지 두 사람은, 토모에 일행을 이용하자는 계획과 곧바로 황야로 진출하자는 계획에 대해 소극적이었다.

한 사람은 그런 뜬 구름 잡는 소리를 하기 전에 우선 레벨 100 정도까지는 황야 이외의 의뢰를 해결하다가, 목표 레벨에 도달한 후에는 황야 입구 부근에서 단독으로 어슬렁거리는 마물을 찾아내서 적당히 토벌하는 식으로 생활비를 벌자는 의견이었다. 그리고 최근에 소문으로 떠돌고 있는 신기루 도시에 운 좋게 맞닥뜨릴 기회를 노리는 편이 안전하다고 주장했다. 분명히 신기루 도시라는 건 매력적인 소문이긴 하다.

하지만 정말로 있는지 없는지조차 알 수 없는 존재에 의지하는 것보단 내가 생각한 아이디어가 확실하다고. 애초에 넌 평소에 마물을 그렇게 혐오하는 주제에 마물이 살고 있다는 신기루 도시의 소문에 매달리다니 못난 것도 정도가 있다고 생각하지 않아? 그리고 황야에 가지 않는 의뢰와 마물 토벌만 가지고 대체 어느 세월에 레벨 100을 달성하자는 거야?

나머지 한 사람은 더 소극적이었다. 얘깃거리조차 되지 않는다. 돈을 모아서, 양질의 장비를 갖추는 것부터 시작하자고? 그러니까! 돈도 레벨도 장비도! 토모에나 미오만 우리 편으로 끌어들이면 뭐든지 원하는 만큼 손에 넣을 수 있다고! 소재만 있으면 무기도 저렴하게 입수할 수 있다는 건 상식이잖아! 남자 주제에 안전 제일이라는 사고방식은 제발 좀 집어쳐!

황야로 진출하는 게 위험 부담이 크다는 건 인정하겠어. 두 사람은 지금까지 계속 함께해 온 동료들이야. 그들의 능력을 생각해봐도, 지금까지 쌓아온 콤비네이션을 생각해봐도 여기서 해산하고 싶진 않아.

나는 두 사람을 납득시키기 위해 행동을 개시했다.

정작 중요한 미오는 애초에 눈에 띄지 않는 경우가 많은데다가, 너무 강하다. 기분을 상하게 하면 단번에 죽임을 당할 가능성도 있어.

그렇다면 그들 일행 가운데 가장 츠이게에 많이 모습을 드러내는 라이도우에게 접근해서, 우선적으로 구슬린 후에 우호적으로 미오와 대화를 나눌 수 있는 상황을 만들면 되는 거지.

나는 가능한 한 아름답게 보이도록 화장하고, 평소라면 절대 입을 일이 없는 평범한 마을 소녀들이 입을 듯한 옷을 걸친 채 그에게 말을 걸었다. 하지만 그는 바쁘게 움직이느라, 나의 상대를 해주지 않았다. ……레벨 1 주제에.

하지만 접촉을 시도했을 때의 반응을 생각해 보건데, 그는 아무래도 여자를 다루는데 익숙한 편은 아닌 것 같다. 기둥서방이라는 예상은 완전히 빗나간 듯하다. 설마 인사만 했는데도 그렇게 당황하다니 예상 밖의 반응이었다.

다음으로 나는 창녀로 위장해서 단번에 그와 육체관계를 가지려고 시도했다. 낮과 밤의 얼굴이 다른 경우는 이 도시에서 그다지 드물지도 않은 일이다. 남자들은 한번이라도 어떤 여자를 안게 되면 어느 정도는 정에 이끌리는 경우가 많다. 하지만 이건 그렇게 좋은 방법이 아니었다. 내가 그를 창관으로 끌어들이려고 한 그순간, 갑자기 토모에와 미오가 한꺼번에 나타나더니 마치 서로 다투듯이 그를 끌고 떠나버렸다. 저 남자, 혹시 가면 밑의 얼굴은 대단한 미남자인 걸까? 저 두 사람이 쟁탈전을 벌일 정도의 남성이라면 미인계는 역효과일 것 같다. 내가 친밀해지고 싶은 상대는 어디까지나 실력이 있는 토모에나 미오지, 라이도우가 아니기 때문이다. 그 두 사람의 불평을 살 일은 피해야 한다.

다른 멤버들의 협력을 얻을 수 있었다면 조금은 다른 방책을 세울 수 있었을지도 모르지만, 결과적으로 나는 그들에게 접근하는 데 실패하고 말았다. 오히려 별로 좋지 않은 인상으로 내 얼굴을 익혀버리고 말았는지, 라이도우와 접촉할 기회도 줄어들었다. 상대방이 나를 피하고 있는 건 틀림없어 보인다. 이쪽에서 접촉을 시도해도 번번이 실패한다.

하지만, 일이 이렇게 돌아간다면─.

나는 어떻게든 그들에게 접근할 수단이 없는지 생각했다.

변변찮은 방법밖에 떠오르지 않는다. 곧바로 죽이려고 달려들 정도는 아니지만, 토모에와 미오는 나에게 좋지 않은 인상을 가지고 있을 가능성이 높다.

어쩔 수 없지. 일이 이렇게 되면 파티 멤버 두 사람의 협력이 필요해진다. 그리고 무슨 수를 써서라도 성공시켜야 한다. 두 사람이 납득할 수 있고, 거기다가 그들을 움직이려면 대체…….

…….

…….

그렇지.

상대편이 움직였을 때 이쪽도 움직인다면…….

토아라는 암흑 도적 일행과 함께 행동하는 경우가 많은 토모에를 따라 움직이는 건 어렵다. 미오나 라이도우가 황야에 나갔을 때, 그 뒤를 따라서 우리가 아슬아슬하게 움직일 수 있는 범위 안에서 미행하는 것이다.

이거다. 이거라면 멤버들도 납득할 것이다.

이 방법을 쓴다면 미오가 물리친 마물의 잔해에서 나머지 소재를 회수할 수 있을지도 모른다. 거기다 그들이 가는 길을 따라간다고 해도 일단 황야 안쪽이니, 어쩌면 그 소문의 신기루 도시라는 장소로 들어갈 수도 있을 것이다.

이 방법이라면 우리도 할 수 있다. 한심하다고 매도했던 패거리와 거의 동일한 결론에 도달했다는 건 켕기는 구석이 없지 않아 있지만, 토모에를 미행하는 것보다는 라이도우나 미오를 쫓는 편이 경쟁률이 훨씬 낮다. 물론 그만큼 위험은 늘어나지만, 모험자인 만큼 이 정도는 허용할 수 있다.

방침은 결정 났다.

이제 남은 것은 그들이 언제 움직이느냐는 것이다.

미오는 정말로 거처를 파악하기 어려운 인물이었다. 그렇다면 라이도우를 목표로 삼자. 녀석을 쫓다보면 반드시 토모에나 미오를 만날 수 있을 것이다.

그리고 나는 라이도우에 관해서 하나의 정보를 가지고 있었다. 조금 불확실한 정보지만, 라이도우는 가끔 훌쩍 모습을 감추는 일이 있다. 그때 그가 도시의 특정한 장소로 이동하는 건지, 애초에 도시에 머물고 있는지조차 알 수 없었다. 그리고 라이도우가 모습을 감출 때면 대개 미오노 도시에 모습을 보이지 않았다. 어쩌면 두 사람은 황야에 불법 침입을 하고 있거나 특정한 특례를 얻어 정규 루트로 황야에 발을 들여놓고 있는지도 모른다.

라이도우가 혼자서 황야에 들어갈 리는 없다. 왜냐하면 그는 레벨과 랭크가 압도적으로 부족하기 때문이다. 토모에나 미오를 동반할 경우엔 특례를 얻을 수도 있겠지만, 혼자서는 출입 허가를 받을 수도 없을 것이다.

……그는 묘하게 예민한 구석이 있다. 나를 피하고 있을 때도 그랬다. 내가 그와 접촉을 예상하고 있던 장소 직전에 다른 길로 이동하거나, 어느샌가 미행을 따돌리기까지 했다. 나 혼자선 그의 행동을 완전히 파악할 수가 없었다. 어떻게 나의 낌새를 알아차리고 있는지는 알 수 없었으나, 무슨 수작을 부리고 있는 건 확실하다. 레벨 1 주제에 모험자인 나의 미행을 따돌리고 어디론가 모습을 감춘다고? 정말 점점 수상해지는군.

그렇기 때문에 이 작업은 파티 멤버 두 사람에게 교대로 해달라고 부탁해야겠다.

우리들 세 사람은 츠이게에서 태어나 츠이게에서 자란 토박이들이다. 세 사람 중 둘만 달려들어도 지리에 어두운 라이도우를 따라잡는 정도는 가능할 것이다. 그리고 남은 일은…… 언제 황야로 나가도 문제가 없도록 준비를 해둬야 한다.

돌발 상황이 생겼을 경우엔 라이도우 일행의 선수를 칠 생각도 해야 한다.

모처럼 모험자가 된 이후로 싹수가 보이기 시작한데다가, 이름을 팔기에 안성맞춤인 전쟁까지 벌어지려고 하는 이 시기에 먹음직스러워 보이는 봉이 눈앞에서 대기하고 있단 말이다.

일생일대의 찬스라는 건 바로 이런 경우를 두고 말하는 거겠지. 출세하기 위해선 절대 실수해선 안된다.

◇◆◇◆◇

아공에 관한 황당한 소리를 들은 다음 날, 나는 미오에게 이끌려 아공의 한 밭을 방문했다. 미오가 아르케를 거느리고 황야를 탐색하다가 발견한 암브로시아 꽃을 확인하기 위해서였다. 현재 암브로시아는 아공에서 재배하고 있다.

……그건 그렇고 암브로시아는 정말로 황야에서 꽃을 피우고 있었구나?

미오가 말하기로는 원래의 군생 상태가 훼손되는 사태를 피하기 위해서 몇 그루만 허락을 받은 후에 가지고 돌아왔다고 했는데, 누군가 관리자라도 있던 건가?

"미오, 그러고 보니 허락을 받았다고 했었는데 암브로시아 밭에 관리인 같은 사람이라도 있었던 거야?"

생긋, 미오가 미소를 짓고 암브로시아를 가리키며 대답했다.

"이 아이들에게서 직접 허가를 받았답니다. 더할 나위 없이 가장 확실한 허가였죠."

응? 이 아이들이라고?

나도 암브로시아의 목소리 같은 걸 들을 수 있는 능력은 없는데, 혹시 미오의 득수 능력인기?

"미오는 식물하고 대화할 수 있는 거야? 연금술이나 해독 능력도 그렇고 넌 의외로 숨겨진 특기가 많구나."

"대화할 수 있다고 해도 명확한 언어로 말이 통하는 건 아니랍니다. 그저 의사소통이 조금 가능한 정도지요."

"그렇구나……. 그래서, 여기에 뿌리를 내릴 수 있을 것 같대?"

"그건 지금부터 확인할 일입니다. 만약 실패한다면 황야에 위치한 원래 장소로 되돌리고, 토모에게 부탁해서 결계를 쳐놓을 생각입니다."

미오는「휴만들이 암브로시아를 발견하면 남김없이 채집해 버릴 테니까요.」라고 덧붙였다.

그건 나도 동감이야. 미오도 나름대로 성장하고 있는 것 같다. 정말 기쁜 일이야.

"하지만 도련님. 문제가 없지는 않습니다. 아니, 사실 문제라고 해도 몹시 사소한 일이지만요……."

"뭐지?"

일단 당장은 순조롭게 진행되고 있는 느낌인데?

"어디까지나 자칭에 지나지 않지만, 아무래도 암브로시아의 수호자를 자처하는 이들이 있다는 것 같습니다. 사실 이번에 암브로시아를 가지고 올 때 그들의 양해를 구하진 않은지라, 설명을 하지 않으면 귀찮은 일이 생길지도 몰라요."

"……수호자라고?"

그런 녀석들이 존재한다면, 채집한 흔적을 토대로 범인을 찾으려고 시도할지도 모른다. 그들이 암브로시아의 군생지(群生地)에 가까운 츠이게까지 조사의 범위를 확대한다면, 그 과정에서 누군가에게 암브로시아의 군생지가 발각되는 일이 생길 가능성도 있다.

암브로시아의 가치는, 요전에 렘브란트 저택에서 벌어진 소동을 통해 몸소 깨달을 수 있었다. 만에 하나 그 군생지가 발견된다면,

츠이게에서 휴만끼리 분쟁이 벌어질 가능성도 크다. 그건 좀 문제가 있지.

"예. 군생지의 상태로 봐서, 아마도 요정종(妖精種)의 일종이라고 생각합니다만 아무래도 융통성이 없는 완고한 일족 같습니다. 저희들이 대화를 시도해도 순순히 들어줄지 모르겠습니다."

"하지만 암브로시아들 스스로는 승낙했으니 일이 커지진 않지 않을까?"

"아니요. 처음에 말씀드렸습니다만, 그들은 어디까지나 자칭 수호자들입니다. 그들에게 이 아이들과 의지를 교환할 수단 같은 건 없고요. 그저 귀중한 식물을 일방적으로 보호하면서 지키고 있을 뿐인 것 같습니다."

요정종이라고 하면 나무나 풀과 대화를 나눌 수 있지 않을까 싶었는데 그런 능력은 없나보군.

멸종했다고 알려져 있는 식물을 발견한 이후로 그것을 보호하면서 관리하고 있는 종족이라. 충분히 납득도 할 수 있고 공감도 가는 행동원칙이다.

요정, 요정이라? 허공을 날아다니는 조그마한 픽시[#1]나 나무를 수호하는 여성 요정인 드리아드[#2] 같은 종족인가? 성실하고 완고한 성격이라고 하면, 남성 타입이지만 장인 같은 분위기의 노커[#3]

[#1] 픽시(Pixie) 영국 콘월 지방 등 남서부의 민간전승에 등장하는 요정. 게으른 이를 발견하면 폴터가이스트 현상을 일으킨다고 한다.
[#2] 드리아드(Dryad) 그리스 신화에 등장하는 참나무의 정령. 여성의 모습을 하고 있고 나무를 상처 입히는 자를 공격한다. 그리고 아름다운 남성이나 소년을 나무 속으로 끌어들인다. 그 속으로 들어갔다가 나오면 몇 십 년에서 몇 백 년 정도 경과한다고 한다.
[#3] 노커(Knocker) 영국 콘월 지방 등 남서부의 민간전승에 등장하는 광산의 요정. 광부들이 작업을 할 때 벽을 두드려 광맥의 장소나 위험을 알린다고 한다.

일 가능성도 있겠네. 만약에 드리아드라면 처음으로 공략 범위 안에 들어오는 종족이 등장하는 건지도?

……츠이게 사람들은 왠지 너무 미인들뿐이라 손이 가질 않더라고~. 겁쟁이가 되놔서요. 거기다 상점 점원으로 근무하고 있는 누님들은 그나마 평범한 편이지만 정말 경악스러운 건 여성 모험자 여러분들 쪽이다. 가끔 어이가 없어서 다시 쳐다볼 정도로 노출이 높은 아가씨들이 있단 말이야.

한번은 여성 모험가 중에 상반신 쪽은 가슴에 자그마한 붕대만 감은 사람을 본 적이 있다. 그런 옷을 입고 있는 주제에 얼굴 쪽은 밑 부분을 아라비아 여성들이 사용하는 듯한 천으로 가리고 있더라고. 거꾸로 입고 나오신 거 아녜요~?! 까딱 잘못하면 나도 모르게 태클을 걸 뻔 했다.

그렇지 않아도 주위엔 리얼하게 움직이는 짐승 귀 소녀에다가 평범한 인간으로선 불가능할 정도로 가냘픈 몸매의 엘프 등 각종 다양한 기호를 만족시켜주는 분들이 풍부하게 넘쳐난다고? 뿐만 아니라 평범한 미인 아가씨들까지 과격한 복장을 입고 있으니, 차라리 요정 쪽이 그나마 친밀한 느낌이 든다.

거·기·다·가!

두 사람의 종자가 고레벨인 덕분에, 최근에 나 같은 녀석에게도 미인계를 걸어오는 여성분들도 꽤 많다! 모험자로 보이는 분위기의 아가씨들은 얼핏 보기엔 나에게 작업을 거는 걸로 보이지만, 사실 토모에나 미오에 대한 흥미가 뻔히 내비친단 말이지. 그리고 내가 렘브란트 상회를 들락거리는 것도 소문이 나서 돈이 많아 보인다고 접근해 오는 아가씨들도 있다. 솔직히 말해서 양쪽 다 너무 부담스러워.

아공으로 돌아오면, 토모에는 몰라도 미오의 경우엔 뭔가 원하는 표정(아마 내 착각은 아닐 거라고 생각한다)으로 내 방을 찾아오는 날도 많다. 토모에는 미오가 그런 행동을 하는 모습을 즐기고 있는 건지, 최근엔 비교적 얌전한 편이다. 이제 슬슬 벅차다고. 정말로 벅차. 중요한 일이라서…… 아니, 그건 됐고. 하여간 그 정도로 벅차다.

그래서 고백이나 데이트 같은 연애 요소는 몽땅 생략해 버리고 단번에 어른이 되려고 했지요. 들려오는 풍문에 따르면, 확 한번 뽑고 나면 현자가 될 수 있다고 해서 말이지.

예, 이판사판으로 사창가의 창관에 들어갈 뻔한 적이 있습니다. 뭐, 거의 반 강제로 끌려 들어간 거지만요. 그때 나는, 이런 것도 나름 괜찮을지도 모른다고 생각해 버렸다. 떠올리고 싶지 않아.

한 발자국만 더 들어가면 창관으로 통째로 빨려 들어갈 뻔 했는데, 어디에서랄 것도 없이 갑작스럽게 나타난 토모에와 미오에 의해 아공으로 끌려 들어온 끝에 둘 중에 한 쪽을 안으라느니 차라리 둘이 동시에 시중을 들겠다느니 난장판이 벌어졌다. 나는 두 사람이 한꺼번에 옷을 벗기 시작한 틈을 노려 방에서 탈출하려고 시도했지만, 그녀들은 왠지 몸에 좋지 않을 것 같은 분홍빛 안개와 끈적끈적한 거미줄을 사용하면서 정말 집요하게 들이댔다.

너희 둘은 너무 가족 같은 느낌이 든다고. 가족이나 다름없는 두 사람을 안아서 내 여자로 삼는다는 건 근친상간이 아닌가 싶을 정도야. 토모에와 미오는 너무 가깝다. 이미 평범한 친구나 종자라고 단언하기엔 너무 관계가 두텁고 가까워졌어.

어쩌면 토아 같은 경우도 두 사람과 비슷할 지도 모르겠다. 그녀의 경우엔 그저 예전에 알고 있던 지인과 비슷하게 생겼을 뿐이니, 엄밀하게 따지고 들어가면 내 가족인 두 사람하고는 얘기가 다르지만 말이야.

따라서 당분간 몸을 섞을 만한 상대를 찾기는 어려울 것 같다. 마음이 정말 외롭네요. 토모에나 미오와 떨어져서 행동하게 된다면 얘기는 달라질 수도 있겠지만—.

"저기…… 도련님? 듣고 계시나요?"

아이코, 쓸데없는 걸 생각하고 있었군. 내 성 사정 같은 건 일단 별로 중요한 일이 아니야.

암브로시아를 관리하고 있는 것으로 추정되는 요정들에게 아무런 말도 하지 않고 멋대로 가지고 와버렸으니 인사라도 하러 가자는 거지? OK.

"뭐, 나쁜 녀석들도 아닌 것 같으니 어찌됐건 만나서 대화를 해봐야겠군."

"도련님께서 직접 나서실 필요까지는…… 저 혼자서 갔다 오려고 했는데요."

"아니, 난 괜찮아."

"하지만…… 저에게 맡겨만 주신다면!(차라리 그때 미리 찾아내서 다 먹어버리고 올 걸 그랬나? 도련님을 귀찮게 하다니 송구스럽네.)"

응? 지금 뭔가 무시무시한 생각이 들려온 것 같은데? 아니 생각이란 건 들리는 게 아니지. 그럼 지금 들려온 건 대체 뭐지?

이건…… 그렇군. 하여간 이대로 미오에게 전권을 위임하는 건 위험하다는 예감이 든다. 그건 틀림없어.

"미오, 가끔은 함께 외출이라도 하는 게 어때?"

"……!! 함께요?!"

"그래, 그래. 함께 외출하자고."

"예, 가겠습니다! 가지 않을까 보냐!"

너 너무 흥분한 거 아냐?

요정종이라. 실제로 대충 어떤 느낌일까?

……눈치가 빠른 메이드 성격의 누님 캐릭터하고 만나고 싶다.

내 종자들은 정말 프리한 녀석들뿐이라서 그런 누님이 계시다면 내가 직접 아공으로 모셔올 지도 모르겠군.

아니, 그게 중요한 게 아니지.

……누님 타입 캐릭터는 꼭 필요하진 않아.

토모에나 미오에게 심취하는 타입이 아니고, 두 사람을 거슬러서라도 나를 편하게 만들어 줄 수 있는 인재를 엄—청 진지하게 모집 중입니다.

3

훗.

후후후.

후후후후후후하하하하하하하!

알고 있었어. 알고 있었다고————!

이 세계가 나에게 만만하지 않다는 것 정도는 말이야!

예! 지금 현장에 나와 있는 미스미 기자입니다!

저는 지금, 닥쳐오는 화살과 마법을 방어의 계와 양팔로 튕겨내면서 폭주 직전의 미오를 겨드랑이에 끼워 넣은 채 어디서 솟아났는지 모를 휴만 파티 세 사람을 지키면서 휴전 교섭을 시도하고 있습니다!

미오를 부둥켜 들고 휴만들을 신경 쓰면서 요정들에게 말을 거는 동시에, 공격을 회피하기 위해 뛰어다니면서 가끔 반격하고 있다.

……이건 대체 무슨 상황이야!

혼돈! 그야말로 혼돈 그 자체!

대체 어떻게 돌아가고 있는 거야! 고함을 치고 싶은 심정을 억누르면서, 정말 필사적으로 뛰어다니고 있다.

적은 미오에게서 전해들은 요정종 두 사람이다.

한 사람은 활로 이쪽을 겨눈 채 정확하게 저격해온다. 특히 성가신 점은 저 녀석이 쏜 화살은 공중에서 분열하면서 숫자가 증식되기 때문에 피하기가 엄청나게 어렵다는 것이다! 지금 쏘고 있는 화살 중 대부분이 나무에 꽂히고 있다고 해도, 확실하게 명중률이 오르고 있다는 것이 느껴진다. 활과 화살 중에 어느 쪽인지는 모르겠지만, 정말 성가신 부여 효과가 걸려 있는 무기를 사용하는군!

나머지 한 사람은 짧은 지팡이를 들고 있다. 상위 고대어라는 마술용 언어로 영창하면서 공격 마술을 흩뿌리고 있다. 이 녀석이 사용하고 있는 마법은, 도중에 파열되면서 효과 범위를 확산시키는 산탄 모양의 얼음 탄환과 보이지 않는 바람의 칼날이다.

산불로 번질 것 같은 불 속성 마술이 아니라는 게 불행 중 다행이다. 아니 잠깐 기술들이 어떻게 된 게……, 너희들 정말 분열 증식 좋아하는구나?!

상위 고대어라는 명칭부터 뭔가 대단해 보이지만, 내가 마법의 영창에 사용하고 있는 하이랜드 오크어하고는 또 다른 느낌이군. 이름에 상위라고 붙어있는 만큼, 일반적인 마술사들이 구사하는 하위 고대어보다 마력과 마술 사이의 전달률이 양호했다. 5의 마력으로 1의 마술을 발현시키는 느낌이다. 오크어의 전달률은 1대 1이었으니, 하이랜드 오크 쪽이 굉장한 언어를 구사하고 있다는 건 변함없었다.

요정종 두 사람이 몸에 걸치고 있는 방어구는 연둣빛 경갑옷이다. 갑옷 사이로 갈색 피부가 보였다. 갑옷이라기보다는, 일상복 위에 가슴이나 어깨를 지키는 호구(護具)를 길치고 있다는 표현이 정확할 것이다. 갑옷 밑에 입고 있는 옷으로 가리지 않은 팔이나 목덜미는 평범하게 눈에 들어온다. 기동력을 우선한 방어구로, 방어 성능의 대부분은 부여 마법에 의지하고 있는 듯하다.

연둣빛 같은 폼 나는 색을 이 정도로 멋지게 소화할 수 있는 건 저주받은 섬의 하이엘프 정도라고 생각했는데, 내 인식이 틀렸던 것 같다. 미인은 뭘 입어도 모양이 사는군.

붉은 눈동자에 백발, 몸매는 날씬하다. 글래머라기보다는 모델 체형이라고 할 수 있다.

궁수 쪽이 마법사보다 훨씬 키가 크다. 겉으로 보기엔 참 균형이 안 맞는데, 함께 있으면 어딘지 모르게 그림이 되는 불가사의한 콤비였다.

"사악한 휴만 녀석들! 태고의 시절부터 이 땅에 뿌리내린 홍련화(紅蓮華)를 함부로 따간 걸로도 모자라서, 감히 우리의 징계를 거역하다니!"

궁수가 고함을 질렀다.

징계라니, 지금 있는 힘껏 죽이려고 달려들었잖아요! 판결이 사형밖에 없으면 회피하는 게 당연하잖아! 어찌됐건, 그만 좀 쏘라고!

지팡이를 든 자그마한 쪽도 한 마디—.

"그 죄, 일단 목숨으로 페이백?"

그 말투는 뭐야! 여기 판타지 세계아니었냐!?

보이지 않는 바람 칼날과 얼음 산탄…… 그야말로 악마 같은 조합으로 무작정 공격을 해온다!

나는 조금도 멈출 낌새가 보이지 않는 요정종 두 사람의 공격을 방어의 계로 튕겨내면서, 큰 소리로 대화를 시도했다.

"오해라니까! 알겠어? 나와 내 일행은 뒤에 있는 세 사람과는 무관해. 어쨌든 이야기를 들어달라고! 아니 그 전에 공격을 멈추라니까!"

궁수 쪽이 고함을 지르며 내 말에 대답했다.

"너는 아까부터 그 세 사람을 지키고 있지 않나! 그렇다면 한 패가 아니고 뭐란 말이냐! 정체를 알 수 없는 마술까지 사용하고!"

아니 이건 마술이 아니라 계라는 기술이거든요? ……이런 상황

에서 설명 같은 걸 할 수 있을 리가 없지.

"그리고 너에게서 홍련화의 스멜이 나. 일단 너는 데드 오어 얼라이브."

지팡이 소녀…… . 넌 개코냐?! 거기다 말하는 투가 여러 가지로 이상하다고!

개라면 개답게 충성스러운 느낌으로 말이지―.

"멍."

지팡이 소녀가 갑자기 짖었다.

"왜 짖는 거야!"

"왠지 일단 짖어두라고 계시가 내려왔어. ……나에게서."

"계시라는 건 직접 내리고 직접 받는 거냐?! 어쨌든, 그만 둘래? 아니, 그만 두자! 이제 슬슬 위험하다고!"

이 녀석은 정말 분위기부터가 묘한 녀석이다.

"저기, 당신! 아까부터 계속 도망만 치고 있잖아요! 빨리 토벌해 주실 순 없나요?!"

내 뒤에 숨어있던 3인조 중 한 사람이 외쳤다. 너는 내 비호를 받고 있는 입장에서 그 따위 소리를 할 수 있다고 생각하냐?! 명확하게 네가 지껄일 대사가 아니잖아?!

"그래! 모처럼 암브로시아라는 보물을 발견했다고! 약간이라면 나눠줄 수 있으니까 저런 꼬맹이 두 마리 정도는 빨리 해치워 버리라고!"

"히이이이이익! 죽는다아아아아! 이번에야말로, 정말로오오! 죽는다아아아아!"

제발 좀 닥쳐라, 휴만 트리오! 너희들이 출현한 타이밍을 생각해 보면, 완전히 내 뒤를 미행한 거잖아! 어느샌가 암브로시아의 발견자라는 자리까지 넘보고 있고!

이럴 줄 알았으면 서투른 미행이나 시도하던 이 녀석들을 잽싸게 따돌릴 걸 그랬다. 일단 어떻게 나올지 두고 보자고 느긋하게 굴었던 게 이런 결과를 초래할 줄이야.

실질적인 피해가 없으니까 내버려뒀던 게 완전히 실수였어.

요정은 우리와 거리를 두고 장거리 저격으로 공격해 왔다. 나는 그 공격을 방어의 계로 막아내면서 휴만들의 상태를 살폈다. 응? 보물 타령하면서 아우성치는 누님은 어디서 본 적이 있는 것 같은데? 분명 저 얼굴은…… 내가 일시적 기분으로 일을 저지를 뻔 했던 창부 누님이잖아……. 모험자였단 말이야?

그때, 겨드랑이에 부둥켜 들고 있던 미오가 입을 열었다.

"도련님…… 먹어버려도 되지요? 이 녀석들, 전부 해치워도 되지요? 두 사람만의 시간을 이렇게 엉망으로 망쳐버린 잔챙이들인 걸요? 먹어버릴게요? 괜찮지요?"

"안 돼━━━━━━━━━! 미오, 안 돼! 기다려!"

전부라. 미오의 앞에선 요정이건 휴만이건 평등하다는 건가……. 아니 잠깐 그게 아니아!

나는 온힘을 다해서 옆구리에 끼고 있는 미오의 속삭임을 부정했다! 이 녀석 나를 제외한 이 일대의 모든 존재들을 전부 다 잡아먹을 생각이다!

그야말로 사면초가! 어떻게 하지? 대체 어떻게 하면 좋은 거냐고!

내가 이 상황을 수습하기 위해 머리를 굴리고 있자, 갑자기 귀에 익은 목소리가 머릿속에 울려 퍼졌다. 염화(念話)다.

'도련님. 아까부터 구경하고 있었습니다만 이거야 참 유쾌한 상황이군요.'

이 목소리는…… 토모에! 오오! 종자 1호! 이 상황에서 기사회생의 계책이 도착하는 건가?

'토모에, 토모에냐?! 이 상황을 어떻게 해결할 수 없을까?!'

'……미오와 단 둘이서 황야의 밀회를 즐기시던 분께서 그런 부탁을 하셔도 되는 겁니까?'

이 녀석, 이런 비상사태에 무슨 헛소리를 하는 거야! 이게 어딜 봐서 밀회로 보이냐?!

'아니, 아니라고! 난 요정들과 이야기를 하러 온 것뿐이야. 미오를 혼자만 보내면 요정들은 존재를 말소당해서, 이 녀석의 위장 속으로 들어갈 것 같은 예감이 들었다고! 아니 잠깐, 너 대체 언제부터 구경만 하고 있던 거야?!'

이 상황을 파악하고 있으면서도 방관만 하고 있었다니, 지금 그런 짓을 한다는 건 분위기 파악을 못 해도 너무 못 하는 거 아니냐?

'휴만 몇 마리가 도련님과 미오의 꽁무니를 미행하기 시작했을 무렵부터 일까요? 멀리서나마 지켜보고 있었습니다.'

'……츠이게에서부터냐!'

'하지만 참 즐거워 보이시던데요. 이 몸의 경우엔 아공에서 일본 문화를 조금 추구하는 것만으로도 꾸중을 듣는 게 일상다반사인데?'

'이 녀석들은 멋대로 꽁무니를 쫓아왔을 뿐이잖아! 토모에, 부탁

해! 이제 논이건 일본도건 얼마든지 시범 제작해도 좋으니까! 날 도와줘!'

'……! 그 말씀을 기다리고 있었습니다! 신상필벌은 천하의 진리! 휴만 세 마리를 아공에 끌어들일 테니, 대충 폭발 비슷한 거라도 일으켜 주십시오. 그 후에 도련님께서 미오의 폭주를 다스리시고 나서 그 숲도깨비들과 이야기를 마무리 지으시면 될 겁니다.'

숲도깨비!

도깨비여! 요정 아니랑께! 거기다 상당히 어처구니없는 약속을 하고 말았다! 덕분에 아공이 더욱 묘한 일본 문화에 물들 예정이다.

꽤 살벌한 이름이라는 사실이 판명됐다. 하지만 겉보기엔 요정이라고 해도 위화감이 없다. 으—음, 도깨비하고 요정 중에 대체 어느 쪽인 거야?

응? 미오가 겨드랑이 사이에서 뭔가 중얼거리기 시작했다.

"죽인다죽인다죽인다……!"

아, 예. 죽은 생선 같은 눈빛으로 숲도깨비들을 쳐다보기 시작했~다.

미오가 초위험 영역으로 돌입했다. 토모에, 빨리 부탁한다고요!

"칫! 안쪽의 휴만 녀석들부터 처치해주지! 죽어라!"

요정종, 아니 정확히 말하자면 숲도깨비 중 활을 사용하는 쪽이 공격을 걸어왔다. 녀석은 지금까지 나를 표적삼아 똑바로 화살을 쏘고 있었지만, 방어의 계에 가로막혀 번번이 튕겨나가는 상황에 진절머리가 난 것 같다.

활을 들어 올려 각도를 수정한 후, 즉시 활을 쐈다. 화살은 나를 뛰어넘어 안쪽의 휴만들을 직접 노리기 시작했다.

"어?! 잠깐! 빨리 어떻게 좀 해봐!!"

휴만 중 한 사람이 나를 향해 고함을 질렀다. 걱정하지 않아도 지금 구해준다고요!

……좋아, 딱 알맞은 화살 세례로군.

나는 휴만 일행을 둘러싸듯이 불꽃의 돔을 발생시켰다.

아무리 증식한다고 해도 화살 본체는 나무다. 딱히 속도에 보정 효과가 걸려있는 듯한 기색도 없다.

땅바닥에서 뿜어 올릴 뿐인, 겉치레만 중시한 불꽃 벽 정도로도 충분히 전부 태워버릴 수 있다. 화살촉까지 태워버리진 못 하더라도, 스피드만 죽이면 화살의 공격력은 없는 거나 마찬가지니까.

……조금 데일 수도 있겠지만 그 정도는 참으라고.

세 사람의 기척이 사라진 것을 감지했다. 그들은 적절한 타이밍에 갑자기 출현한 불꽃 장벽에 공황을 일으킨 듯, 전혀 저항이나 항의다운 항의도 못한 채 토모에의 안개 속으로 빨려 들어간 것 같다.

이제야 나와 미오, 숲도깨비들끼리 조용히 얘기를 시작할 수 있는 상황이 됐군.

"미오! 이봐, 미오!"

반응이 없다. 그냥 시체인 것 같다……. 아니, 뭔가 중얼거리고 있잖아?

"이제 됐어, 죽인다, 먹을 거야, 전부 녹여서 주스처럼……!"

사건을 일으키기 수 초 전?!

ㅇㅇㅇㅇㅇㅇㅇㅇㅇㅇ. 어쩔 수 없지!

나는 조금 망설이다가, 얼음 속성 마법으로 끝부분을 예리하게 만든 별사탕 모양의 물체를 오른손 안쪽에 출현시켰다. 그리고 오른 주먹을 있는 힘껏 움켜쥐었다.

이런 거 말고도 좀 다른 방법이 있을 것 같기도 했지만, 때는 이미 늦었지.

손바닥에서 혈액이 뚝뚝 떨어졌다. 그 양은 그렇게 많진 않다.

그리고 상처 입은 오른손을 왼쪽 겨드랑이에 부둥켜 들고 있던 미오의 입가에 갖다 댔다.

미오의 중얼거림이 중단됐다. 입을 가로막았기 때문이 아니라 미오의 입에 닿은 붉은 액체로 인한 효과다.

미오의 혓바닥이 손바닥을 핥고 다니는 감촉에 오싹하고 소름이 돋는다. 아― 됐으니까 마음대로 마셔라. 그리고 고장 난 라디오처럼 주문 비슷한 미친 소리 좀 안 나게 해!

우선 이걸로 미오의 폭주도 잦아들 것이다. 맛있는 음식에 정신이 팔려 있으니 말이야.

그럼―.

지금까지 나는 끊임없이 이동하면서 숲도깨비들을 설득하고 있었다. 하지만 이세, 그녀들을 똑바로 쳐다보면서 멈춰 서기로 했다.

"흠만, 내부 분열이라도 일으킨 거냐?"

활을 쓰는 녀석은 내가 세 사람을 태워 죽였다고 생각하고 있는 걸까? 하긴 척 보기엔 그렇게 보일 수도 있겠군.

"아니, 격리시켰을 뿐이야."

"다른 휴만들의 움직임이 갑자기 사라졌어."

곧바로 지팡이를 든 녀석이 나를 향해서 지팡이를 조준하기 시작했다. 활이다 지팡이다 움직일 때마다 일일이 설명하는 것도 귀찮으니, 편의상 활은 A, 지팡이는 B라고 부르자.

주위에서 이변이 느껴졌다. 이건 바람 속성 마법인가? 그녀의 영창으로 인해 모여드는 마력으로부터 그 위력이 느껴진다. 지금까지의 공격과는 달리 상당한 대규모 술법이다.

"미오, 흩어버려."

부둥켜 들고 있던 미오에게 한 마디, 명령을 내렸다.

─암흑 마법은 다른 속성 마법이 가지고 있지 않은 몇 가지 특성을 지니고 있다. ……가장 큰 특징은, 빛을 다스린다고 일컬어지는 여신과 상극의 속성으로 간주되어 혐오의 대상이 되고 있다는 거지만 말이야. 참고로 나는 그런 배경 설정 따위는 전혀 신경 안 쓴다.

그 이외에도 가지고 있는 몇 가지 특성 가운데 하나가…….

"예, 도련님."

제정신으로 돌아온 것 같이 보이는 미오가, 상대가 운용하는 마력의 흐름을 응시하고 있었다. 미오는 한번 스쳐본 것만으로도 흐름을 「파악」한 것 같다. 본능적으로 구사하고 있다는 느낌이긴 하지만, 그래도 역시 대단하군.

한곳으로 모이던 마력이 술법으로 발현되기 직전─.

그 힘의 흐름이 갑작스럽게 산산조각 나면서 흩어졌다. 미오의 소행이다.

"······?!"

숲도깨비B는 무슨 일이 일어났는지 영문을 알 수 없다는 표정을 지었다. 그야 그렇겠지. 지금 미오가 보여준 능력은, 거의 곡예나 다름없는 술법이다. 나도 미오에게서 술법에 대한 설명을 들으면서 연습하고 있지만, 아직은 도저히 실전에서 쓸 만한 레벨이 아니다.

암흑 속성의 마법은 마력을 잡아먹는 성질을 지니고 있다. 게다가 지극히 한정된 조건에서만 높은 효율을 발휘한다.

영창이 끝나서 완성된 마술의 마력을 흡수할 경우엔 그 효율은 극단적으로 떨어진다. 만약 상대의 술법을 소멸시키려고 시도한다면, 대상이 되는 마법의 몇 배 정도는 마력이 필요할 것이다. 따라서 실용성은 거의 없는 거나 마찬가지이며, 순수하게 마력을 흡수하는 용도로 사용하는 술사는 없다. ······미오는 별 신경 안 쓰고 마구 사용하지만 말이야.

하지만 영창 도중의 마력에 대해선 그와 반대로 작용한다. 영창을 시도하는 장본인이나 그 본인의 곁에서 발동하는 마력의 원천을 대상으로 할 경우가 바로 그렇다. 암흑 마법은 술사들이 일반적인 촉매로 사용하는 지팡이나 손가락 끝에 모이는 마력을, 대단히 효율적으로 먹어치우는 성질을 지니고 있다.

만약 마법이 발동하기 전에 그 기점 역할을 하는 지팡이나 손가락, 손바닥에 모여 있던 마력을 먹어치우면 어떻게 될까?

해답은 간단하다. 술법의 발동 그 자체를 무효화시킬 수 있다. 뿐만 아니라 먹혀 버린 마력이 술사에게 환원되지도 않기 때문에,

상대는 쓸데없이 마력만 소비하게 되는 것이다.

한마디로 굉장히 변칙적인 카운터 매직이 성립하게 된다. 상대의 기술이 발동하기 전에 선수를 칠 수 있다고 해야 하나? 이 기술이 효과를 발휘하는 대상은 암흑 속성을 제외한 다른 모든 속성들이다.

하지만 암흑 마법으로 상대의 마법을 잡아먹는 술법은, 당연히 난이도가 극단적으로 높은 기술이다. 선수를 쳐서 영창을 개시한 상대보다 빨리 암흑 마법을 발동시킬 필요가 있기 때문이다. 그런데 오랜 세월 동안 어둠과 일체화되어 살아온 미오는, 마치 사람들이 호흡하는 듯한 감각으로 이 과정을 간단하게 해치운다. 본능이란 건 무시무시하군.

그렇기 때문에 이런 곡예를 실전에서 사용할 수 있다는 거지. 만약 그녀와 대결할 생각이라면 영창 시간이 긴 고위·고위력의 대마법 같은 술법보다는, 심플한 술법 중에서 가능한 한 위력이 강한 마술을 선택해서 연사하는 전술이 효과적일 것이다. 물론 그 마술도…… 잡아먹힐지도 모르겠군. 음, 이 녀석하고만큼은 절대 싸우고 싶지 않다.

"대화를 하기 위해 힘을 보여줄 필요가 있다면—."

나는 미오의 변칙적인 카운터 매직에 경악스러운 표정을 짓고 있는 숲도깨비들에게 말을 걸었다.

"호오, 해볼 생각이냐?"

씨익, 숲도깨비A가 웃어 보였다.

"기다려, 뭔가 이상해."

숲도깨비B는 술법의 발동 실패로 인해 살짝 동요하고 있는 것처럼 보였다. 이미 늦었거든!

"—일단 너희들을 무력화시키는 것부터 시작하지."

표적은 그녀들이 들고 있는 지팡이와 활이다. 하지만 정면에서 곧이곧대로 노릴 경우엔 위치로 봐서 몸까지 꿰뚫어버릴 것 같군.

'미오, 잠깐 눈부실 거야.'

내 의도를 미오에게 짧게 전달했다.

라이트의 마법을 위력은 강하게, 효과 시간은 순식간으로 설정해서 숲도깨비 두 사람이 서 있는 위치의 한가운데에 작렬시켰다. 별 거 아닙니다. 그냥 섬광탄이죠.

나는 한쪽 팔로 얼굴을 가리면서 빛으로부터 물러나듯이 몸을 비틀고 있는 두 사람의 손에 들린 각각의 무기를 향해 불릿을 발사했다.

불릿이 그녀들의 지팡이와 활을 꿰뚫으면서 그것들을 파괴했다. 무기들이 예상보다 튼튼할 경우를 내비해서 다음 탄환도 영창해뒀지만, 필요 없었다.

……피, 피곤하다.

드디어 교섭을 시작할 수 있게 됐다. 이게 만약 게임이라면 대화하기 버튼 하나로 끝나는 얘길 텐데 말이지…….

"나는 아쿠아다."

"에리스."

두 사람이 모이면 스포츠 드링크#4다, 라고 콤비 소개를 하지는 않았다.

그러고 보니 벌써 꽤 오랫동안 안 마셨군. 동아리 활동 끝난 다음에 마시면 꿀맛이었는데.

여러 가지로 태클 걸 구석이 많았던 숲도깨비 A와 B는 이름까지도 일회용 개그 같았다.

키가 큰 아쿠아와 거의 초등학생 급으로 키가 작은 에리스, 멋들어지게 울퉁불퉁한 콤비라는 것도 웃기는군.

아쿠아와 에리스를 무력화시킨 후 포박하자, 의외로 간단하게 일족의 우두머리들과 만나게 해주겠다고 했다.

수상하다.

수상했지만, 방금 전의 전투에서 보여준 실력을 생각해보면 그녀들이 나에게 심각한 위해를 가할 수는 없을 거라는 생각이 들었기 때문에 그 제안을 받아들이기로 했다.

간단한 자기소개를 마치고 서로 통성명을 한 후에, 그녀들은 우리를 마을로 안내했다.

마을로 가는 길 자체가 그다지 좋은 분위기도 아니었고, 숲도깨비들은 적극적으로 입을 열지 않았기 때문에 많은 정보를 입수할 수는 없었다. 하지만 몇 가지 이야기는 들을 수 있었다.

우선, 그들은 희귀한 식물을 보호한다는 순수한 사명감에 입각하여 암브로시아를 지키려고 한 것이다. 일부러 마을에서 정기적

#4 아쿠아리우스(AQUARIUS) 일본의 발음은 아쿠에리아스. 1983년 일본 코카콜라에서 발매한 스포츠 드링크. 다른 스포츠 드링크보다 다소 연한 맛이다.

으로 인원을 파견해서 암브로시아를 보호하고 있었으니, 그녀들의 발언에 거짓은 없을 것이다. 그리고 그들의 마을은 츠이게에서 별로 멀지 않은 장소에 위치해있다는 사실이 판명됐다.

활을 다루던 쪽, 키가 큰 아쿠아가 턱으로 가리킨 방향에 마을로 보이는 집들의 모임이 보였다. 아마 저기가 틀림없이 숲도깨비들의 마을일 것이다.

츠이게에서 암브로시아가 자생하고 있는 숲까지 반나절 남짓 걸렸고, 그 숲에서 마을까지 몇 시간 정도의 거리다. 마을에서 츠이게까지는 반나절 정도 걸릴 것이다. 츠이게와 암브로시아의 숲, 그리고 숲도깨비의 마을이 삼각형을 형성하고 있는 듯한 위치 관계다.

하지만 츠이게 측은 이런 지리 정보를 가지고 있지 못 했다.

나는 그 사실을 이상하게 여겨서 탐색의 계를 전개해 주변을 조사해봤다. 그러자, 상당히 약화된 상태이기는 해도 결계와 같은 진형이 펼쳐져 있었다.

그 효과는 은폐인 것으로 추정된다.

……나에게는 그다지 효과가 없는 것인지, 결계가 통째로 보이고 있었지만 말이지.

아쿠아가 일부러 방향을 가리킨 것도, 「보이도록」 하는 의미가 있었는지도 모르겠다.

내가 마을의 존재를 확인하고 고개를 가볍게 끄덕이자, 아쿠아도 나와 마찬가지로 고개를 끄덕인 후 다시 걷기 시작했다.

내가 결계로 츠이게의 모험자들로부터 모습을 숨기고 있는 거냐고 질문하자, 그런 목적도 있다고 대답해줬다.

그녀들의 대답에 따르면, 모험자들 중에는 결계의 탐지를 특기로 삼는 이들도 있기 때문에 결계의 존재에 눈치채고 암브로시아의 숲이나 숲도깨비들의 마을을 발견하는데 성공한 이들도 있었다고 한다.

그런 모험자들을 상대할 때는, 실력을 행사해서 해결해 온 것 같다.

츠이게에서 이런 소문이 퍼지지 않았다는 것은, 사실상 숲도깨비들의 무력행사는 지금까지 전부 성공했다고 봐야 할 것 같다.

음, 만만치 않은 전투 집단일지도 모르겠군.

그건 그렇고…… 마을과 숲을 둘러싸고 있는 이 결계, 어딘지 모르게 친숙한 느낌인데?

이건 지금 당장 신경 쓸 일도 아닌가?

문제는 암브로시아에 대한 안건과 결계의 약화로 숲도깨비와 모험자의 충돌이 늘어나고 있다는 거니까.

"도착했어. 어서 옵셔. 숲도깨비 빌리지에."

자그마한 숲도깨비, 지팡이를 사용하던 에리스가 이쪽을 뒤돌아보면서 과장된 몸짓으로 머리를 숙여 보였다.

고전적인 클리셰이긴 하지만 일단 붙잡아 둔 상태라는 걸 마을 쪽 사람들에게 전하기 위한 의도로, 밧줄을 사용해서 허리 뒤에 양손을 묶어놓았기 때문에 에리스가 숙인 것은 머리뿐이었다. 하지만 만약 팔이 자유로운 상태였다면 가슴 앞으로 팔을 가져와서 집사처럼 그럴 듯한 포즈로 맞이했을 것 같군.

특이한 말투도 그렇고, 이 아이는 상당히 4차원 캐릭터 같다.

"마을의 대표들이 기다리고 있는 곳으로 안내하지."

아쿠아의 말투는 딱딱하고, 아주 진지한 성격으로 보였다.

그녀는 포박을 당한 상태임에도 불구하고 허리를 쭉 피고 있었고, 걷는 모습을 봐도 나와 미오에게 주눅이 든 분위기는 느껴지지 않았다.

착실한 군인이라는 느낌이다.

우리의 방문은 포박당한 두 사람의 안내를 받아 이루어졌기 때문에, 주민들의 시선은 상당히 차가웠다. 좀 거북한 느낌이군.

적의도 느껴진다.

하지만 나는 그들의 반응보다도, 숲의 한가운데에 위치한 그들의 마을에 강한 흥미를 느꼈다.

당연한 것처럼 목조 가옥들이 늘어서 있다. 그 중에는 굵은 나무 위에 지어진 오두막 같은 집도 있었다. 사방에서 풍겨 오는 녹색 식물들과 나무의 냄새, 그리고 아마 꽃이나 과일로 예측되는 향기가 마을에 가득 차 있었다.

내가 이미지로 떠올리는 숲의 주민, 엘프의 마을과 상당히 비슷한 느낌이다.

숲도깨비도 숲의 주민이니, 비슷하다고 해서 이상할 건 없었다.

피부가 갈색인 걸 보면 혹시 다크엘프와 비슷한 종족인지도 모른다.

역시 상식적으로 생각해서 판타지 세계에 왔으니 엘프의 마을 같은 것도 구경하고 싶잖아!

마을로 들어와서 얼마나 걸었을까. 우리를 안내해주던 아쿠아와 에리스가 커다란 저택 앞에 멈춰 섰다.

"어디까지 데리고 가실 생각인 거죠?"

미오가 조금 신경을 곤두세우고 두 사람에게 물었다.

아쿠아와 에리스는 미오의 질문에 대답하지 않고, 눈앞의 저택으로 들어가라고 재촉할 뿐이었다. 여기가 목적지인 것 같고 그 우두머리들이 기다리고 있다는 방까지만 가면 문제는 없어 보이지만, 미오에게 그런 사소한 일들은 그다지 상관이 없었다.

머릿속에서 생각한 말은 즉시 내뱉는다.

그리고 즉시 행동으로 옮긴다.

나도 미오의 이런 구석은 어느 정도 본받을 가치가 있다고 생각했다.

"여기다."

아쿠아가 멈춰 섰다.

문의 반대편에서 여러 개의 기척이 느껴졌다.

하지만 마법을 준비하고 있거나, 병력을 매복시켰다가 공격하려는 작전은 아닌 듯하다.

그렇지만 역시 뭐가 기다리고 있는지 알 수 없으므로, 아쿠아나 에리스로 하여금 문을 열게 하는 것이 상책일 것이다.

나는 그렇게 생각하고 두 사람을 묶어놓았던 밧줄을 풀어줬다. 아쿠아는 내 의도를 아는지 모르는지, 잠자코 문을 열었다.

그리고 문이 열린 저편에는 커다란 테이블과 그것을 에워싸는 형태로 의자들이 놓여 있었고, 숲도깨비 몇 사람이 앉아있을 뿐이었다.

"우리는 여기까지. 장로들과 대화가 끝나면 또 만날 거라고 생각해. 또 봐."

에리스가 무뚝뚝하게 내뱉었다. 또 보자는 말의 억양이 상당히 담담해서 친숙한 느낌은 전혀 들지 않았다. 마치 연기가 서투른 배우의 대사를 듣고 있는 것 같다.

……정말 속을 알 수 없는 녀석이다.

나와 미오는 그녀들의 안내를 따라서 그 방에 들어갔다.

갈색 피부와 붉은 눈동자, 차분하게 가라앉은 느낌의 백발—. 아니, 은백색이라고 해야 하나? 광택을 띠고 있어서 어떻게 표현해야 할지 잘 모르겠다.

귀는 짧았다. 얼핏 봐서 엘프처럼 뾰족하지 않을까 생각했는데, 자세히 보니 평범한 귀다. 몸매는 날씬한 편이어서 엘프와 비슷하다는 느낌이 들었다.

숲의 주민이라곤 해도 엘프도 아닌데 그 유명한 하이엘프 아가씨와 비슷한 하이센스 패션을 소화하다니 만만치 않은 종족이군.

다음에 기회가 있으면 한번 파랗게 물들인 가죽 갑옷을 선물해볼까? 대충 그런 생각을 하고 있었다.

"우리의 겉모습을 보고 디그엘프와 가까운 종족이라고 착각하고 있을지도 모르지만, 녀석들은 숲을 지키는 습성이 없네. 그리고 숲에 거주하는 엘프들 역시 정령의 힘을 숲에서 얻으며 삶을 영위하는 자들이지. 그 중에는 호수나 바다, 산에 거주하고 있는 일족도 있다고 들었지만 어찌됐건 우리와는 별개의 종족이야."

숲도깨비 일족의 장로 중 한 사람이, 내 생각을 헤아렸는지 그들 종족과 엘프의 차이에 대해 설명했다. 그렇게 치면 다크엘프는 어두컴컴한 이름이니까 동굴 같은 곳에 틀어박혀 사는 일족을 말하는 건가? 그건 다크라기 보다는 동굴 엘프잖아?

……단번에 쿨한 이미지를 날려버리는 이름이로군.

"……다크엘프라는 말은, 마술의 탐구에 탐닉한 나머지 정령의 가호를 져버린 일족을 가리키는 말이랍니다."

의외의 방향에서 해설이 들어왔다. 미오가 다크엘프에 대해 친절히 설명해줬다.

헤에, 미오가 뭔가를 가르쳐주다니 별 일 다 있군.

"우리 숲도깨비는 숲을 지키는 자들. 정령과는 관계없이 숲을 관리하면서 그 은총을 입으며, 그것을 널리 퍼뜨리는 자들. 숲지기라고 불리기도 하지. 어째서 당신과 같은 이가 머나먼 옛날부터 이 황야에 칩거하면서 세상에서 잊혀진지 오래인 우리 일족에 대해 알고 있는지는 모르겠다만—."

또 다른 장로가 일단 거기서 말을 끊고 눈으로 나의 대답을 재촉했다. 하지만 숲지기라? 최강 검사가 목표로 삼던 레이저 발사 골렘[5]이 아니라서 정말 다행이다. 만약 그쪽 숲지기였다면 지금쯤 사망한 건 내 쪽이었을지도 모르겠다.

토모에가 가르쳐줬다고 말해도 상관없을까? 토모에가 왜 숲도깨비의 명칭을 알고 있었는지 그 이유까지는 모르겠지만, 그 녀석의 이름을 듣고도 이 사람들이 미심쩍어 한다면 본인을 직접 데리

#5 숲지기 일본 만화 해황기에 등장하는 골렘. 한 나라의 군대도 괴멸시킬 수 있을 정도로 강하게 나옴.

고 오면 되니까 별 문제는 없겠지.

"상위 용종(竜種)인 신(蜃)을 알고 계시나요? 나름대로 인연이 있어서요, 당신들 종족의 이름을 가르쳐준 건 바로 그녀입니다."

"……!"

장로들의 반응이, 신의 이름을 듣자마자 순식간에 변했다. 동요와 경악이 우리가 앉아있는 원탁으로부터 주위를 향해 전파되는 것이 느껴졌다. 이미 늦었지만, 혹시 신이라는 이름이 숲도깨비들의 트라우마 같은 건 아니겠지? 뭔가 반응이 무섭단 말이야.

잠시 동안의 침묵을 거치고, 장로 중 한 사람이 입을 열었다.

"……틀림없이, 신 님이라면 저희의 이름을 알고 있어도 이상할 것은 없습니다. 이『세계의 끝』에 펼쳐진 황야에 사는 주민이면서 정령의 가호에 의지하지 않는 우리 종족은, 그 분에게 적지 않은 은혜를 입었습니다. 하지만 그 분께서 거처로 정하신 신령산은 이곳으로부터 머나먼 남서쪽입니다. 그곳은 도저히 휴만에 지나지 않는 당신이 도달할 수 있는 장소가 아닙니다. 휴만들이『절야』라고 부르는 거점에서조차, 도보로 한 달 정도 소요되는 거리인 것으로 알고 있습니다."

다행이다. 토모에게 나쁜 이미지는 없는 것 같아. 하지만……토모에와 이렇게 만났는지 설명하는 것도 귀찮을 것 같군.

"아―, 그건 얘기를 시작하면 길어지는 데요―."

솔직히 말해서 굉장히 귀찮다. 그냥 생략해버리면 안 될까? 하지만 이 사람들이 토모에게서 입은 은혜라는 게 흥미를 돋우는군. 나는 엄청나게 오래 살았다는 그녀의 능력이나 과거에 대해 전부 파악하지는 못 하고 있거든.

토모에를 데려다놓고 전부 직접 신고하게 하면 며칠이나 걸릴지 알 수가 없다. 그래서 기회를 봐서 조금씩 질문하려고 마음먹고 있었는데, 여기서 그들로부터 토모에의 용 시절에 대해 들어보는 것도 나쁘지 않을 것 같군.

"괜찮습니다. 시간은 충분하니까요."

장로끼리 순서대로 얘기하는 규칙이라도 있나? 아까부터 순서대로 전부 다른 사람들이 얘기하고 있는데요.

토모에에 관해 얘기하는 김에 미오에 대해서도 얘기해둘까? 재앙의 검은 거미라는 부분은 숨기고, 계약을 통해 사람의 모습으로 변한 마물이라고 설명하는 정도는 괜찮겠지.

미오에 관해선 누구에게 물어봐도 돌발적인 자연 재해라고 인식하고 있었다. 아무리 격퇴하고 또 격퇴해도 세계의 어딘가에 재출현하는, 막을 방법이 없는 존재—. 현상으로 취급되는 모 흡혈귀냐?

그건 그렇고 왠지 최근엔 휴만보다도 이종족을 상대로 사정을 설명할 기회가 많은 것 같다. ……정확히 말하자면, 휴만을 상대로 사정을 설명한 적이 없었다. 렘브란트 씨하고도 아직 사업상의 상담 이외의 대화를 나눈 적이 없다.

언젠가 휴만 중에도 신뢰할 수 있는 사람과 만났으면 좋겠는데…… 이건 참 별 도리가 없군.

"그렇다면……."

나는 오크 일족과의 교류나 몬스터의 대량 발생에 의한 「절야」의 붕괴, 신과의 만남 등에 대해 간추려서 설명했다.

이대로 가면, 오늘은 이 마을에서 하룻밤 묵어야할 것 같다.

에휴.

◇◆ 토모에 ◆◇

호박이 넝쿨째 굴러 들어온다는 건 바로 이런 거로군.

도련님께서 기억의 열람을 금지하신 이후로, 이 몸의 염원을 달성하기 위해 여러 가지로 노력한 덕분에 기억 그 자체는 나름대로 보여주시는 범위가 늘어났다.

이것을 기회삼아 도련님께서 계시던 세계의 역사 관계에 대해서도 알 수 있다고 생각했지만, 아무래도 「텔레비전, 동영상」이라는 항목에 한정된 허가였던 것 같다.

일본도나 벼농사의 역사니 기술에 관해서는, 시대극만 가지고는 조금 부정확한 부분이 많으니까 말이야─.

이 몸이 아공에서 생각에 잠겨 있을 때, 도련님과 미오가 휴만 몇 녀석의 미행을 단 채 황야로 나가시는 것을 확인했다. 이 몸이 지니고 있는 능력 가운데, 멀리 떨어진 장소에서 벌어지고 있는 일들을 영상으로 인식할 수 있는 힘이 있다. 이 능력을 사용해서 슬쩍 도련님께서 겪고 계신 상황을 바라보고 있으려니, 어지간히도 복잡한 전개를 맞이했다.

미오의 눈이 색채를 잃고 위험한 빛을 띠질 않나, 정체를 알 수 없는 휴만 세 녀석이 꽁무니를 빼며 도망 다니질 않나 상당히 재미있는 상황이었다. 하지만 도련님을 습격하고 있는 2인조의 특징은 어디서 본 기억이 있었다.

저 녀석들의 겉모습은…… 예전에 부탁을 듣고 결계를 만들어줬던 녀석들과 비슷하군. 예전이라고 해도, 긴 주기를 두고 자고 일어나는 것을 반복하는 이 몸이 몇 주기나 전에 베풀어준 일이었지만 말이야. 분명히 그 녀석들의 이름은…… 숲도깨비. 그래, 숲도깨비라고 했었다.

이 정도로 바깥세상에서 격리된 장소이기 때문에 변함없이 살아남을 수 있었던 희귀종이다. 아니, 고대종이라고 하는 편이 정확한가?

숲에 살면서도 정령과 결별한, 오래된 엘프의 조상 가운데 하나…….

완전히 숲과 동화하는 것을 이상으로 삼는 동족에게 반발하여, 식물과 대화하는 능력을 스스로 포기한 종족이었지.

이건 이 몸의 감각으로도 상당히 오래된 이야기다. 아마 그들 스스로도 이미 자신들의 근본을 망각했을 터—. 이미 자신들과 엘프를 별개의 종족이라고 생각할지도 모르겠군.

엘프들의 입장에선 전혀 이해할 수 없는, 다크엘프 이상으로 영문을 알 수 없는 존재일 것이다.

하지만, 반대로 도련님께서는 의외로 그들을 제대로 이해하실 수 있을지도 모른다. 숲도깨비들의 삶은, 도련님의 세계에서 예로부터 전해져 내려오는 나무꾼들의 삶과 유사하다.

그렇다면—.

녀석들은 재미있는 선택지를 부여받을 지도 모르겠군.

해야만 하는 일이 산더미처럼 쌓여있는 상황이지만, 재미있는 일이라면 얘기는 달라지지. 당장 추진해야 할 방향은 정해져있고, 사태는 움직이기 시작했다. 여유는 충분하고, 만약 없더라도 만들면 될 일이다.

일본도를 단련하는 영상이나 일본도의 구조는 엘드워(이 몸이 말을 꺼냈던 엘더 드워프들의 약칭이지만 개인적으로 실로 부르기 편해서 좋다) 녀석들과 여러 차례 회의를 거치면서 해석을 계속하고 있다. 도련님이나 미오가 사용할 병장기를 준비하고 있는 인원을 제외하면 전원이 참가하고 있다.

벼도 일단 야생 품종으로 보이는 종류를 몇 가지 정도 발견해서 확보해놓은 상태다. 도련님의 세계에 존재하며, 도련님의 모국에서 주식으로 삼는 농작물이다. 도련님께서 스스로 창조하신 세계라고 해도 과언이 아닌 이 아공에 없을 리가 없다고 예상하고 있었지만, 역시 존재했다!

이미 에마를 비롯한 하이랜드 오크 일족이 품종 개량에 착수했다. 마법을 사용해서 수확까지 걸리는 주기를 단축하는 실험도 계속 진행하고 있다.

각각의 식물에 최적화된 환경의 설정과 영양소의 조정, 농작물의 성장 속도를 가속화시키는 마술 같은 개념은 지금까지 들어본 적도 없었다. 하지만 도련님께서 하신 말씀을 토대로 연구를 시작하자 상당한 성과를 거둘 수 있었다.

아마도, 도련님께서는 대단한 제안을 하셨다는 생각은 없었을 것이다. 이 몸의 분신체와 함께 이야기를 듣고 있던 리자드, 오크가 눈을 휘둥그레 뜨고 있는 모습을 보시고 쓴웃음을 지으셨으니까 말이지. 대체 어떻게 하면 연금술의 제약 풍경을 보고 이런 아이디어를 떠올릴 수 있는지 짐작도 가지 않는다.

······도련님께서 하신 말씀은 시간을 조작하자는 거나 다름이 없었으니, 놀랄 만도 했다. 시간을 조작하는 마술은 틀림없이 신의 영역에 속하는 기술이다. 하지만 도련님께서 하명하신 대로 생물의 구조나 짜임새를 이해한 연후에 이를 조정하는 방식을 도입하자, 성장을 가속화시키는 마술과 유사한 결과를 훨씬 간편하게 얻어낼 수 있었다. 선뜻 믿기 어려운 성과였다. 도련님께서는 그 지식을 과학이라고 부르셨다. 과학이란 대단히 쓸 만한 동시에 위험하기 짝이 없는 가능성을 내포한 지식이로고. 마술과 과학을 양립시켜선 안 될지도 모른다고 말씀하신 도련님의 견해에 진심으로 공감이 갔다.

이 몸 역시 미오와 마찬가지로, 도련님께서 바라신다면 세계의 존망 따위는 알 바 아니기 때문에 그런 소릴 지껄일 자격은 없을지도 모르지만 말이야.

사실 지금도 세계 전체를 고려한 관점에서 보자면 위험한 일을 실행하려 한다고 볼 수도 있다.

숲도깨비의 잊혀져버린 능력을 각성시키려 하고 있으니—.

여신이나 정령들은 경악할 것이다. 숲도깨비들이 능력을 자각하고 있었던 당시였다면 그들도 능력의 사용을 자제할 가능성이 있겠으나, 황야에서 생활하면서 종족의 역사 중 대부분을 잃어버린 지금의 그들이라면 과연 어떤 행동을 취할까? 정령과 결별했으니 당연히 여신에 대한 신앙도 없다.

만일 우리의 대의를 따른다면 이가(伊賀)나 코가(甲賀)[#6]의 닌자와 같이 부려주도록 할까?

으흐흐흐흐, 피가 끓는구나. 들끓어!

도련님께선 무의식중에 점점 필요한 멤버들을 채워주고 계시는군!

최근 아무래도 산만하다고 해야 할지 집중력이 부족해야 하다고 할지, 어딘지 모르게 함부로 행동하시는 일도 없지 않아 있었지만……. 숨기고 계신 듯하나, 도련님께선 뭔가에 대해 불안감이나 초조함을 느끼고 계신 것으로 보인다. 도련님의 성정을 생각해 볼 때, 창관 같은 곳에 발을 들여놓는 일은 절대 없을 거라 생각했다. 그런데 이번에 별 생각 없이 발걸음을 옮기신 것이다.

조금 문제가 생길지도 모르겠군. 저 분은 아직 기껏해야 십수 년밖에 살지 못하셨다. 뿐만 아니라 아직 여자를 모르신다. 아무래도 우리가 극복해야 할 하나의 굴곡이 찾아올지도 모른다고 생각해야 할 듯하다. 이 몸의 입장에서는 도련님께서 어떤 선택을 하셔도 상관은 없다만♪ 도련님께서 성장을 하시건 폭주를 하시건, 지금 분위기를 보면 일단 앞으로 나아가실 것은 틀림없다.

하지만 유쾌하군. 정말로 유쾌해. 그런 상태에서도 저런 녀석들을 끌어들이시니 말이야.

의식하지 않아도 온갖 사건에 발을 들여놓는 재능이 있다고 해도 좋을지도 모르겠군. 다음엔 무슨 일이 벌어질지, 기대가 되서

#6 이가(伊賀)·코가(甲賀) 일본 무로마치 시대, 아즈치 모모야마 시대에 발생한 닌자의 발상지. 산 하나를 사이에 두고 양쪽에 위치해 있다. 물론 미디어에 등장하는 닌자의 이미지는 어디까지나 창작물이다.

견딜 수가 없다.

스스로 이렇게 쾌락 주의자였는지 놀랄 정도로, 최근의 이 몸은 즐거운 일이 많다.

지금까지 아무런 가치도 느낄 수 없었던 바깥세상조차 반짝이는 황금의 꿈처럼 보일 정도다.

그렇다면, 성가신 일을 처리해볼까?

우선 아공에 끌어들인 새로운 손님들, 휴만 3인방부터 해결해야 할 것이다. 이 몸은 츠이게에서 모험자로 활약하고 있는 신분이니, 이 일은 분신체에게 맡겨야겠군. 아무래도 이 몸의 얼굴은 널리 알려져 있을 테니 어쩔 수 없다.

그들을 접대하는 방식은 평소와 마찬가지의 방법을 사용할 것이다. 오크와 리자드, 아르케나 엘드워들에게 맡겨 두면 별 문제는 없을 터—. 아니, 역시 오크와 엘드워들에게만 맡기는 편이 좋겠다. 오크들은 성격이 온화할 뿐만 아니라 공통어를 능숙하게 구사하고, 엘드워들은 외모가 비교적 휴만과 가까우니까 말이야.

리자드나 아르케와 맞닥뜨려서 공황 상태에 빠지거나 날뛰기라도 하면 성가시다. 숲에서 울고불고 난리치던 모습을 보건대, 이번 녀석들은 수준이 낮은 부류인 것이 틀림없다.

흠, 이번 손님들은 한낮 꿈속에서 무슨 생각을 품게 될까? 재물을 손에 넣고 츠이게로 돌아간 그들의 마음에 깃드는 것은 우리에 대한 순종과 반발, 욕망 중에 무엇이 될 것인가?

……평소의 도련님이라면, 이런 이들을 아공에 들여놓는 판단을 내리시지는 않았을 것이다. 그만큼 그들에게 어떻게 대응해야 할

지 신중히 판단해야 할 것이다.

평소 하지 않았던 행동이 특별한 결과를 초래한다. 도련님께서 사용하시는 표현으로 말하자면, 플래그라고 해야 하나? ……후후, 이 몸도 도련님의 영향을 많이 받았을지도 모르겠군.

도련님께서는 이 작업을 전적으로 이 몸에게 위임하셨으니, 똑바로 임무를 수행해야 할 것이다. 도련님께서 녀석들에 대한 처우를 보시고 어떻게 반응하실지 까지는 모르겠다만, 한번 정도는 무관심한 모습을 보여주셨으면 하는군.

신기루 도시와 그 소문──.

흠, 신기루 도시라는 건 조금 센스가 부족한가? 안개의 도시라고 부르는 건 어떨까?

언젠가 도시에 정식으로 명칭이 생긴다면 필요 없어질지도 모르지만……. 언제 한번 다시 주민들을 불러 모아서 밤새 의견을 모아봐야겠다.

하여간, 이 도시의 존재는 츠이게에도 상당한 규모로 알려지기 시작했다.

──잠을 자는 도중에.

길을 헤매던 도중에.

죽은 줄 알았는데──.

어렴풋한 경계선상에서 헤매는 일이 있는 환상의 도시──.

그곳에서는 마물들이 공통어로 대화하며, 방문객들을 호의적으로 대접한다. 환대를 받은 후 무사히 돌아올 수 있다. 평범한 의뢰나 임무에서 도저히 획득할 수 없을 정도의 수입을 얻을 수 있는 희귀한 자원이나 소재, 장비를 기념품으로 받을 수 있다.

모험자들의 입장에서 보자면, 마치 도박장에서 대박이 난 거나 다름없는 횡재일 것이다. 조금씩이긴 하지만, 그 소재들이 츠이게로 반입되면서 길드에 그에 관한 의뢰도 나붙기 시작했다.

도련님께서 상회에서 아공의 산물을 판매하기 위해 시작하신 사전 준비가 서서히 효과를 거두고 있는 것이다.

「절야」의 베이스에서는, 도련님의 계획을 들은 후에 곧바로 **불상사**가 일어나 베이스가 붕괴해 버렸다.

뿐만 아니라 도련님께서는 그 사고 이후에 계엄 체계를 발령하셔서, 휴식을 취할 겨를도 없이 츠이게까지 일직선이셨다. 이 몸은 그 동안 무사 수행을 쌓고 있었으니, 계획을 추진시킬 틈이 없었다.

……레벨도 20밖에 오르지 않았다. 정말 잊어버리고 싶은 악몽이로군.

뒤늦게나마 드디어 도련님께서 내리신 명령을 수행할 수 있게 되었다. 도련님께서는 렘브란트 상회와 연루되신 이후로 굉장히 바쁜 나날을 보내고 계신다.

태평하게 지내다가 선수를 빼앗기는 것은 이 몸의 성질에 맞지 않는다.

언제 츠이게를 떠나도 문제가 없도록—.

이 몸도 도련님을 따라 착실하면서도 즐겁게 일을 추진해야겠지♪

◇◆◇◆◇

숲도깨비 일족의 장로들과 대화를 마친 후, 그들은 나를 손님으로 대접하며 방 하나를 빌려줬다. 상당히 괜찮은 방이었다. 오늘밤 우리를 위해서 열어준다는 연회가 시작될 때까지는, 여기서 쉬고 있어야겠다. 당장은 양호한 관계를 구축할 수 있었던 모양이다.

내 소개는, 상당히 짧게 줄인데다가 약간의 허위 정보를 섞을 수밖에 없었기 때문에 마음이 조금 편치 않은 구석이 있었다. 하지만 신을 쥐어 팼다든가 베이스를 날려버렸던 사실을 그대로 털어 놓을 수도 없으니 별 수 없었다. 응, 별 수 없었어.

아쿠아와 에리스가, 장로들과의 대화가 끝난 후에 우리를 객실까지 안내해줬다. 이유는 알 수 없었지만, 그녀들은 안내가 끝난 후에도 객실에서 나가려 하지 않았다. 자기소개도 끝났으니 이제 여기 남아있어도 별 수 없거든? 사실 세발 좀 나가줬으민 해.

……이 두 사람은 개인적으로 상대하기 피곤한 부류란 말이지.

남의 말을 그다지 귀 기울여 듣지 않는 성격이라는 것은 아까의 전투에서 알 수 있었다. 남의 말을 조금은 들어도 손해는 안 보지 않을까?

활을 장비했던, 예쁘긴 해도 난폭한 성격의 아쿠아는 무슨 말실수라도 하면 곧바로 주먹을 날릴 것 같아서 불편했다.

지팡이를 들고 있던, 귀여운 소녀 에리스는 4차원의 분위기를 흠씬 풍기는 아이다.

메이드 누님을 찾는 작업은 완전히 실패로 끝났다. 이국적인 외모는 나쁘지 않은데—.

유감이지만 이 두 사람은, 내 정신을 대단히 피폐하게 만들거란 예감이 들기 때문에 이 마을에서만 알고 지내는 지인 관계로 끝내고 싶다. 우린 이미 특이한 성격의 여자애들은 넘쳐나거든요.

그리고 내가 지닌 마력이 비대화된 덕분에, 계약할 상대를 찾는 것도 이제 굉장히 어려워졌다. 이미 계약한 두 사람부터 상당히 흔치않은 존재들이었는데, 이제 그 정도로도 겨우 지배의 계약 조건을 만족시킬 정도라고 하니 마음 편히 계약할 수 있는 상대는 찾기 힘들 것 같다.

토모에의 추론을 검증하기 위해서라도, 나와 상대가 둘 다 납득한 상태에서 새롭게 계약을 맺을 상대를 찾고 싶긴 하다. 하지만 마력이 너무 많으면 그건 또 그것 나름대로 상대를 잘 골라야 한다고 한다. 대(大)가 소(小)를 겸할 수는 없다는 식으로 설명했다. 그냥 아공으로 이주시킬 뿐이라면 계약에 관한 법칙 같은 건 무관하겠지만, 이 두 사람은 좀 아니라고 생각해.

일단 종족 자체는 숲의 관리자라고 불리고 있으니, 말하자면 임업(林業)을 생업으로 삼는 일족이라는 뜻이다. 그러니 종족 자체는 유용한 능력을 지니고 있을 걸로 예상되지만…… 고민되는군.

"아쿠에와 리아스라고 했나요? 안내하느라 수고 많았어요. 이제 가보시죠?"

미오는 이걸 의도적으로 말하고 있는 게 아니라는 구석이 무서운 녀석이다.

"아니, 손님에게 향후의 예정을 듣고 싶다."

"우리를 잠깐 따라오는 게 어때?"

성가시네 하네. 에휴, 아무래도 최근엔 참을성이 부족해진 느낌이 든다.

"공교롭게도 도련님과 저는 무척 피곤하답니다. 이만 물러나주실래요?"

미오, 나이스 플레이.

"우리의 스승에게 소개하고 싶은 것뿐이다."

"우리 무기를 부순 사죄라도 하는 김에 따라오는 건 어때?"

이 녀석들의 스승이라? ……음, 절대로 만나고 싶지 않다. 두 사람을 합체시킨 듯한 캐릭터라면 스트레스 지수가 엄청 상승할 것은 틀림없다. 남의 말을 듣지 않는 공격적이고 활동적인 4차원 캐릭터라면…… 거의 계약 전의 미오 정도로 만나고 싶지 않은 상대다.

"미안하지만, 아까 너희들과 전투를 해서 그런지 몹시 피곤하거든? 연회가 열릴 때까진 좀 쉬고 싶어. 장로 분들도 그러라고 객실을 빌려준 거 아니야?"

장로들은 아쿠아와 에리스가 저지른 무례한 행동에 대한 사죄와 오늘밤 연회가 열릴 때까지 휴식에 사용하라는 의미로 방을 빌려준 거라고. 그런데 너희들이 이런 식으로 언제까지나 버티고 앉아 있으면 말이 안 되는 거 아냐?

"피곤하다고? 네가? 웃기지 말아줬으면 좋겠군."

"헛소리를 간파하는 건 식은 죽 먹기."

여, 역시 이 두 사람은 불편하다. 상대하고 싶지 않아.

"실례합니다."

숲도깨비 콤비 두 사람은 무슨 수를 써서라도 이 자리에 머물려고 입구 근처에 진을 치고 있었다. 두 사람의 등 뒤에서 목소리가 들려온 것은 바로 그 때였다.

시원스러우면서도 침착한 느낌의 저음이 울려 퍼졌다.

목소리의 장본인을 찾아보니, 아쿠아와 에리스의 등 뒤에 병적일 정도로 새하얀 피부의 청년을 발견할 수 있었다. 숲도깨비의 장로들도 겉으로 보기엔 모두 젊어 보였으니 이 사람도 정말로 청년인지는 알 수 없었다.

피부 색깔 이외의 신체적 특징은 이 마을의 다른 이들과 마찬가지지만…… 뭔가 좀 걸리는 구석이 있었다.

뭔가 껄끄러운 느낌이 든다. 무슨 마법이라도 사용하고 있는 건가?

"당신은?"

나는 아쿠아와 에리스의 사이를 비집고 들어온 남자에게 먼저 말을 걸었다. 두 사람보다 입장이 높은 사람인지, 그녀들은 잠자코 길을 열었다. 그러나 그에 대한 경의는 느껴지지 않았다. 오히려 적대심이 강하게 느껴지는 것 같다.

"이거 정말 실례했습니다. 저는 아드노우라고 합니다. 장로의 가족 중 한 사람…… 간단하게 말하자면 아들입니다."

"아, 그러셨군요. 저는 라이도우라고 합니다. 얼마 전에 쿠즈노하 상회라는 명칭의 상회를 개업한 신입 상인이지요. 이쪽은 제 수행원인 미오입니다. 장로의 친족 분께서 이런 방까지 일부러 찾아오시다니 정말 송구스럽습니다. 저희 상회는 약품도 취급하고 있고, 피로에 효과를 발휘하는 영양제도 갖추고 있습니다."

나는 어디까지나 일개 상인으로서 행동했다. 상대의 목적을 알 수 없는 이상, 아공의 주인보다는 우연히 마을을 방문한 상인으로서 행동하는 쪽이 정답이라는 생각이 들었다.

"그렇습니까? 상인 분이시군요. 사실 상회에 관해선 아버지로부터 들었습니다. 실력이 대단하시다고 들은 지라, 아버지의 이야기를 듣기 전엔 모험자 분이라고 오해하고 있었습니다. 하하하."

"일단 모험자 길드에도 소속은 되어 있습니다만, 그쪽은 등록만 한 정도입니다."

"이 부근에 위치한 휴만들의 거주 지역 중에서 상인 길드가 존재하는 곳이라면 베이스에서 오신 분은 아닐테죠. 츠이게에서 오셨나요?"

나를 떠보려는 모양이다. 이 녀석 대체 뭐지?

"예, 그렇습니다. 저희들은 츠이게에서 왔습니다."

이 남자의 목적을 알 수가 없다. 이 껄끄러운 감각의 정체도 알 수가 없고, 이 남자의 거짓말 같은 미소도 마음에 들지 않았다.

문득 미오에게 시선을 돌렸다. 그녀는 숲도깨비들이 차례차례로 들이닥치는 이 상황이 불만스러운지, 뾰로통한 표정으로 잠자코 서 있었다.

······젠장, 미오가 입을 다물고 있는 것만으로도 불길한 느낌이 드는군.

"흠, 그렇군요. 아무래도 저의 기우였던 것 같습니다. 그럼 이만. 해가 질 무렵에는 연회 준비도 끝날 겁니다. 아무쪼록 재미있게 즐겨주십시오."

아드노우는 그렇게 말한 뒤 가볍게 고개를 숙이고, 발길을 돌려 발소리도 내지 않고 복도를 향해 걸어갔다. 방심할 수 없는 상대일지도 모르겠군. 하지만 연회에서 만나지 않는다면, 당장 위험할 건 없을 것이다. 만약 뭔가 수작을 부려도 역으로 제압하면 끝나는 얘기고 말이지.

"아드노우 님은 예전엔 저 정도로 섬뜩한 분은 아니었다."

"아드노우는 이상해."

아쿠아와 에리스가 입을 열었다.

"저기, 이제 슬슬 정말로 꺼져 주실 수 없을까요? 도련님과 사전에 상의할 일도 있거든요."

미오가 상—당히 신경이 곤두선 상태로 아쿠아리ㅇ스 콤비에게 가시 돋친 말을 날렸다. 나도 비슷한 기분이다. 좀 혼자 있게 해줬으면 한다.

"왜 그렇게 냉정한 태도로 나오는 거지? 우리 스승과 만나주었으면 하는 것뿐이다."

"괜찮. 처음에만 조금 아플 뿐이야."

이 녀석들은 남의 감정을 파악할 수 없는 건가? 제발 좀 적당히—.

쾅직!

"응?!"

미오에게 아쿠아와 에리스에 대한 경계를 맡기고, 나는 등 뒤에서 난 소리에 반응했다.

뭔가가 파괴되는 소리다.

사실 소리로 끝난 게 아니고 방의 나무 벽에 커다란 바람구멍이 생겨 있었다. 창문이 없는 벽이었기 때문에 이제 환기가 잘 되겠……그게 아니고!

"어이—! 너희들이 손님이냐?!"

『남의 말을 듣지 않는 공격적이고 활동적인 4차원 캐릭터』가 한 녀석 나타났다.

이유는 모르겠지만, 나는 확신할 수 있다. 이 녀석이 아쿠아와 에리스가 말하던 사부가 틀림없다.

사부나 제자나 구제 불능인가…….

"네가 아쿠아와 에리스를 어린애 취급했다면서? 대단하군! 이봐, 일단 나하고 악수하자고! 악수!"

""사부!""

아쿠아와 에리스의 반응을 봐도 틀림없었다. 하지만 그 사부라는 작자가 악수라고 말하자, 숲도깨비 두 사람의 표정이 약간 굳으면서 긴장하기 시작했다. 설마 악력이 엄청 센 건가? 으아아아악! 그런 비명을 지를 정도로?!

하지만 뭐 악수 정도라면 별 거 아니겠지.

이런 류의 변태들은 만족하기 전엔 물러나지 않는다.

잽싸게 악수를 끝내고 돌아가라고 하자.

객실 벽을 파괴하고 「어이—!」라고 지껄이면서 난입하다니. 우리 미오가 또 다시 죽은 눈깔로 변하면 책임질래?

아마 뭔 대답을 해도 소용없을 테니, 잠자코 오른손을 내밀었다. 씨익, 사부가 미소를 지으며 내 손을 움켜잡았다.

꾸욱.

으, 어라? 으아아아악! 그런 비명 같은 건 안 나오는데?

만지작만지작.

……저기요, 아저씨. 기분 나쁘거든요?

진지한 표정의 험상궂은 올백 사나이가, 내 손을 움켜쥐고 있다.

……헉! 설마 그쪽 계열 사람인가?! 이건 아냐! 이건 긴급 회피가 필요한 상황이다! 지적 호기심을 초월한 사태야!

"호오……."

오싹.

소, 소름이!

"저, 이만 놔 주실래요?"

나는 이미 손에 힘이 들어가지 않는 상태였다. 극한의 공포로 인해 탈력이 걸린 것이다.

"이거야 참……."

오싹오싹.

나는 구조를 요청하기 위해 미오 일행에게 시선을 돌렸다.

아쿠아와 에리스는 군침을 삼키면서 이 기묘한 광경을 지켜보고 있었다. 미오는 고개를 숙이고 있다. 우리 사이에 굉장히 야릇한 분위기가 감돌고 있었다.

"오랜만에…… 괜찮군."

오싹오싹오싹!

……이제 못 참겠어. 일단 단호한 태도로 거절해야 돼!

빠직!

"당장 놓으, 어, 빠직?"

"천벌!"

내가 참을성의 한계를 맞이하여 손을 억지로 사부의 손아귀 안에서 거둬들인 그 순간—.

어디선가 핏줄이 끊어지는 소리가 들리나 했더니 갑작스런 열풍이 일어나며 눈앞에 있던 사부의 모습이 사라졌다.

어?

내 왼 편에 흥분한 상태의 미오가 어깨를 들썩거리며 부들부들 떨고 있었다.

아하, 천벌이란 건 이 녀석이 말한 거구나. 한쪽 손에 쇠살 부채를 들고 있다.

그 부채로 저 변태를 날려버린 거구나! 모습이 보이지 않는다는 것은, 녀석은 스스로가 부순 벽의 구멍을 통해 퇴장했다는 뜻이로군.

살아있을까? 아니, 틀림없이 살아있을 거야. 저런 부류는 쉽게 물리칠 순 없다라고.

""사, 사부~!""

아쿠아와 에리스가 나보다 조금 늦게 반응하더니, 다시 하모니를 일으키면서 벽에 구멍을 뚫고 날아가 버린 사부를 따라 퇴장했다.

"지……."

어, 미오가 뭔가 말하려고 하고 있다.

"저?"

"저도 아직 도련님과 그렇게 달라붙었던 적 없었는데! 저 무뢰한이 감히 32초나 도련님과!"

무섭다!

너도 충분히 무섭거든!

근육 체형의 호모로 의심되는 녀석과 식욕이 왕성한 얀데레라.

정말 무지막지한 양자택일이군. 이게 연애시뮬레이션 게임이라면, 나는 설령 산더미처럼 쌓아놓고 파는 화제작이라고 해도 손대지 않을 자신 있다!

어찌됐건, 이제 아무 것도 생각하고 싶지 않아.

연회가 열릴 때까지 얌전히 잠이나 자자. 정신을 회복시키려면 수면이 필요하답니다. 푹 잘 수 있을지는 모르겠지만 일단 자자.

◇◆ ??? ◆◇

참으로 이해하기 어려운 존재와 만났다.

나를 의심하고 있군. 아마도 틀림없을 것이다.

이 희귀한 종족 사이에 침투하고 제법 시간이 지났지만, 저런 존재와 마주친 것은 처음이었다.

가면의 소년과 검은 계집…… 두 사람 다 평범한 휴만일 리가 없다.

혹시 저들이 내가 추구하는 존재일까? 설마 그럴 리는 없을 테지.

만약 그렇다면 이제, 그 누구에게도 얽매일 필요 없이 움직일 수 있다. 나의 숙원에 이르는 것이 최우선이다.

아까 저 소년과 접촉하면서 느꼈던 위화감…….

이 녀석이 지닌 **흥미로운 힘**이 통하지 않을 가능성도 있다. 그릇을 버리고, **본체로** 상대해야만 하는가?

연락은 어떻게 할까?

……필요 없군. 원래 그 계집과 나는 대등한 협력 관계를 구축한 것에 지나지 않아. 아니, 정확히 말하자면 서로 이용하고 있었을 뿐이다.

방해를 받고 싶진 않다.

진상이 어떻든 간에, 나는 저 둘에게 흥미가 생겼다. 반드시 실험 재료로 손에 넣고 싶다.

숲도깨비의 능력에 관해선 충분히 알아냈으니 이제 이곳에 용건은 없다. 적어도 나에게는 필요 없는 능력이었다.

나는 오랜 세월 끝에 드디어 「그 존재」에 이르기 위한 실마리를 잡았는지도 모른다.

연회가 끝난 후—.

즉시 집어삼켜주마.

가면의 소년과 검은 계집…….

나와 만난 것이 그대들의 불행이다.

◇◆ 미오 ◆◇

모처럼 도련님과 단 둘이 숲에서 밀회를 즐길 예정이었는데—.

휴만들도 그렇고, 숲도깨비라는 족속들도 그렇고 왜 이렇게 저를 방해하는 걸까요?

정말 너무나 징글징글합니다.

생각지도 못하게 도련님의 피를 맛 볼 수 있었던 건 행운이었지만요.

어쨌든 불쾌한 일들이 너무나 많다고요!

이 마을의 장로라는 놈은 꽤나 무례한 눈빛으로 저와 도련님을 쳐다봤죠.

겨우 그 자들과의 귀찮기 짝이 없는 질의응답을 끝내고(도련님께서 거의 모든 질문에 응하셨지만) 그 자들이 우리에게 빌려준 방에서 한숨 돌리려고 했더니 이번엔 안내를 담당했던 잔챙이 두 마리가 사부가 어쩌고저쩌고 안내하고 싶은 장소가 있다고 영문을 알 수 없는 소리를 지껄이질 않나.

이름도 어딘지 모르게 헷갈리는데다가 성가시게 들러붙기까지 하니, 으아아……! 정말 너무 걸리적거려서 견딜 수가 없었어요.

도중에 기척이 약하고 혈색이 안 좋은 또 한 마리의 잔챙이가 다가와서 쓸데없는 소리를 하고 갔죠.

그, 그리고!

저 두 마리의 사부라는 쓰레기가!

감히 이 저조차!

이 저조차 지금까지 도련님을 가장 오랫동안 만졌던 최장 기록은 31초였는데!

아아, 그때는 살짝 도련님의 손목을 양손으로 휘감고…… 두근두근 고동치는 도련님의 온기를 느낄 수 있어서…… 행복했답니다…….

그런데!!

감히 그 도련님의 손을!!

저 사내는 뻔뻔하게도 제멋대로 움켜쥐더니 조금도 떨어질 기색을 안 보이다니!

저는 정말 아슬아슬할 때까지! 아슬아슬할 때까지 참았습니다.

도련님께서 폭력을 함부로 행사하지 말라고 하셨던 말씀을 정확히 기억하고 있었기 때문이죠.

하지만!

인내라는 건 계속 유지할 수 있는 게 아니랍니다.

……30초까지라면 나중에 반쯤 죽여 놓는 걸로 용서해줄 수도 있어요.

……31초라면 나중에 거의 죽여 놓는 걸로 용서해줄 수도 있죠.

32초는—.

죽어라.

참을 수 있을 리가 없어요.

당연하죠.

이건 진리랍니다.

32초는 일격에 죽여 버려도 아무런 문제가 없습니다.

문제없고말고요.

저의 몸은 정신의 허락을 받는 것보다도 아마 조금 빨리, 반사적으로 움직였습니다.

도련님께서는 「너(도련님께서는 저를 부르실 때도 너무 와일드하세요) 말야. 저 녀석이 계속 손을 붙잡고 있었으면 내가 어떻게 됐을지 까진 생각 안 했지?」라고 야단치셨습니다.

……정말 도련님께서는 야단치실 때도 너무 와·일·드하세요.

사실 저 변태는 죽여 버릴 생각이었지만, 그 순간에 도련님의 모습을 보고 힘을 조절하는 바람에 숨통을 끊어놓지는 못 했어요. ……그래도 조금 기분은 풀렸습니다.

"미오, 부탁해."

그 일이 있은 후, 도련님께서 조사해야하는 일이 있다고 분부를 내리셨습니다.

저 남자를 처리하는 건 나중으로 미뤄야겠어요.

사실, 잔챙이들이 전부 사라지고 겨우 둘만의 시간이 찾아왔는데 다른 할 일이 있지 않으신가요? 그런 생각이 아주 안 들지는 않았지만요.

도련님의 명령 또한 저에겐 아주 매력적이랍니다.

저는 어둠에 몸을 숨긴 채 이 보잘 것 없는 마을을 조사하기 시작했습니다.

이렇게 잠입해서, 들키지 않고 정보를 훔치는 건 즐겁습니다.

도련님의 기억 속에 있었던, 그 매력적인 영상의 주인공도 이상한 기구 같은 걸 사용해서 붉은 광선을 막 피하면서 잠입에 성공했죠!

그 영상을 본 후로 저도 해보고 싶었답니다.

언젠가 도련님과 함께 세계의 보물을 찾으러가고 싶네요…….

아차.

지금은 도련님께서 맡겨주신 임무를 수행하고 있는 도중이었죠.

……도련님께서는 정말로 저에 관해 너무 잘 아십니다.

욕심을 부리자면, 조금만 더 저의 「욕망」에 관해서도 눈치를 채주셨으면 할 따름이지만요.

그건 조금 더 나중이라도, 일단은 괜찮습니다.

최근의 도련님께서는 어딘가 조급해 하시는 듯한 그런 느낌이 들어서, 그 조바심 때문에 안기게 된다면 조금 슬프니까요.

슬프다?

어째서?

도련님께서 저를 「사용」해주시기만 하면 설령 그게 어떤 상황이라고 해도 기쁨을 느낄 수 있는데?

그래요.

저는 도련님을 원합니다.

도련님에게 봉사하고 싶습니다.

도련님의 그 어떤 욕구에도 응하고 싶어요.

그런데 어째서 슬프다고 생각한 걸까요?

거리의 창부 따위를 살 바엔, 저에게 밤 시중을 들라고 명령하시길 바라고 있답니다.

저와 토모에가 있는데도 불구하고 휴만의 여자를 사신다니.

그건 저희들의 존재가 그녀들보다 못 하다는 뜻이니까요.

그건 싫어요. 단연코 싫다고 잘라 말할 수 있어요.

…….

사람의 모습을 얻고 나서 생각이 많아졌습니다.

틀림없이, 지금 느끼고 있는 감정도 세상에 대해 공부를 하다보면 머지않아 좀 더 자세히 알 수 있게 되겠지요.

아직 저는 할 일이 남아있었습니다.

마음을 다잡고 표적으로 삼고 있는 인물의 위치를 찾아 다녔습니다.

—찾았다.

저에게는 간단한 일이었습니다.

아까 방을 찾아온 네 사람 가운데 한 사람—.

32초의 변태—.

⋯⋯눈에 들어오니 역시 죽여 버리고 싶은 마음이 들었지만 참아야겠지요.

⋯⋯참아야지.

도련님께서도 눈치채고 계셨지만, 이 녀석에게서 뭔가 이상한 기척이 느껴졌습니다.

도련님의 손을 움켜쥐었을 때도 뭔가 수작을 부리려고 시도했지요.

이 녀석이 시도했던 뭔가에 대해, 도련님께서는 눈치채지 못 하신 것 같지만요.

아니, 너무나도 허약한 그 효력에, 눈치는 채고 있었지만 너그러운 마음으로 눈감아주신 거겠지요.

변태가 제자 잔챙이 두 사람의 도움을 받고 자신의 방으로 돌아와서, 그들을 돌려보낸 후에 혼자 남았습니다. 저는 몸을 감추고 관찰을 시작했습니다.

응?

변태에게서 느껴지던 기척이 방금 전과 비교해서 완전히 달라졌습니다.

⋯⋯아하, 그랬군요.

이 녀석은 뭔가에 빙의(憑依)된 상태였어요.

그래서 묘하게 조잡하고 불쾌한 냄새를 풍기던 거였군요.

이 꼬락서니를 보아하니, 변태 본인은 그 사실을 깨닫지도 못 하고 있네요.

변변치 못 해라.

농후한 흙의 마력이 변태의 몸에 감돌고 있네요.

그 냄새를 맡은 순간, 제 입안에 침이 고이는 것이 느껴졌습니다.

도련님을 모시게 된 후로는 먹은 적이 없는 맛이지만, 분명히 거미였던 시절의 제가 그것을 잡아먹었던 기억이 몸에 반응을 일으키고 있는 거겠지요.

그래요……. 저건 꽤 맛있는 편이랍니다.

유감스럽지만 지금은 먹을 수가 없네요.

아마도 저 존재는 언데드라는 족속일 겁니다.

저에게 도련님 몰래 잔챙이들을 잡아먹는다는 선택지는 있을 수가 없습니다.

왜냐하면 도련님께서 하사하신 아주 소량의 혈액이, 저 변태가 지닌 모든 힘보다 비할 수 없이 감미로우니까요.

솔직히 말해서 비교하려는 것 자체가 어이가 없을 정도랍니다.

야단맞는 것도 무섭고요.

언데드라는 건 단순한 제 추측에 지나지 않으니, 도련님께 말씀드릴 사항은 저 녀석에게 빙의한 존재가 있다는 사실뿐이에요.

토모에가 그러더군요.

보고를 할 때는, 기본적으로 억측을 섞지 않는 편이 좋을 거라고 했어요.

도련님께서 요구하실 때만, 개인적인 의견을 말씀드려야 한다고 했습니다.

일단, 이 변태에 관해선 이 정도면 된 것 같네요.

나머지 한 사람—.

그 혈색이 안 좋은 숲도깨비에게 가보도록 하지요.

저는 어둠에서 어둠으로 이동했습니다.

낮이건 밤이건, 사람들이 사는 마을이나 도시에는 반드시 어둠이 있기 마련이랍니다. 저는 지극히 작은 그림자 속에도 아무런 문제없이 숨을 수 있지요.

그 누구도 제가 움직이고 있다는 사실을 깨달을 수 없습니다.

도련님께서는 숲도깨비들이 강한 은밀성과 우수한 전투 능력을 지닌 종족일지도 모른다고 말씀하셨지만, 전혀 대단할 것 없는 족속입니다.

저는 이 녀석들 전원을 한꺼번에 잡아먹을 수 있답니다.

아무런 소리도 없이, 정체를 들키지도 않고요.

도련님께서는 마음씨가 너무나 넓고도 부드러운 분이시니, 쓸모없는 이 녀석들에게서 뭔가 하나라도 좋은 점을 찾아내려고 하신 거겠죠.

제가 보기엔 변태보다 강한 전투력을 지닌 이는 없고, 모험자에 털이 난 정도의 잔챙이에 지나지 않는데…….

'……다. ……가…… 습니다.'

어머나?

검색 술법을 사용하는 자가 있을지도 모른다고 생각해서, 만일을 위해 대책을 준비해뒀던 게 정답이었던 것 같네요. 제가 온 마을에 펼쳐놓은, 술법에 반응하는 성질을 지닌 투명한 검은 실이 뭔가를 잡아낸 듯해요.

이렇게 해두면, 상대가 사용하는 감지 관련 술법을 사전에 역탐지해서 회피할 수도 있답니다.

대화가 들려오네요.

염화라도 잡아낸 걸까요?

생각지 못한 수확이었습니다.

설마 이 술법을 이런 방식으로 써먹을 수 있었다니 상상도 못 했습니다.

시험 삼아서 어떤 대화를 나누고 있는지 들어보도록 하지요.

아, 그러니까 목소리를 잡아낸 실에 의식을 집중해서……!!

이, 이건 생각해보니 도청이네요!

어머나, 이건 저에게 있어서 첫 도청이 아닐까요?

가슴이 두근두근 뜁니다.

'―님. 장로들 중 절반 정도는 마족에게 협력하는데 긍정적인 태도를 표명하고 있습니다. 먼 옛날에 만들어졌던 결계가 약체화되고 있다는 사실이 유리하게 작용하고 있는 것 같습니다.'

'아마, 용의 결계라고 했었나?'

'그런 설화가 전해져 내려옵니다만, 사실 여부는 알 도리가 없습니다. 저희들의 힘으로 재현할 수 없는 강력한 결계라는 사실은 틀림없습니다만.'

'흥미가 동하지만, 결계에 관해선 나중으로 미뤄도 상관없어. 그래서 지금, 마을의 존재가 탄로 나고 휴만들과의 관계가 적대적인 형태로 표면화될 것 같다는 거지?'

남자와 여자—.

남자가 여자에게 보고를 하고 있는 모양이군요.

느껴지는 마력으로 보아하니, 남자는 그 혈색이 안 좋은 숲도깨비인 것 같네요.

여자의 정체는 모르겠습니다.

'앞으로 두 달, 아니 한 달만 시간을 주시면 숲도깨비들이 마왕님께 협력하게 만들겠습니다. 그 때는 제가 진두에 서겠습니다.'

'아드노우, 믿음직스럽군. 기대하고 있을게.'

'당신이 말씀하셨던 마족의 사상, 그것이야말로 모든 아인들을 구원하고 교만한 휴만들을 응징할 수 있는 유일한 방법입니다. 그 깃발 아래에서 싸울 수 있다는 것을, 저는 최고의 영광이라고 생각합니다!'

'폐하께서도 숲도깨비의 전투력을 높게 평가하고 계셔. 물론 마장(魔將)인 나도 마찬가지야. 당신의 임무도 곧 끝날 거야. 하지만 마무리가 가장 중요하지. 방심해서 준비를 게을리 하면 모든 게 수포로 돌아가니까.'

'맡겨만 주십시오.'

'수도로 안내할 날을 기다리고 있을게. 그럼, 또 보자고.'

'예, 이만 실례하겠습니다.'

……마왕과 마장이라.

마왕이라는 건, 마족 관련이겠군요.

아마 지금 휴만과 마족은 전쟁을 하고 있다고 했죠…….

숲도깨비를 마족의 병사로 편입시킬 생각인 걸까요?

그렇다면 저 혈색이 안 좋은 녀석은 마족의 관계자인 것 같군요.

상대는 마족의 고위 간부일까요?

저는 마장이라는 직책이 어느 정도의 존재인지 모르니까요. 도련님께 보고를 드릴 때는 혈색이 안 좋은 녀석이 마족과 연락을 나누고 있었다고 말씀드리는 편이 좋을 것 같네요.

도련님께 보고드릴 때는, 분명한 사실만을 전달해야 하니까요.

자, 그럼 돌아가야겠네요.

이 이상 도련님을 기다리게 할 순 없으니까요.

두 개의 조사 대상 양쪽에서 나름대로 의미 있는 정보를 입수할 수 있었습니다.

스스로 한 일이지만, 첫 잠입이자 첫 도청인데도 분명한 성과를 거둔 것 같습니다.

'미오, 빨리 끝났네?'

방으로 돌아온 제가 모습을 드러내기 전에, 도련님께서 저를 향해 고개를 돌리셨습니다. 숲도깨비들의 도청을 경계하시고, 염화로 말씀하고 계십니다. 그렇다면 저도 염화로 답변해야겠지요.

역시 도련님께선 뭔가 다르십니다.

주종 관계이기 때문에 그렇게 생각하는 건지도 모르겠지만, 그런 건 중요한 게 아니죠.

'그 두 사람에 관해 조사해 왔습니다.'

'바로 보고할 수 있어?'

'변태 쪽은 어떤 존재에게 빙의당한 상태인 것 같아요. 흙의 마력이 느껴졌으니, 흙 속성의 마수나 마물로 추정됩니다.'

'빙의…… 유령 같은 녀석이란 소리야? ……아드노우는 어땠지?'

'그 숲도깨비는 마족과 연락을 나누고 있었습니다. 숲도깨비를 마족에게 협력시키고 싶다는 내용이었습니다.'

'마족……. 그렇군, 황야에도 그들의 세력이 들어와 있었지. 그게 숲도깨비의 마을에도 찾아왔다는 건가?'

도련님께선 뭔가 생각에 잠기신 모양입니다.

언데드에 관한 정보 등을 전해드려야 할까요?

하지만 도련님께서 아무 말씀이 없으시니, 주제넘은 발언은 금물이겠지요.

그리고 설령 어떤 배경이 있다고 해도, 도련님께서 손을 쓰시면 전부 해결되리라는 것은 변함없습니다.

이곳에 있는 그 누구라고 해도 도련님을 상대로 할 수 있는 짓은 아무 것도 없기 때문이지요.

그 잔챙이들―. 아쿠아나 에리스, 그 변태나 혈색이 안 좋은 녀석도 전부 마찬가지랍니다.

이 마을에 존재하는 그 어떤 존재라고 해도 감히 도련님께 위협이 될 리가 없습니다.

저들도 도련님의 힘 중에 일부분이라도 목격하게 되면, 어리석은 적개심 따위 산산이 흩어지고 말 테니까요.

'고마워, 미오. 미안하지만 컨디션이 안 좋다는 거짓말이라도 해

서 연회 출석은 관두고, 잠깐 아공에 가서 토모에를 불러와줄래?'

'……? 물론 상관없습니다만 토모에를 부르실 생각이라면 염화를 사용하시면 되지 않나요?'

'사실은 그 숲에서 난입했던 모험자 세 사람을 아공으로 끌어들였는데, 그 처우를 토모에에게 맡겨놓았거든. 이쪽에 그 녀석을 부르고 싶으니 당분간만 토모에의 임무를 대행해줬으면 해서 말이야. 아공으로 가는 문은 지금 내가 열게.'

'알겠습니다. 그럼 즉시 가겠습니다.'

도련님을 혼자 남겨놓는다고 해도 위험은 전혀 없습니다.

그렇게 확신할 수 있기 때문에 도련님의 부탁을 망설임 없이 받아들였습니다.

토모에와 임무를 교대한다는 것은 유감입니다만, 저쪽에 돌아가면 또 그 영상을 즐길 수도 있으니까요.

휴먼 모험자 따위는 딱히 주의할 필요도 없는 존재일 겁니다.

방으로 접근하는 자가 있을 시에는 제가 침대에 누워있는 깃처럼 보이는 환영을 남기고, 저는 아공으로 귀환했습니다.

숲도깨비들이 열어준 연회는 그럴 듯했다. 환상적인 빛 속에서 아름다운 무용을 보여준 덕분에 정말 즐거웠다.

……아쿠아와 에리스의 사부가 갑자기 검은 안개 같은 걸 토해내면서 엎어지면서 사신 같은 모습의 해골이 나타날 때까지는—.

광장이 공황과 비명으로 가득 찬 가운데, 그 녀석은 명확하게 아드노우를 향해 다가서더니 그를 붙잡고 뭔가를 속삭였다.

해골은 바싹바싹 말라가는 아드노우와는 반대로, 점점 존재감이 강해졌다. 도망치지 않은 나만이 그 녀석과 대치하게 되었다. 숲 도깨비들은 내 등 뒤에서 경계 태세를 유지한 채 이쪽을 바라보고 있었다.

"……이거야 원, 저주 소동을 해결했나 했더니 이번엔 또 언데 드? 참고로 묻겠는데, 그 녀석은 살아있나?"

나는 내 앞에 뻗어있는 인물을 바라보며 질문을 던졌다.

"나를 하찮은 구울 녀석들과 같은 하급 불사족과 똑같이 취급하지 마라. 이 녀석은 나의 강림에 필요한 생기를 흡수당해 움직이지 못 할 뿐이다."

"……흐음, 그래?"

해골 아저씨는 친절하게도 내 질문에 대답했다. 강림이라니 상당히 거만하군.

그야, 이 녀석이 하급 불사족 같이 간단한 상대가 아니라는 것쯤은 겉모습만 봐도 알겠다.

뼈로만 이루어진 몸. 검은색에 금으로 장식한 고급스러운 로브를 두르고, 후드 밑으로 보이는 두개골의 눈구멍에 불길한 검붉은 안광이 빛나고 있다.

들고 있는 지팡이는 보석이 박혀 있는 상당해 보이는 물건이다.

겉으로 보기엔 리치라는 녀석으로 보인다.

내 지식이 정확하다면, 생전에 어떤 존재였는지에 따라 천차만

별의 실력을 지닌 성가신 녀석의 대명사라고 할 수 있는 존재다. 만약 이름 높고 실력 있는 마술사가 변화한 리치라면 상당히 강할 것이다.

내가 생각하는 그런 존재가 맞다면 불사족보다는 불사**자**라는 표현이 어울릴지도 모르겠군. 죽음으로 자아와 지식이 흩어지는 것을 두려워하고 증오하여, 스스로 언데드로 변해 존재의 영속을 도모하는 자—.

그런 그(?)의 발 언저리에 굴러다니고 있는 남자의 안부를 확인했지만, 아무래도 살아있는 것 같다. 쓰러져 있는 것은 사부라고 불린 남자다.

그리고 리치의 등 뒤에 뻗어있는 또 한 사람을 바라보며, 아까와 마찬가지의 질문을 눈으로 호소했다.

"그게 살아있는 것처럼 보이나?"

리치가 입 밖으로 꺼낸 반문은, 질문인 동시에 대답이었다.

고통스러운 표정으로 피를 토하고, 바싹 말라비틀어진 채로 쓰러져 있는 한 사람의 숲도깨비—.

"왜 죽였지?"

"그 녀석은 조금 성가신 계집의 명령을 받아, 나와 함께 이 마을에서 암약하고 있던 자다. 방해가 될 가능성이 있어서 죽였을 뿐이다."

"내분이라도 일으킨 거야?"

"아니다. 나에게 동지는 없다."

그렇군. 자신과 상대 사이엔 이해관계밖에 존재하지 않는다는 타입인가?

"목적은 뭐지?"

"그대다. 그리고 지금은 모습이 보이지 않지만, 그대와 함께 있던 계집 역시—."

"내가 목적이라…… 난 너한테 원한을 산 기억은 없는데?"

"질문이 많은 소년이군. 내가 분출하는 독기에 조금도 동요하지 않을 줄이야. 점점 흥미가 생기는군."

독기. 음, 이게 독기라고?

틀림없이 오랫동안 들이마시고 싶은 공기는 아니야. 공기 중에 시큼한 냄새가 섞여 있어서, 기분이 점점 불쾌해지는 느낌이 든다.

리치가 분출하는 독기가 마력을 띠기 시작했다.

"들이닥치는 불똥은 털어낼 생각이거든?"

……미안하지만, 지금까지 맞붙었던 녀석들 중 가장 편한 상대일 것 같다.

사실은 나 말인데, 마법에 대한 내성이 굉장하거든.

예전에 상태 이상을 일으키는 마법이 무서우니까 대책을 세우자고 토모에와 미오, 그리고 오크와 아르케까지 불러서 나름대로 전문가 회의를 열었던 적이 있다.

모두들 내 불안을 듣고 어이가 없다는 표정을 지었다.

어째서 상태 이상 계열의 마법 같은 걸 두려워하냐고 말하고 싶어 하는 듯한 분위기였다.

그래서 시험 삼아 토모에와 미오, 오크와 아르케에 이르기까지 아공의 주민들이 나에게 여러 가지 상태 이상 마법을 시전했다.

그런데 아무 일도 일어나지 않았다. 기분은 물론 컨디션도 전혀 변하지 않았다.

그들이 나에게 건 마법은 환각, 정기 흡수, 마비, 맹독을 일으키는 술법이었다.

……이거 만약 통하면 너무 위험한 거 아냐? 적의도 없는데 함부로 그런 걸 쓰지 말라고 토모에에게 항의하자, 「어차피 효력이 없을 게 뻔했기 때문에 각자 온 힘을 다 써보라고 했습니다.」라고 대답했다.

상태 이상 마법이 통하지 않는 이유를 묻자—.

토모에 가라사대 「바다에 물을 붓건 소금을 뿌리건 변하는 게 있을 리가 없지 않습니까?」라는 것이었다. 마력의 최대치가 거대하다면 그것만으로도 상태 이상 계열은 거의 효과를 발휘하지 못 한다고 한다. 만약 컵에 담겨있는 상태라면 맛을 바꾸는 정도는 별거 아니겠지만—. 그러니까 평범한 사람이 상태 이상에 걸리는 경우와 비교할 수가 없다는 것이다.

"그대에게는 물어보고 싶은 것이 있다. 죽이지는 않을 테니 안심하도록."

아마 이 녀석에게 필살 급으로 효력을 발휘하는 기술을 보유하고 있지만, 아쉽게도 나 역시 이 해골에게 묻고 싶은 게 있다. 처음으로 만난 마법 전문 캐릭터인데다가 그 성가신 계집이라는 게 누군지도 신경 쓰인다.

……사실 말이지, 마법 봉인의 효과를 부여한 계를 전개해서 모든 마력의 행사를 셧다운해버리면 리치는 외통수 아니겠어? 이전

에 시험 삼아 사용해 보니 토모에나 미오도 마법을 쓰지 못 했고, 나도 쓸 수 없었으니 당연히 이 녀석에게도 효과가 있을 거야.

하지만 마력을 봉인해 버리면, 이 아저씨의 경우엔 한 방에 골로 갈 것 같단 말이지. 모르긴 몰라도 언데드라는 녀석들은 마력으로 움직이고 있는 거잖아? 그걸 실전에서 즉흥적으로 확인해 보겠다고 한 사람을 보내버리는 건 좀 그렇지.

그리고 지금 나는 사실, 그렇게 깔끔하게 끝내고 싶은 기분이 아니거든.

스스로 생각해봐도 조금 의외긴 한데, 한 바탕 날뛰고 싶다고 생각하고 있었다. 이런 흥분을 전투에서 느끼는 건 처음이야.

"로브를 걸친 해골이 나한테 질문이라? 오싹하군."

"호오. 내가 어떠한 존재인지 알고 있나?"

"마술을 통해 스스로 사람임을 포기하고, 지식과 마술의 심연을 탐구하는 자. 그렇게 이해하고 있는데?"

"훌륭하군. 거의 정답이다. 나는 리치."

성대는 당연히 없을 텐데, 그의 입에서 웃음소리가 새어나왔다. 달그락달그락, 뼈끼리 부딪히는 소리와 세트로—.

"그대는 나를 알고 있다. 따라서 나 역시 그대에 관해 알고 싶다. 순순히 대답해줄 수 있겠나?"

"나? 나는 평범한 **인간**이야."

엄밀하게 따지고 들어가면 아닐지도 모른다. 하지만 나는 저쪽 세계에서 태어나서 자란 몸이다. 인간이라는 간판을 버릴 생각은 없어.

리치에게서 상위자의 여유가 약해지는 것이 느껴졌다. 아니, 그의 눈동자에 성가신 빛이 깃들었다. 어렴풋한 광기와 호기심이 느껴진다.

그의 눈동자는 깜빡이는 빛에 지나지 않는데도, 그 의지는 확실하게 전해지고 있었다.

"인간…… 휴만의 조상이라고 불리는 고대종의 이름이군."

"그렇다고 하더군."

"그랜트가 아니란 말인가? 하지만 인간 역시 아직 나의 이해가 미치지 못 하는 자인 건 마찬가지다. 가령 인간이 그랜트를 초월하는 존재라고 가정한다면, 나는 그대를 목표로 하고 있다고 해도 과언이 아니다."

그랜트? 그게 뭐지? 처음 듣는 단어군. 그게 이 리치가 추구하는 존재라고? 인간이 그랜트를 초월하는 존재라면 이 해골의 목적은 인간이 되는 건가? 잘 모르겠다.

아니 잠깐, 추리가 탈선했다. 그럼 그랜트라는 건 대체…….

"그 육체와 정신. 무슨 수를 써서라도 조사하고 싶어졌다."

"잘 모르겠는데? 말하자면 그랜트라는 건 휴만의 상위종 비슷한 존재인 건가? 사람을 그만두고 그런 육체로 전락한 당신이 바라는 건 보다 월등한 존재로 전생하거나 진화하는 거란 말이야?"

"……이상한가?"

"그 몸이라면 영원히 살 수 있을 테니 필요 없지 않을까? 지식이나 마술의 탐구에 필요한 것은, 한 마디로 말하자면 영원한 시간이잖아?"

"뭐라고? 그대는 위험한 사상을 가지고 있군. 유감이야, 내가 휴만으로서 목숨이 붙어있었을 동안 만났다면 좀 더 나눌 수 있는 이야기가 많았을 텐데."

"여러 가지로 경험이 많거든."

……게임이나 라이트 노벨이나 만화 같은 거지만요.

리치는 내 질문에 대답하지 않았다. 슬슬 끝내려고 하는 건가?

리치가 지팡이로 이쪽을 가리키며 영창을 시작했다.

그 입에서 흘러나오고 있는 것은, 지금까지 한 번도 들어본 적이 없는 마법 언어였다.

내 등 뒤에서 리치가 내뿜는 독기에 침식당해 쇠약해진 숲도깨비들이 이쪽을 바라보고 있었다.

"그대가 이 술법을 피한다면 그 숲도깨비들은 무사하지 못 할 것이다. 아니, 그다지 아프진 않을 것이야. 그대라면 아마도 의식과 육체의 자유를 어느 정도 빼앗길 뿐일 터."

숲도깨비들 정도의 저항력으로는 무사히 끝나지 못 한다 이거군. 영창 종료까지도 시간이 별로 안 걸리는군. 나름대로 대량의 마력을 짧은 시간 동안에 술법으로 구성했어. 역시 스페셜리스트!

토모에와 미오 덕분에 공포의 감각이 상당히 마비된 건지, 마법이라는 특기 분야의 승부라서 그런지 저는 의외로 여유가 만만하답니다.

"자아, 작별이다, 인간이여. 내 지식의 거름이 되어라."

"유감이군."

도깨비불 같은 형상이 리치 주변에 모이더니, 지팡이 끝에서 융

합을 일으켰다. 떡끼리 달라붙은 모습하고 비슷하네. 나는 그 형상을 보고 은근히 떡이 먹고 싶다~는 생각이 들었다.

영창의 내용으로 예상하건데, 아무래도 주위에 떠돌아다니는 원령들을 끌어 모은 것 같다.

리치가 끌어 모은 떡, 아니 도깨비불이 나를 향해 날아들었다.

이 마을은 황야의 숲속에 위치한 마을이다. 그렇다면 사람들의 원혼 같은 거야 넘쳐나겠지.

커다란 도깨비불은 속도가 빨라지더니, 이윽고 추악한 형상의 사람으로 보이는 표정을 드러낸 채 나를 덮치고—.

—내가 앞으로 뻗은 왼손 앞에서 정지했다. 리치가 이 상황을 확인했는지는 모른다. 그의 모습이 술법의 실루엣에 가려 보이지 않기 때문이다.

하지만 도깨비불이 나를 머리부터 집어삼킨 후에 내가 뻗어버리는 결과가 찾아오지 않았다는 사실에 의아하다는 느낌은 받고 있을지도 모르겠다.

하지만 리치가 발사한 도깨비불은 내 눈앞에서 멈춰있다. 침식현상도 일어나지 않고 있다.

그럼, 리치 군은 이제부터 쪼끔 따끔한 맛을 보시도록 할까? 여러 가지로 아는 게 많아 보이니, 도움이 되어 주시지.

"#$%&, ……"

—어둠이여, 나의 뜻대로 집어삼켜라—.

나는 짧은 영창을 입에 담았다.

"큭! 그 언어는 대체 뭐지?!"

리치가 나의 영창을 듣고 불쾌감을 느꼈는지 몸을 뒤척였다.

내가 왼손으로 가로막고 있던 떡, 아니지 도깨비불에 검은 이빨 모형과 같은 형상이 단체로 몰려들었다. 그것들은 빠르게 증식하더니, 리치가 발사했던 그 창백한 덩어리를 순식간에 먹어치웠다.

"무, 무슨 일이⋯⋯!"

리치의 입에서 경악이 새어나왔다.

내가 사용한 술법은 암흑 마법을 응용한 마력의 침식이다. 그것도 미오가 즐겨 사용하는 곡예에 가까운 기술이 아니다. 내가 쓴 건 굉장히 비효율적인 쪽, 말인즉슨 상대가 이미 완성시킨 마법에 간섭하는 방법이었다.

사용하는 마력에 비해 효과가 너무 적어서 아무도 쓸 일이 없다고 일축당한 사용 방식이다.

머리 좋으신 분들은 모른단 말입니다!

마력이라면 썩어날 정도로 넘쳐나거든! 아니, 오히려 마구 써서 줄이고 싶다고! 비효율 만세!

이걸로 끝났다고 생각하는 건 아니겠지, 리치 아저씨?

자, 보라고? 당장 방어하질 않으면⋯⋯.

"큭, 윽!!"

리치의 머리가 누군가에게 두들겨 맞은 듯이 옆으로 튕겨나갔다. 머리가 있던 장소에 검은 이빨 자국이 까딱거리고 있었다.

"우, 우오오오오오오오?!"

리치는 방금 전에 도깨비불을 먹어치운 검은 이빨들이, 자신에게도 몰려들고 있다는 사실을 깨달았다. 그리고 즉시 방어용으로 마력을 모아 장벽을 전개했다. 비명을 지르면서 공황 상태에 빠진 줄 알았는데 의외로 냉정하네?

어둠의 이빨이 그 장벽으로 모여들었다. 그리고 게걸스럽게 차례차례로 장벽에 들러붙더니, 그것을 먹어치우기 시작했다.

"이럴 수가, 이런 술법은 듣도 보도 못 했는데?! 내가 모르는 술법이라고? 내가 전개한 장벽을 이렇게 손쉽게 돌파하다니?! 대체 무슨 고도의 언어를 사용했단 말인가⋯⋯!"

"10000엔으로 1엔짜리 동전 하나를 사는 셈이니, 예전의 나라면 절대로 안 하는 짓이지."

"술법의 전개에 도저히 따라갈 수가 없다! 몰려들지 마라! 가까이 오지 마!"

그건 그렇고 발현 방식 한번 징그럽네. 어둠의 이빨로 전부 먹어치운다니, 나보다는 오히려 리치가 사용할 것 같은 술법이잖아? 그냥 원래 이런 술법이었다고 생각하고 싶다. 설마 내 성격이 발현 방식에 영향을 주고 있지는 않겠지? 그렇게 믿고 싶다. 물론 나중에 확인해 볼 생각도 전혀 없어. 이건 원래 이런 술법이야. 그렇고말고.

"먹힌다고?! 마력이?! 그럴 리가, 말도 안 돼!"

어둠의 이빨이 리치에게 몰려들어, 이윽고 그 모습이 전혀 보이지 않을 정도로 에워쌌다.

"웃기지 마, 이럴 수가. 이런 어처구니없는 술법이 존재할 리가 없어!"

리치의 비명 소리가 울려 퍼졌다.

"그만둬, 나를 잡아먹지 마. 나는 그랜트가—!"

아무리 발버둥쳐도, 어둠의 이빨은 멈추지 않았다. 술법을 발동시킨 나조차도 그것들을 멈출 수 없다.

"그랜…… 트가……."

목소리가 잦아들었다. 이제 슬슬이려나?

"……사, 사라, 진다. 안, 돼……!"

어둠의 이빨은 삽시간에 리치의 모든 마력을 먹어치웠다. 그 몸에서 흉흉한 기운이 자취를 감췄다. 아무래도 로브도 마력을 사용해 사치스러운 외관을 유지하고 있었던 듯, 이미 너덜너덜해진 천 조각이 뼈 사이에 걸려 있을 뿐이다. 움직이는 것조차 불가능한 모양이다. 어둠의 이빨은 만신창이의 리치에게 계속해서 달라붙었다. 어느새 발산하던 독기조차 사라져 있었다. ……아, 무릎 꿇었다.

"원 펀치로 단련한 내 미세 조정 능력은 완벽하거든? 죽이진 않을 거야."

원래 마력을 전부 먹으면 기절할 뿐이라고 들었지만, 리치의 경우엔 소멸을 의미한다고 한다. 그야, 지금까지 움직일 수 있었던 건 마력 덕분이니까 별 수 없지. 지금도 존재감이 상당히 희박해진 상태다. 방금 전까지 리치의 위용을 자랑하던 해골은, 몸을 움직이기 위한 원동력을 빼앗기고 계속해서 경련을 일으키고 있을 뿐이었다. 좀 너무했나?

역시 오늘은 나답지 않았어.

이렇게 나약하게 떨고만 있을 뿐인 상대를 내려다보면서, 나는 조금 기분이 풀린 상태였다. 엉뚱한 사람에게 화풀이하는 건 취미가 아닌데도 불구하고—.

◇ ◆ 토모에 ◆ ◇

이 몸이 도련님을 맞이하러 가자, 그 곳을 지배하고 있던 것은 기묘한 침묵이었다.

도련님께서 뭔가 또 화려하게 저지르셨나? 이 몸은 어서 아공에서 육성한 명공들의 손으로 단련한 명검을 반찬 삼아, 쌀밥과 된장국을 먹고 싶은 참이다만—.

내 염원이 이루어지는 날에는 도련님께서 「아침엔 빵도 괜찮지 않아?」라고 말씀하셔도 매일 같이 쌀밥으로 아침밥을 해드릴 심산이다.

하지만 곧바로 오라는 명령이 떨어졌으니 별 도리 없지. 도련님께서 명하셨던 휴만 녀석들의 처리는 오크 녀석들에게 전부 맡기고 있으니, 사실 한가하기도 했다.

어찌됐건 숲도깨비들도 아공으로 데려갈 생각이었으니, 안성맞춤이기도 했다.

침묵이 흐르는 와중에 그들의 시선이 집중되어 있는 곳을 눈으로 쫓자, 그곳에는—.

도련님과, 빈사 상태(라고 하는 것도 이상하지만)의 언데드 한 마리가 대치해 있는 상황이었다. 두 사람의 사이에 숲도깨비 한 마리가 누워 있었고, 언데드의 등 뒤로 숲도깨비 한 마리의 시체가 널브러져 있었다.

그리고 숲도깨비의 무리가 도련님의 등 뒤에서 숨을 죽이고 두 사람의 모습을 바라보고 있었다. 그들은 도련님의 거동에 주시하고 있는지, 전체적으로 긴장감이 감돌고 있었다.

흠, 알았다.

숲도깨비들은 도련님께서 이 언데드를 비상식적인 방법으로 응징하시는 것을 목격하고 경악을 숨기지 못 하고 있는 거로군. 아마 이 예측이 맞을 것이야.

흠, 조금 의외인가? 아니, 예상할 수 있는 일이었다. 이번 일이 대충 마무리 지어지면, 예전 창관 사건도 포함해 도련님께 조금 말씀을 올려야겠다. 자각이 있으시다면 그럴 필요까지는 없겠으나, 그렇지 않은 모양이니 어쩔 수 없지 않은가?

이 몸은 한 곳에 몰려 있는 숲도깨비들 중에 아는 얼굴을 발견했다.

저 녀석은 틀림없이…… 옛날 이 녀석들의 마을에 결계를 만들어줬을 때 봤던 애송이와 생김새가 얼추 비슷하군. 그 녀석이 나이를 먹으면 이런 얼굴이 될 듯하다.

이 몸은 확신을 품고 그 늙은 숲도깨비 한 마리에게 말을 걸었다.

"너는 아마, 니르기스트리라는 이름이었나? 아직 정정한 듯하니 다행이로고."

"틀림없이 내 이름은 니르기스트리가 맞다만, 넌 누구냐? 너 같은 녀석과 만난 적은 없다."

이런 무례한 녀석을 봤나? 그저 겉모습이 변한 정도로 이 몸을 못 알아보는 건가? 배은망덕한 것도 정도가 있다.

"……피 눈물을 흘리면서 이 몸에서 무환결계(霧幻結界)를 구걸

했던 건 언제고, 그 말투는 뭐냐? 죽고 싶으냐?"

조금 흥분해서 그런지, 잠시 눈동자가 용안(龍眼)으로 변했다. 이런 낭패가 있나, 완전히 사람의 모습으로 변했을 터인데 감정의 고조로 가끔 이전 모습의 편린(片鱗)이 겉으로 드러날 때가 있다.

녀석은 이 몸의 눈동자가 변화하는 모습을 보고, 겨우 정체를 깨달았는지 직립부동 자세로 굳어버렸다. 할아범이 똑바로 자세를 바로 잡아봤자, 앙상한 고목나무 정도밖에 볼품이 없군.

"시, 신 님!!"

할아범의 목소리를 계기로, 숲도깨비들이 번잡스럽게 움직이기 시작했다.

다들 이 몸을 보고, 경외감, 공포, 의혹 등 다양한 감정을 눈에 담아 바라보고 있었다.

"상위 용이신 신 님이시다! 일동은 무릎을 꿇어라! 머리를 조아려라!"

장로 격으로 출세했는지, 니르기스트리가 거들먹거리며 호령을 내렸다. 모든 숲도깨비들이 할아범의 말에 따라 땅에 머리를 박고 엎드렸다. 흠, 기분은 나쁘지 않군.

욕심 같아서는 그들이 이러한 예의를 바치는 대상은 도련님이고, 이 몸은 주군을 옆에서 보좌하고 있는 편이 알맞을 것 같다만—.

어흠, 이 몸은 헛기침을 한 후 입을 열었다.

"마침 생각이 나서 결계를 다시 치려고 찾아왔느니—."

""오오오오오오오오오!!""

"—라는 건 거짓말이고. 저 분께서 부르셔서 행차한 것뿐이다."

이 몸은 그렇게 말하며 도련님을 가리켰다. 숲도깨비들은 이 몸의 말뜻을 제대로 알아듣지 못한 모양이다.

멍청한 녀석들. 이 몸이 뭐가 서러워서 부탁을 받은 것도 아닌데 너희 마을의 결계 따위를 손보러 와야 한단 말이냐.

잠시 동안의 침묵을 깨고, 숲도깨비들이 차례대로 입을 열었다. 이 몸이 한 말의 의미를 깨달은 듯하군.

"송구하오나 신 님! 저 자는 위험한 자입니다! 방금 전 저희 동포의 입에서 검은색의 수상한 연기가 출현하더니, 그것이 리치로 변해 저희들에게 적의를 보였습니다!"

네크로맨시

"리치라고 하면, 심오한 마술 능력과 뛰어난 강령술(降靈術)을 부리는 무시무시한 존재!"

"저 자는 그 리치를, 흉악함으로 훨씬 웃돌 정도의 기묘한 술법으로 제압했습니다!"

"부디, 부디 저희들을 지켜 주십시오!"

장로 같이 보이는 자들이 입을 모아 상황을 설명했다. 성가신 녀석들이로고. 대표자 한 사람이 한꺼번에 이야기하는 편이 편하지 않나? 뿐만 아니라 도련님께서 자신들에게 위해를 가할 것이라고 착각하고 있는 모양이야. 이 녀석들의 겁에 질린 모습은, 도련님께서 사용하신 흉악한 술법이란 것이 어떤 것인지에 달리긴 했지만…… 설마?

"너희들, 저 분께 무슨 짓을 할 생각이었나?"

"예?"

"그 정도로 겁에 질려 있다는 것은, 너희들도 저 분께 어느 정도

해를 끼칠 의사나 적의가 있었기 때문이 아닌가?"

이 몸은 숲도깨비들이 도련님에 대해 떳떳하지 못한 구석이 있어, 리치 다음엔 자기들 차례가 되리라고 생각하여 두려워하고 있는 것으로 추측했다.

"……저 자는 저희가 관할하는 숲에 무단으로 침입했을 뿐만 아니라, 희귀한 식물의 존재를 알아냈습니다. 이는 저희들의 법으로 극형에 해당하는 죄입니다. 하오나 전투에서 패배했기 때문에 마을로 끌어들여 연회를 열어준다고 방심시킨 후에, 극형에 처할 생각이었습니다."

장로로 보이는 산송장 중 하나가 대답했다.

극형. 숲도깨비들의 극형이라고 하면 **그것** 말인가—?

"당분간 얼굴을 보지 않았더니, 상당히 주의력이 산만해졌구나. 니르기스트리."

"……무슨 말씀이신지?"

"이 몸은 아까부터 **저 분**이라고 하지 않았나? 너희들은 감히 이 몸과 친분이 있는 이에게 칼을 들이댈 생각이었나?"

""……?!""

"이 몸은, 저 분을! 도련님을 맞이하러 온 것이다."

"그, 그, 그, 그 말씀은!"

니르기스트리가 이유는 모르겠지만 마구 더듬거리면서 대답했다. 정말 무례한 녀석들이로군. 애초에 이 몸이 사람의 모습을 하고 있는데 그 정도도 짐작을 못 한단 말인가?

"응? 토모에. 꽤 괜찮은 타이밍에 도착했구나."

도련님께서 말씀하셨다. 이 몸이 숲도깨비들에게 한창 설교를 하고 있었으니, 말씀하실 타이밍을 놓치고 계셨던 것 같다.

"사실 친분이라 함은 정확한 표현이 아니다. 이 몸은 이 분의—."

도련님께 가볍게 인사를 드린 후, 이 몸은 물 위로 올라온 금붕어처럼 입을 뻐끔거리는 숲도깨비들을 바라보며 말을 이었다.

"마코…… 라이도우 님의 하인에 지나지 않는다."

……니르기스트리 녀석, 기절해버렸군.

숲도깨비들은 저를 『수형(樹刑)』이라는 이름의 극형에 처할 계획이었던 것 같습니다.

숲도깨비 일족은 나에게 진심으로 머리 숙여 사죄하면서, 오늘밤 치러질 예정이었던 처형에 대해 밝혔다.

환상적인 무용과 노래(아니, 정말로 한번 구경할 가치는 있었어), 그리고 술로 곤드라지게 만든 후에 상대를 포박하여 형을 집행한다고 한다. 전투에 져놓고도 집요하게 상대의 숨통을 끊기 위해 움직이다니 무서운 패거리들이다.

……소름 돋네. 난 전혀 눈치조차 채지 못 했어.

"호오! 그 형벌을 부활시키다니, 네 녀석들도 꽤 하는 구나."

토모에는 수형이라는 게 뭔지 알고 있는 듯하다. 그녀의 말투로 판단하건데 옛날부터 있었던 것 같다.

나는 그런 사람은 없을 거라고 생각했는데, 숲도깨비들과의 전투에서 휴만들이 모두 죽임을 당하지는 않았던 것 같다. 그중에 전투를 (간신히)이겨내고 이 마을에 도달한 실력자도 없지는 않았다고 한다.

에휴, 숲도깨비들은 일족의 존재를 알아챈 모험자들을 전부 처분했을 거라고 멋대로 예측하고 마을에 유인당한 모험자들에 대해 조사하지 않았던 자신이 한심하게 느껴졌다.

오두막 하나가 연회가 열렸던 광장 부근에 살그머니 세워져 있었다. 숲도깨비들은 그 오두막을 감옥으로 사용하고 있었고, 지금도 그 안에 휴만이 몇 명 정도 갇혀있었다.

다음날 아침, 숲도깨비들은 나를 형장으로 안내했다. 그리고 나는 비정하면서도 끔찍한 수형의 실체를 목격했다.

이 녀석들, 내가 사용했던 암흑 마법을 무슨 낯짝으로 흉악한 술법이라고 지껄인 거지? 덤으로 그들의 『숲도깨비』라는 이름에 묘하게 납득이 가고 말았다.

이 형장을 구경하기 전엔, 내 안에서 그들의 이미지는 임업에 종사하는 숲의 수호자라는 것이었다. 일종의 옛날식 나무꾼이라고 생각했지.

마을의 분위기를 봐도 정령이나 식물의 목소리를 듣는 능력을 포기했다는 과거를 연상시키지 않을 정도로 숲과 함께 생활하는 엘프의 이미지를 그대로 지키는 생활로 보였다고.

내가 생각이 너무 부족했다.

임업이라는 단어는 그야말로 그들을 상징한다고 해도 과언이 아니었다. 그럴 수밖에 없는 것이, 그들은 나무를 비롯한 모든 식물들과 그 전체라고 할 수 있는 삼림을 「관리해야 하는 대상」으로 인식하고 있었기 때문이다. 신앙이나 우애의 대상이 아니다.

목소리가 들린다. 의사소통이 가능하다. 이야기를 나눌 수 있다.

극단적으로 말해서 그 모든 능력이 그들에게는 악영향밖에 끼치지 않았다.

식용으로 기르는 가축이나 농장에서 재배하는 야채와 의사소통이 가능하다면, 과연 그 직무에 종사하는 사람에게 유익할까? 그 대답은 NO다. 오히려 장애물에 지나지 않을 것이다.

게다가 수형. 솔직히 말해서, 지금의 나는 숲도깨비들을 보고 숲지기나 엘프와 비슷하다는 이미지를 전혀 떠올릴 수 없다.

내 눈 앞에 펼쳐진 대량의 나무로 구성된 드문드문한 숲―.

이 숲이 드문드문한 데는 이유가 있다. 각각의 나무가 난 장소끼리 일정 이상의 간격이 있기 때문에 마치 교과서나 TV 프로그램에서 본 인공 숲을 연상시킨다.

그리고 모든 나무들이 어느 정도 이상 자라나있다. 도중에 말라비틀어지거나 부러진 나무도 없다.

그리고 나무들의 밑동을 보면, 이 나무들을 심은 장소도 기묘하다.

―황야. 그것도 내가 걸어왔던 「세셰의 끝」에 펼쳐졌던 그것과 빼닮은 메마른 대지에 나무가 심어져있다.

평범하게 생각하면, 도저히 나무를 기를 만한 환경이 아니다.

"이게, 수형이라는 건가요?"

자기도 모르게 말투가 정중해졌다.

안내하기 위해 따라왔던 장로 중 한 사람이 잠자코 고개를 끄덕였다.

"이게, 전부……?"

토모에나 미오는 내가 받은 충격에 비해 그다지 쇼크를 받지 않은 것으로 보였다. 토모에는 이미 알고 있었으니 그럴 수도 있겠지만, 미오도 이런 반응을 보일 줄은 몰랐다. 기본적인 감각 자체가 역시 이세계인인 나와 다르다는 건가? 당연한 얘기다.

……수형.

그들의 상태 이상 계열 유니크 스킬을 사용하여 대상을 나무로 변형시키는 형벌이다.

나무로 변형된 이들은, 긴 시간을 들여 서서히 의식을 잃다가 결국엔 기억까지 상실한다. 변화한 후로도 당분간(수년에서 십수 년 사이)은 원래 몸의 감각이 남아있기 때문에 가지나 잎이 부러지거나 표피나 내부에 상처가 생기면 고통까지 느낀다고 한다. 정말 악몽 같은 술법이다.

스킬은 거의 한 순간에 발동하며, 수 초 만에 대상을 나무로 변형시킨다. 이 녀석들은 대체 뭐하는 족속인 거죠?

"예, 숲에서 무법을 저지른 자들이나 부당한 침입자들입니다."

장로 중 한 사람이 태연하게 가르쳐줬다.

"수형은 계승자가 단절되어 오랫동안 유실된 술법이었습니다. 하오나 당대에 저 사내가—."

장로 중 한 사람이 그렇게 내뱉으며 손가락으로 가리킨 것은, 아쿠아와 에리스의 부축을 받고 비틀거리면서도 따라온 그녀들의 사부였다.

장로 중 한 사람이 말을 이었다.

"—격세 유전에 의한 것인지, 그 술법에 각성한 이후로 수형이 부활한 것입니다."

"그랬군. 피가 진했거나, 소질이 남달랐던 건가? 설마 독자적으로 이 레벨에 도달하는 개체가 태어나다니 놀랍군."

토모에가 납득이 갔다는 듯이 여러 차례 고개를 끄덕였다.

"결계가 약체화됨에 따라, 관리 지역뿐만 아니라 마을에까지 다른 종족들의 침입이 발생하기 시작했습니다. 그 이후로 저 사내에게 전투 지휘를 일임하고, 격퇴할 수 없었던 상대를 이 수형에 처한 것입니다."

장로 중 한 사람이 말을 멈추고 사부를 바라봤다.

그렇군. 저 녀석이 숲도깨비들이 보유한 군사 부대의 지휘를 담당하고 있었다는 거야.

장로의 시선에서, 한 명만 있어도 호위는 충분하다고 판단할 정도의 신뢰감이 느껴졌다. 매사에 짜증날 정도로 들이대는데다가 쓸데없이 직감이 예리한 타입이야.

이 타입 중엔 의외로 여러 가지 일을 깊이 분석하는 두뇌를 다수 탑재한 치트 타입도 있단 말이지. 선술로 진략을 압도할 수 있는, 아군일 경우엔 믿음직한 사람들이다. 가능하면 이 녀석이 그런 부류가 아니길 빈다.

제대로 상대하려면 꾕—장히 피곤한 아쿠아와 에리스는 그의 부관에 해당하는 입장인 걸까?

그를 부축하면서 걱정스러운 표정으로 곁에서 떠나지 않는 걸 보면 존경은 하는 것 같다.

"결계에 관해선 생각이 있다. 안심하도록."

"신 님, 진심으로 감사드립니다. 이제 외적들을 두려워할 필요가 없는, 평화로운 생활을 되찾을 수 있게 되었습니다."

그다지 오래 머물고 싶은 장소가 아니다. 그들의 마을에서 해야 할 일은 거의 다 끝냈다고.

내가 토모에게 눈으로 제스처를 보내자, 그녀도 그 의도를 알아챈 것 같다. 도무지 기분이 밝아지질 않는다.

"그럼 돌아가 보도록 할까? 그리고 말이다 숲도깨비들아. 이 몸의 이름은 토모에다. 몇 번이나 똑같은 소리를 하게 하지 마라."

"아, 예. 토모에 님."

토모에의 말에 노기가 서렸다.

나는 등줄기를 타고 흐르는 오한을 겨우 떨쳐낼 수 있었다. 생각해보면 형장에 오는 건 태어나서 처음이었다. 기분이 굉장히 불쾌했다.

마지막으로 한 번 더—.

나는 원래 모습이 짐작도 안 가는 각각의 나무들을 둘러봤다. 휴만인가? 아니면 아인인가?

내가 계를 사용해도, 나무들은 원래 모습으로 돌아오지 않았다. 한번 발동해버리면 내 힘으로도 어쩔 도리가 없다. 그런 존재도 당연하게 이 세계에 존재하는구나. 나는 그 사실을 마음속에 단단히 새겨 넣었다.

그에 상응하는 죄를 저질렀기 때문에 이 형벌을 받았다고 한다. 숲도깨비들이 그런 자들만을 대상으로 이 힘을 사용한다면 몰라도, 폭주를 일으켜서 전투에 사용할 가능성도 충분하다.

역시 이대로 내버려둘 수 있을 리가 없다.

어쨌든, 이 상태에서 회복시키는 방법을 모색해보자. 다행히 나는, 마법약의 제조를 특기로 삼는 우수한 거미 출신 종자와 그 권속들을 거느리고 있으니까―.

◇◆ 사부 ◆◇

내 몸에 리치 같은 불쾌한 녀석이 둥지를 틀고 있었다니…… 전혀 눈치채지 못 했다.

최근 느끼던 피로나 서서히 스스로가 강해지는 기묘한 감각은, 수형의 능력에 각성한 부작용이 아니었던 것 같군.

아니, 어쩌면 힘에 각성하기 전부터 녀석은 이미 있었는지도 모른다. 그건 이제 와서는 누구도 알 수 없는 일이지만…….

리치는, 신이라는 녀석이 처리했다고 한다. 신은 먼 옛날에 우리 마을에 결계를 만들어준 상위 용이다. 아지랑이처럼 보이는 짙은 안개가 리치의 몸을 뒤덮더니, 흔적도 남기시 않고 없애버렸다.

녀석은 독기의 흔적조차 남기지 않는 고차원적인 능력을 행사했다. 과연, 상위 용종이라는 존재가 실질적으로 어느 정도인지 단번에 이해가 갔다.

몸은 아직 말을 잘 안 듣지만, 나도 겨우 다음날 형장 방문에 따라갈 수 있었다.

아쿠아와 에리스에게 부축을 받고 따라갔으니 한심한 얘기지만, 리치 녀석은 내 생명력 자체가 거의 고갈되기 직전까지 흡수했다는군. 꽤 위험한 상황이었다고 하니 할 말이 없다. 살아있다는 것만으로도 횡재한 거지.

나는 시답잖은 농담을 지껄이면서도 그 녀석들…… 가면의 남자와 용 여자를 관찰하고 있었다.

아니, 정확히 말하자면 가면의 남자를 지켜보고 있었다.

녀석은 영문을 알 수 없는 술법으로 리치를 쓰러뜨렸다고 한다. 용 여자는 어렸을 때부터 니르기 할아범이 지겹게 들려주던 얘기에 나오던 상위 용종이라고 하니 일단은 문제없다.

하지만 저 녀석은, 저 애송이는 휴만이다. 그런데 어째서 저런 이형(異形)의 부하를 거느리고 있는 거지? 그리고 어째서 녀석들이 저 애송이를 섬기고 있는 거냐고?

영문을 모르겠다.

나는 최근에, 바깥세상에 나갔다가 돌아온 이후로 불온한 움직임을 보이던 **그 녀석**을 경계하고 있었다.

장로의 아들, 아드노우는 아무리 봐도 이상한 행동을 보이고 있었다.

최근엔 관리 지역이나 숲의 호위를 다른 녀석들에게 일임하고, 나는 마을에 대기하고 있는 경우가 많았다.

아드노우는 마을을 뒤지고 다니며 묘한 행동을 보이면서, 내 의심이 착각이 아니라는 확신을 가지게 했다.

가끔 누군가와 연락을 주고받는 모양이지만, 그 상대의 정체를 알 수가 없었다.

그러던 와중에 그 일이 벌어진 것이다.

아쿠아와 에리스가 부상도 입지 않고 침입자들과 함께 마을로 돌아왔다. 침입자는 가면의 남자와 검은 여자였다. 즉, 저 두 녀석은 아쿠아와 에리스를 봐주면서 상대하다가 무력화시켰다는 뜻이다. 최근 들어 휴만에게 패배한 후에 마을로 유인하는 패턴이 점점 늘어나는군. 아쿠아와 에리스는 처음이지만, 이거야 전원 강제 초 특훈 코스로 들어가야겠군.

이렇게 된 이상, 남은 패턴은 평소와 마찬가지로 침입자를 연회에서 곤드라지게 만든 후에 감옥에 처넣는 식으로 갈 것 같군. 그런데, 아드노우가 움직였다.

혹시 저 녀석들은 아드노우가 비밀리에 연락하던 상대였던 건가?

잠깐 그런 생각이 들었지만, 아무래도 그건 아닌 것 같다. 아드노우는 녀석들에게 몇 가지 질문만 하고 어디론가 가버렸다. 꽝인가?

방 안에는 아쿠아와 에리스, 그리고 녀석들뿐이었다.

제자들은 이 녀석들을 나에게 데리고 올 생각인 듯하다.

내가 벽을 타고 접근했는데도 기척을 알아채지 못 하다니……
나중에 혼내는 건 확정이다.

……아니, 잠깐? ……오호라.

말하자면 이 녀석들은 그 정도로 위험하단 건가?

연회고 뭐고 전부 생략해버리고 곧바로 나에게 데리고 올 정도로 말이지.

그럼, 예정을 변경해야겠군.

우선 이 녀석들을 해치워버리자. 결과는 어차피 마찬가지야.

"이봐—! 너희들이 손님이냐?!"

나는 잽싸게 벽을 부수고 침입해서, 일단은 녀석들에게 인사를 했다.

검은 여자는 제자들을 경계하면서도 이쪽을 의식하고 있다. 이 녀석은 강하다. 내 육감이 그렇게 말하고 있다. 가면의 남자도 소리가 들린 순간부터 이쪽을 경계하고 있다. 흠…….

하지만 나를 상대로 그딴 건 헛수고라고.

제자들을 혼쭐내준 것 같으니, 그냥 빨리 끝내버리도록 하지.

"네가 아쿠아와 에리스를 어린애 취급했다면서? 대단하군! 이봐, 일단 나하고 악수하자고! 악수!"

""사부!""

씨익, 미소를 지으며 가면의 남자에게 손을 내밀었다. 제자들이 내 의도를 깨닫고, 어렴풋이 긴장한 것이 느껴졌다.

그리고 나는 확실하게 녀석과 반 강제로 악수를 나눴다.

끝장이다.

수형 발동—.

몇 초 후엔 이 녀석은 나무로—.

변하지 않았다.

아무리 손을 움켜쥐어 봐도, 녀석에게서 오한은 전해져 오지만 반응이 적었다.

"저, 이만 놔 주실래요?"

녀석의 손에서 힘이 빠지는 것이 느껴졌다. 조금만 더 하면 되나? 하지만 이런 건 처음 보는 케이스다. 대체 어떻게 된 거지? 상당히 재미있군. 좋았어. 이런 경우도 있는 건가―?

그 순간―.

강렬한 충격이 얼굴 전체를 덮쳐왔다.

그것이 통증이라는 사실을 깨달았을 때, 내 몸은 이미 허공에 붕 떠 있었다.

허공을 날면서 눈물을 머금고 콧등을 억누른 내가 목격한 것은, 검은 여자가 온힘을 다해 부채를 휘두른 모습이었다.

얻어맞았다! 반응조차 할 수 없었어!

나는 등에 여러 차례 강한 충격을 느끼면서 곤두박질쳤고, 구르다가 멈춘 장소에서 큰 대(大) 자로 뻗었다.

굉장해. 저 여자 굉장하다고!

설마 저런 차림으로 이런 엄청난 속도의 타격을 날리다니 대체 정체가 뭐야?

나는 먼발치에서 들려오는 제자들의 목소리를 들으며 담배 대신 애용하는 연기 가지를 호주머니에서 꺼냈다.

내가 어제 있었던 일 중에 기억하고 있는 건 여기까지다. 지금은 정신을 차리고, 아쿠아, 에리스와 함께 라이도우 일행과 장로가 대화를 나누고 있는 저택 앞에서 대기하고 있다.

나는 그 후로도 꽤 돌아다녔다고 하는데, 정작 중요한 내 기억이 없다. 아마도 리치 녀석이 내 몸을 멋대로 조종하고 있었던 것 같다.

내 의식이 돌아온 건 오늘 아침이 되고 나서였다.

온몸이 믿어지지 않을 정도로 무겁고 나른했다.

리치라는 존재가 내 입에서 검은 연기와 같은 모습으로 출연했다고 하더군.

그 리치를 격퇴한 장본인이 가면의 남자였다. 대체 뭘 어떻게 해서 결판이 났는지 갈피를 못 잡겠다만 최종적으로 결정타를 날린 건 저 파란 머리의 여자, 신이라고 하더군.

라이도우. 츠이게의 신입 상인이라?

그걸 믿으라고?!

녀석들과 숲도깨비 대표들의 논의는 형장에서 돌아온 이후로도 계속되고 있다.

하지만 회담의 자리에서 논의하고 있는 이들은 장로들과 녀석들뿐이다.

결국 우리는 다 끝난 결과를 전달받을 수밖에 없는 입장이다.

일이 이렇게 된 이상, 내가 라이도우에게 수형의 술법을 사용했다는 사실은 덮어두는 게 낫겠다. 얘기가 쓸데없이 꼬일 것 같거든.

하지만 그건 그렇고, 왜 효과가 없었던 거지? 지금까지 이런 적은 한 번도 없었다.

"사부, 여쭤보고 싶은 일이 있습니다만."

우리는 회담이 끝날 때까지 기다리면서, 뭐라 말할 수 없는 긴장감에 휩싸여 있었다. 바로 그때, 아쿠아가 나에게 질문하려 했다.

"응?"

"저 라이도우라는 남자에 관해서……."

"어…… 음, 미안. 나중에 듣자."

나는 아쿠아의 질문에 대답해주고 싶었지만, 아무래도 회담이 끝난 것 같다. 장로들이 저택에서 걸어 나왔다.

앞으로 우리들의 처우는 어떻게 될까? 최악의 경우엔 저 녀석의 노예 취급이고, 최고의 경우엔 졸개 노릇인가?

검은 여자도 어느샌가 합류한 상태였다. 녀석은 그 검은 여자와 용 여자를 양 옆에 거느리고 회담을 연 것이다. 무슨 생트집을 잡는다고 해도 전혀 이상할 게 없었다.

만약의 경우엔 내가 나설 수밖에 없나? 수형의 술법이 효과가 없다고 해도, 싸울 수 없는 건 아니다.

무슨 수를 써서라도 저 라이도우라는 녀석과 1 대 1로 승부할 수만 있다면, 나에게도 승산이 있을 것이다. 주먹과 주먹으로 승부하는 난타전으로 끌고 갈 수만 있다면 말이지.

마술사라는 녀석들은 이 놈이나 저 놈이나 접근해서 한 방 날리면 끝장이라고.

세 치 혀로 라이도우와 일기토를 벌이는 상황을 만드는 건 힘들겠지만…… 그건 어떻게든 수를 쓸 수밖에 없다.

숲도깨비 종족 중 최강의 전투력을 지니고 있는 건 틀림없이 나다.

라이도우와 졸개들―.

우리가 너희들의 협박에 얌전히 굴복할 거라고 생각하지 마라.

◇◆◇◆◇

숲도깨비 장로들과의 회담이 벌어졌다. 토모에는 내가 예상했던 대로, 그들 일족을 아공에 받아들이자고 제안했다.

하지만 솔직히 말해서, 나는 그 의견에 동의하기 힘들다.

수형은 지금 단계에서는, 사부 한 사람밖에 사용하지 못 하는 능력일 것이다. 하지만 오크나 미스티오 리자드가 토모에의 영향을 받아 아공에서 성장하고 있듯이, 숲도깨비들을 아공에 받아들여 토모에나 그녀의 분신체인 토모에 미니와 관여하는 와중에 한 사람씩 단계적으로 각성할지도 모른다는 생각이 든다고. 나더러 겁쟁이일 뿐이라고 한다면 되받아칠 말이 없다. 정말 딱 그대로거든. 다른 이유는 없다.

숲도깨비들은 지금까지 만났던 다른 종족들과 마찬가지로, 우리의 아공(그들은 토모에의 성역이라고 이해하고 있는 것 같지만)에 입주하는 일에 대해 그다지 불만이 없었기에 얘기는 거의 마무리될 뻔했다. 서로 간에 장애물 같은 게 없었으니 당연한 결과였다. 아공 사람들은 무슨 영주나 왕 취급을 하지만 사실 나는 무슨 권한 같은 건 없는 거나 다름없는 장식품에 지나지 않는다.

아공 사람들이 뭔 일만 있어도 나를 왕처럼 떠받들고 있다 보니, 지금은 여러 가지로 결정하거나 해야 하는 일들이 많기는 하다. 하지만 애초에 내가 왕 같은 걸 할 수 있을 리가 없잖아?

숲도깨비들의 관점에서 보자면, 나는 이보다 더 수상할 수 없는 가면 남자다. 하지만 토모에는 과거에 은혜를 베풀어 준 상위 용이며, 신뢰할 수 있는 존재다. 그 용이 오라고 하면, 숲도깨비들은 잠자코 따라올 수밖에 없다.

제발 좀 봐주라.

난, 저 수형이라는 술법이 무섭다. 분명히 말해두지만 너무 무섭다.

렘브란트 저택에서 저주병의 실상을 목격했을 때도 공포를 느꼈다. 하지만 분노나 그 이외의 잡다한 감정들 덕분에 이 정도로 무섭진 않았다.

이번에 수형을 본 후엔, 오직 공포만이 남았다. 내가 가진 능력으로 치료가 불가능했기 때문인지, 아니면 피해자를 잘 몰라서 느끼는 감정에 불순물이 적기 때문에 그만큼 능력 자체에 의식을 집중해서 그런 건지도 모른다.

용서할 수 없다고 생각하는 건 아니다. 그저 등줄기가 얼어붙는 듯한, 뭔가가 온몸을 기어 다니는 듯한 불쾌한 감각을 느끼고 있을 뿐이다. 차가운 물이 등을 타고 흐르는 듯한 오한이라고 할 수 있다. 정확하게 형용할 수 없는 불쾌한 감각에 몸서리가 쳐진다.

최근의 붕 뜬 기분이 단번에 날아가 버린 듯한 감각이었다.

지금의 나는 도저히 숲도깨비의 모든 것을 받아들이고 함께 잘해나가자고 장담할 수 있는 기분이 아니었다.

따라서 나는, 그들의 마을에 토모에의 결계가 존재한다는 사실을 이유 삼아 논의의 방향을 마을 전체의 이주가 아닌 쪽으로 유도했다. 딱히 현란한 말솜씨 같은 게 필요하지는 않았다. 왜냐하면 이 자리에서 강한 발언력을 지닌 쪽은 우리 편이었으니까.

토모에는 숲도깨비의 민첩성이나 전투력, 그리고 휴만과 상당히 유사한 외모를 높이 평가하고 있었다. 그리고 가능하면 아공의 주인으로 맞이하고 싶어했다. 그녀는 *그들*을 아공으로 이주시키는데 난색을 표하는 나를 어떻게든 설득하려고 시도했다. 토모에는 내 반대를 의외라고 느낀 것 같다.

미오에게 물어보니, 그녀는 개인적으로 마음에 들지 않는 이가 있다는 사실을 고려해도 그들 종족이 지닌 식물에 대한 풍부한 지식을 객관적으로 평가하며 이주에 긍정적인 의사를 표시했다. 물론 최종적인 내 결정이 어느 쪽이라고 해도 군말 없이 따르겠다고 덧붙였다.

물론, 나도 숲도깨비의 존재 자체를 전적으로 부정하는 것은 아니다.

내가 숲도깨비의 아공 이주에 반발하는 이유는, 결국 개인적으로 거북하다는 것이다. 따라서 적당한 선에서 타협점을 찾은 후에 그들을 받아들이자는 결론을 도출하고 싶었다.

우선 토모에에게 명령해서 결계를 다시 전개한다. 이건 확정 사항이다. 나도 그들을 외부의 적의 위험에 노출시키고 싶지는 않다.

그리고 암브로시아가 자생하고 있는 숲도깨비들의 관리 지역도 결계로 봉쇄해야겠다. 앞으로 일이 어떻게 되든지, 외부의 침입을 예방함으로써 쓸데없는 충돌을 미연에 방지할 수 있을 것이다.

또한, 그들 숲도깨비들이 주장하고 있듯이 서로의 관계를 단절시키고 싶진 않다. 까놓고 말해서, 저 수형이라는 비인간적인 술법만이 우리 사이에 놓인 유일한 장애물이라고 해도 과언이 아니다. 하지만 그것은 격세 유전으로 주어진 능력으로, 그들의 입장에서 보자면 명예롭다고 할 수 있는 전통이다. 어려운 얘기다.

토모에의 주장은 옳다. 숲도깨비가 보유하고 있는 높은 전투력뿐만 아니라 휴만과 유사한 외모는 상회를 운영하면서 폭 넓게 도움이 될 것이라고 생각한다.

미오가 동의했듯이, 그들을 아공에 받아들이면 틀림없이 커다란 이득을 창출할 수 있을 것이다. 지금 아공에 숲 전문가는 없으니까 말이지.

우리가 얻을 수 있는 이득을 생각하면, 받아들이지 않는다는 선택지는 없다고 할 수 있다.

그렇기 때문에 나는……

…….

아공에 위치한 내 저택의 내 방―. 지금 여기에 있는 건 네 사람뿐이다. 나와 토모에와 미오, 또 한 사람은 아직 휴식 중이다. 회담에서 내가 보인 태도의 이유와 기타 등등에 관해 새삼스레 설명하고 있는 참이다.

"……오호라, 그랬군요."

토모에가 고개를 끄덕이면서 말했다.

결국 숲도깨비들에 관해서는, 아공과의 교역 및 아공이나 상회로 출장하는 것을 인정하는 형태로 한정시키고 촌락을 전체적으로 이주시키는 것은 보류하기로 했다.

그들은 마을에 새로운 결계가 생김에 따라서 안전해질 뿐만 아니라, 일도 늘어난다. 구체적으로 말하면 쿠즈노하 상회의 종업원이나 나름대로 교육을 시킨 후에 사업상 교섭을 시킬 수도 있고, 정보 수집 같은 일에 파견할 수도 있다.

나는 회담 중에 냉정을 유지하지 못 하고 어떻게든 그들과의 거리를 벌리고 싶었다. 그렇기 때문에 토모에가 물고 늘어지는 모습을 보고 조금 번거롭게 느꼈다.

놀랍게도 토모에는 그들에게 이가 닌자나 코가 닌자를 겹쳐보고 있었답니다. 그리고 그게 그들을 아공에 이주시키고 싶은 이유 제1위……. 이 녀석이 부자연스러울 정도의 정론으로 상회의 이익이나 그들의 생활 기반 안정 같은 그럴 듯한 소리를 늘어놓기 시작해서, 쓸데없이 부담을 느끼고 필사적으로 타협 방안을 모색했던 내가 너무 바보스럽다.

회담 중이긴 했지만, 마음만 먹으면 염화로 얼마든지 의사를 확인할 수 있었는데—.

내가 얼마나 여유가 없었는지 깨닫고 나니 정말 어처구니가 없네.

논의 자체는 부드러운 분위기로 끝낼 수 있었다.

그리고 아공으로 이동한 후, 숲도깨비들의 아공 견학을 안내하면서 출장을 위해 이쪽으로 이사하는 인원을 모집하게 되었다. ……참고로 이건 인원수 제한이 걸려 있고 저희들의 면접이 필요하답니다. 전원이 이사 희망을 신청해버려서, 결국 마을 전체가 이주되서 제 발언이 실질적으로 무효화되는 사태는 막아냈지요.

토모에는 바로 그걸 노리고 있었던 것 같은 느낌도 들었지만, 이 녀석은 의도만 알고 있으면 별 거 아니랍니다.

"토모에, 원래 옛날 쇼군들은 골라 뽑은 최강의 정예 닌자들 중에서도 가장 용감한 이들만을 곁에 뒀다고?"

이 한마디로 KO 확정이었다. 기합을 담아 선발할 마음이 넘쳐나는 듯하니 다행이군.

그들은 지금 아공을 견학하면서 다른 주민들이나 현재 아공의 각 지역에 대한 설명 등을 받고 있다. 토모에 미니가 대활약하고 있다. 에마 양도 나이스 어시스트를 보여주고 있다. 숲도깨비들 중 몇 할 정도는 공통어를 습득하고 있었기 때문에 언어 문제도 없어 보인다.

……일이 이렇게 돌아가다 보면, 아공의 공용어도 본격적으로 공통어라는 녀석을 쓸 수밖에 없을 것 같군. 이제 슬슬 내 언어 상황도 개선해야 할 것 같은 느낌이 든다. 뭔가 방법이 없을까? 여신과 교섭이라도 해서, 축복이라는 걸 받고 공통어의 스피킹 능력을 얻어낼 수 있지 않을까?

이제부터 가야하는 학원 도시에서도 지금 사용하고 있는 필담 비슷한 짓거리를 계속하려면, 항상 종자 가운데 한 사람을 데리고 다녀야 하니 마음이 편할 틈이 없다.

"하지만 도련님. 수형 따위가 도련님에게 통할 리가 없지 않습니까? 왜 그렇게까지 두려워하시는지 이해가 잘 안 갑니다."

"스스로도 잘 모르겠어. 그 정돈된 숲이 모두 휴만이나 아인이라는 설명을 들었을 때, 이상할 정도로 소름이 돋았어."

"흠……."

"면목이 없습니다, 도련님. 눈치를 채지 못 했어요……."

정말로 모르겠다고. 아마 그 수형이라는 형벌에 내가 생리적으로 불쾌하게 느끼는 요소나 뭔가가 있는 거라고 생각해. 토모에는 고개를 끄덕이면서 깊이 궁리하는 표정을 지었다. 미오는 내 기분을 헤아리지 못 한 사실에 대해 사죄했다. 미오는 딱히 잘못한 게 없다고.

"미안해."

"도련님께서 사과하실 일이 아니랍니다."

"알겠습니다!"

어흠, 토모에가 헛기침을 한 후에 화제를 전환했다.

"그럼 숲도깨비들의 능력을 강화하는 실험은 일단 보류하고, 이미 수형을 사용할 수 있는 그 남자에게는 사용을 자제하도록 명령해 놓겠습니다. 흔치 않은 종족과 그 능력인지라 키워보고 싶은 마음이 들었었습니다. 하지만 도련님께서 마음에 들지 않으신다면, 그 뜻을 존중할 수밖에 없지요."

그 작자를 그런 명령 정도로 억누를 수 있을까? 솔직히 그런 생각이 들었지만, 토모에에겐 뭔가 생각이 있는 듯하다. 일단 맡겨 볼까?

흠. 그건 그렇고, 일이 마무리가 되어서 그런지 아니면 전부 얘기를 해서 그런지는 몰라도 마음이 많이 편해졌다.

이제 남은 일은…… 우선 츠이게로 돌아갈까?

응? 뭔가 잊고 있는 것 같은데?

뭐였더라?

음─.

암브로시아의 숲에서 아쿠아와 에리스의 습격을 격퇴한 후에, 마을에서 기분 나쁜 사부라는 녀석과 만났지? 연회가 끝날 때쯤에 그 녀석의 입에서 리치가 튀어나와서…… 아, 그렇지. 숲도깨비 중 한 사람이 죽었어.

그게 아니고!

리치! 그래, 리치가 있었어!

아니 잠깐 기다려, 뭔가 다른 것 같아. 다르지는 않지만 지금 걸리는 건 이게 아냐.

그 전인가?

으으음.

……나는 숲도깨비들의 강습을 받았을 때, 미오를 타이르면서 도망 다니던 와중에 일어난 사건들을 떠올렸다.

……!! 아, 까맣게 잊어먹고 있었다. 세 사람의 휴만을 아공에 끌어들인 상태였지?

이거 안 되겠군. 제발 정신 좀 차려라.

생각해 보니 이번에, 난 츠이게에서 출발한 이후로 계속 실수만 저지르고 있네.

숲도깨비들의 마을에 도달했던 모험자들에 대한 이야기도 그렇고 변태 사부와 악수했을 때도 그렇고, 리치의 존재에 대해서도 위화감을 느낀 후에 충분히 확인하지 않아서 이 모양 이 꼴이다.

그 숲도깨비, 아드노우도 잘만 하면 목숨을 살릴 수 있지 않았을까?

방심을 하면 생각에 곧바로 뿌연 안개라도 끼는 듯한 느낌이 들어서 진정이 되지 않는다.

그 덕분에 이 꼴이잖아? 그냥 황야를 걷고 있을 때는 이런 상태였던 적이 없었다고.

급기야 아무리 미인이 많기로서니 조금 여자들이 다가온 것만으로도 웃기는 추태를 보이기까지 했다. 지금은 그나마 터무니없는 능력치 덕분에 앞으로 나아갈 수 있는 거지, 언제까지나 이러고 있다간 큰 코 다칠 거야.

떠올리라고, 수형이 뭔지 알았을 때의 냉수를 뒤집어쓴 듯한 기분을 말이야.

어쨌든, 지금은 눈앞의 할 일을 끝내는 거야!

지금 나는 무슨 일이 일어날지 짐작할 수 없는 세계에 살고 있어. 이걸 잊어선 안 돼.

"그러고 보니, 그 휴먼 트리오는 어떻게 됐지?"

"호오, 우선은 이 녀석을 처리해야 하지 않을까요?"

이 방에서 휴식을 취하고 있는 네 번째 인물―. 토모에가 바닥에 굴러다니는 리치 아저씨를 턱으로 가리켰다. 해골은 대충 승복 비슷하게 보이는 의상(그렇다곤 해도 색깔은 검은색이고 금색 실로 복잡한 문양의 자수가 놓여 있어서 전혀 승복으로 보이지 않을 정도로 흉악한 취향이지만)을 마력으로 재생시킨 상태이기 때문에 맨살(뼈)은 드러내지 않고 있다. 눈구멍에 의지가 느껴지는 붉은 빛이 보이고 있었기 때문에, 그의 정신이 멀쩡한 상태라는 사실을 알 수 있었다.

토모에에게 처리를(한 것처럼 보이게 꾸미도록) 명령한 후, 그는 우리보다 한발 먼저 아공에 위치한 내 방으로 전송된 상태였다. 물론 그 행동은 오직 실내 안으로 제한했다.

그는 정신을 차린 것 같지만, 우리의 대화에 딱히 참가하지도 않고 얌전히 기다리고 있었다. 조금 기분 나빴지만, 그의 특성을 생각해 보면 나에게 위험이라고 할 수 있는 요소는 전혀 없었다. 일단 내버려둬도 별 문제 없을 것이다.

"아니, 생각해 보니 그 녀석들을 어떻게 처리했는지 전혀 물어보질 않았다는 생각이 들어서."

"물론, 신기루 도시를 견학하고 있습니다. 세 사람 다 처음엔 곤혹스러워 했습니다만 오늘 아침엔 얌전히 식사를 하고 있더군요. 지금쯤 오크와 엘드워가 상대하고 있을 겁니다."

"……어?"

"무슨 문제라도 있습니까?"

"지금 견학하고 있다고?"

"예."

그럼 좀 문제가 생기지 않을까?

그 녀석들, 아쿠아 & 에리스와 전투가 벌어졌을 때 격리한 녀석들이잖아?

같은 타이밍에 견학하고 있는 숲도깨비 일행하고 마주치기라도 하는 날에는 문제가 복잡해질 것 같은데?

"너, 그 녀석들하고 숲도깨비들이 뜻밖에 마주치기라도 하면 어떻게……!"

"안심하십시오. 그렇게 되지 않도록, 두 그룹의 구역을 나눠 놓

앉습니다. 휴만들은 엘드워의 작업장 부근에서 재우다가 내일이라도 돌려보내겠습니다. 황야의 숲에 나 있는, 츠이게로 가는 샛길의 입구 근처에 대충 버리고 오면 될 겁니다.」

토모에는 「모험자인 듯하니, 적당히 질좋은 무기라도 넘겨주면 만족하겠지요.」라고 덧붙였다.

내가 알기로 드워프의 작업장은 다른 지역과 어느 정도 격리된 장소다. 그렇다면 갑작스럽게 숲도깨비들과 만날 일은 없겠군.

사실 까놓고 말해서, 이번엔 그 멍청이들 덕분에 상당히 고생한 것 같은 느낌이 드는데.

두 여자들 중 한 사람은 토모에와 미오에게 영혼까지 털릴 뻔한 원인을 만들어준, 창부 누님하고 비슷하게 생긴 것 같은 느낌이 드는데……. 헤어스타일도 다르니 다른 사람인가?

으—음.

뭔가 석연치 않지만, 지금은 상관없나? 토모에가 말하는 적당히 괜찮은 무기만 있으면, 황야의 입구 부근에서는 충분하고도 남을 정도의 전투력을 갖출 수 있다. 그들이 앞으로 제대로 된 길로 나아가기를 바랄 뿐이다. 그러지 못 한다면 다음번에 무모한 짓을 하고 죽기나 할 테니까 말이야. 애초에 츠이게로 돌아가기 위해 통과해야 하는 샛길은 그 이름이 나타내는 대로, 협소하고 불편한 길이다. 끝도 없는 오르막길인데다가 방심한 모험자를 노리는 마물들도 많다. 돌아가는 길에 힘이 다 한다면 딱 그 정도의 능력이란 뜻이지.

음, 엘드워의 무기는 우수하니까 기념품으로 충분하고도 남을 정도다.

내 장비품의 진척 상황도 알고 싶으니, 가까운 시일 내에 엘드워 여러분의 작업장에도 얼굴 도장을 찍어야겠다.

음, 조금 긴장이 풀려서 편해진 것 같은 느낌이 들었지만—.

아직 내가 할 일은 넘쳐나잖아!!

"그럼, 휴만 트리오는 토모에에게 맡길게. 내가 만날 수도 없는 노릇이니."

"명을 받들겠습니다."

"그럼 두 사람은 이제 물러가도 좋아. 이제 남은 건 이 리치 아저씨하고 얘기하는 것뿐이니."

"조금 흥미가 동하는 바, 시험해보고 싶은 일도 있으니 함께 하겠습니다."

토모에가 흥미를 느낀다고?

"그런 변태도 있었던 걸요! 밀실에서 단둘이 계시면 안 됩니다!"

미오도?

특별한 위험 같은 건 없으니까 두 분 다 아공에서 자기 할 일에 착수해도 될 것 같은데.

미오, 내가 이 뼈다귀에게 정조를 빼앗길 위험은 아마 없을 거라고 생각하거든?

너희들 마음대로 하는 걸 말릴 생각은 없지만—.

그럼, 참고인 취조를 시작해볼까?

◇ ◆ 어느 모험자들 ◆ ◇

한편 같은 시각—.

"여긴 소문으로 들은 것보다 훨씬 어이없는 장소였네."

"그래."

"그렇군요."

마코토와 토모에가 아공으로 끌어들인 모험자 3인방이, 얼굴을 마주 보고 대화를 나누고 있다.

그들은 마물이나 아인의 환대를 받고, 평소에 츠이게에서 사용하는 숙소보다도 고급스러운 객실에서 지내고 있었다.

그들은 본래, 숲도깨비의 손에 죽임을 당할 운명이었다. 그런데 기적적인 운명의 장난으로 소문이 자자한 그 신기루 도시에 도달해버린 것이다.

적어도 모험자로서 필요한 행운은 충분히 갖추고 있었다.

하지만 세 사람의 표정은 밝지 않았다.

그 이유는, 그들이 **휴만이기 때문**이다.

"저런 족속에게 환영을 받다니 정말 굴욕적이야."

"아인이 우리를 대접한다고? 웃기고 있군."

"우리는 지상 최고의 종족인 휴만이에요. 봉사한다고 하면 알아 듣겠지만 묘하게 친한 척을 하니 신경에 거슬리네요."

실수로 헤매게 된 도시에서 환대를 받았다.

그것은 굉장히 고마운 일이라고 할 수 있었다.

하지만…… 휴만 모험자들 중에는, 아니 정확히 말하자면 휴만

중에는 이런 사고방식의 소유자들이 적지 않았다.

신기루의 도시를 목표로 행동하던 이 세 사람조차 이런 식으로 생각하고 있다.

사람에게 위해를 가하지 않는 마물과 아인들이 사는 도시, 라고 어느 정도 구체적인 정보를 알고 있는 상태에서 이곳을 찾아다닌 이들조차 이렇게 느끼고 있는 것이다.

그들과 같은 모험자들이 이곳에서 노리는 것은 단 하나였다.

소문으로 전해들은 이야기처럼 친분을 쌓고 기념품을 받아서 츠이게로 돌아가는 것이 아니다.

그들의 목적은 약탈, 아니 징수다.

병장기나 식량을, 가지고 갈 수 있는 만큼 전부 가지고 이곳을 뜨는 것이다.

만약 방해를 한다면, 휴만 이외의 종족 따위는 아무리 살해해도 상관없었다.

그것이 바로 휴만들이 지닌, 지극히 평균적인 사고방식이었다.

이 세계의 유일신인 여신이 휴만을 최고의 종족으로 규정했고, 아인들을 그 봉사자로 정했다.

따라서, 그들의 생각은 이 세계에서는 오히려 올바른 사고방식이다.

마물은 전부 휴만에게 해를 끼치는 짐승이며, 아인은 잘 봐줘야 가축이다.

일부의 유용한 스킬을 지닌 아인, 예를 들어 엘프나 드워프 등은 편리한 도구였다.

가끔 비위나 맞춰주면서 간편하게 사용할 수 있는 도구라고 할 수 있다.

미스미 마코토는 아직 만난 적이 없었지만, 이것이 일반적인 그들의 감각이었다.

오히려 아인들과 파티를 조직하는 모험자들은 소수파였다.

그것은 긍지를 버리는 행위라고 비난의 대상이 되기도 한다.

"어쨌든, 숲으로 돌아가는 방법을 찾아야 해. 라이도우를 미행하다가 예상외의 결과에 직면했지만, 그 숲에 암브로시아가 있다는 사실을 알아낸 지금이 바로 우리가 움직여야 할 때야."

마코토를 미행해서 황야로 나가자고 제안했던 여자가 딱 잘라 말했다.

나머지 두 사람도 그녀의 판단에 따른 덕분에 현재 상황이 찾아왔다는 것을 이해하고 있었다.

신중한 생각을 입에 담았던 남자와 신기루의 도시를 노리자고 했던 여자가 조용히 고개를 끄덕였다.

신기루의 도시에서 획득한 병장기와 소재, 그리고 숲도깨비들과 전투가 벌어졌던 숲에서 발견한 희귀식물 암브로시아—.

틀림없이 그녀들 세 사람의 미래를 단번에 바꿀 수 있는 엄청난 보물들이었다.

거금과 명예—.

그 양쪽을 손에 넣을 수 있는 절호의 기회였다.

"천천히 움직이진 않을 거야. 빼앗아서, 돌아가는 거지. 느긋하게 기다리다간 다른 패거리들이 찾아올 가능성이 늘어나기만 한다고."

그녀가 걱정하는 것은 스스로가 획득할 수 있는 보수뿐이다.

그녀의 동료들도 고개를 끄덕인다.

"우리를 대접하고 있는 만만한 돼지 녀석을 붙잡고 여러 가지 물어보자고."

"그래요, 그 돼지……. 저녁을 함께 하지 않겠냐고 헛소리를 지껄이더군요."

아공의 주민인 하이랜드 오크 중 한 사람이, 그녀들의 대접을 담당하고 있었다.

공통어를 구사하면서 휴만과 손색없을 정도의 대화를 나눌 수 있는 상대조차, 그들은 돼지 취급을 했다.

사실 그 오크는, 그녀들 세 사람이 동시에 덤벼들어도 불의의 기습이라도 아닌 이상에야 싸움 자체가 성립이 안 될 정도로 강력한 전투력을 지니고 있었다.

하이랜드 오크는 그 정도의 실력을 지닌 종족이며, 아공에서 한층 강력한 힘을 습득한 것까지 고려하자면 완전히 상위의 존재라고 할 수 있었다.

하지만 그들은 깨닫지 못한다.

세 사람 모두가, 오크는 하등한 마물이자 황야에서 활약하려는 자신들의 힘으로 편하게 이길 수 있는 상대라고 믿고 있었다.

만에 하나의 경우를 생각하지 않는다.

그녀들은 미숙했다.

하지만 그 오만한 악의를…….

마코토와 토모에도, 우습게보고 있었다.

그녀들이 지니고 있는, 성가시기 짝이 없는 사고방식이 초래할 결과를 예측하지 못 했다.

그녀들은 숲도깨비들보다도 빈약하며, 사실 따지고 들어가면 아공에 살고 있는 그 누구보다도 허약하다고 할 수 있는 평범한 휴먼 모험자 세 사람에 지나지 않았다.

마코토와 토모에도 그렇게 생각하고 있었다.

마코토는 그녀들이 최악의 부류에 속하는 모험자라는 사실을, 아직 알지 못 했다.

4

"우선은 일어서는 게 어때? 이미 어느 정도는 회복되지 않았어?"

마력은 휴식을 취하면 회복될 테니까 말이야. 나는 암흑 마법으로 리치의 마력을 잡아먹었을 뿐이지, 회복을 방해하고 있진 않아.

전체 마력량 중에 어느 정도 회복되었는지는 본인밖에 모르겠지만, 적어도 서서 이야기할 수 있을 정도의 레벨까지 회복된 것은 알 수 있다. 전투가 벌어졌을 때 정도는 아니지만, 그가 힘을 어느 정도 되찾은 것은 확실하게 느끼고 있었다.

"……흠, 나를 어떻게 할 생각인가?"

해골이 잠자코 몸을 일으켰다. 하지만 무기인 지팡이는 꺼내지 않았다. 로브와 마찬가지로 마력으로 구성한 무기인 것 같으니, 아직 실체화시킬 수 있을 정도의 마력까지는 회복되지 않았는지도 모른다.

"몇 가지 물어보고 싶은 일들과 가르쳐줬으면 하는 일이 있을 뿐이야."

"그것들을 알아내고 나면 쓸모가 없어진다는 말인가."

"어? 설마 그럴 리가 있나. 용무는 없지만 그쪽이 생각하고 있는 그런 일은 벌어지지 않을 거야. 그냥 돌려보낼 뿐이지."

리치는 내 발언을 듣고 동요하는 표정을 지었다. ……그의 얼굴은 피부나 근육이 전혀 붙어있지 않은 해골이다. 눈이 빛나는 모양새라던가 턱뼈가 열리는 정도를 보고 판단하고 있을 뿐이다.

"너희들의 본거지로 데려와 놓고, 너희들의 비밀을 아는 입장이 된 나를 풀어주겠다고?!"

"응. 그럼 그쪽의 신상은 보장해줬으니, 이야기를 시작할까?"

나는 책상과 테이블을 곁눈으로 보면서 리치에게 의자에 앉도록 권유했다.

내가 의자에 걸터앉은 후, 그도 앉았다. 토모에와 미오는 일어서서 내 양 옆에 대기했다.

"우선 자기소개부터 시작할까요? 나는 미스미 마코토. 이쪽의 방식을 따르자면 마코토=미스미라고 부르면 되겠네요. 이쪽의 파란 머리는 토모에, 검은 쪽은 미오. 두 사람은 내 일행이죠. 수행원이라고 할 수도 있겠지만."

나는 쓴웃음을 지으며 설명했다.

"이쪽의 방식에 따른다는 건 무슨 뜻이지?"

"그건 나중에 말씀드리죠. 그쪽 차례예요."

나는 손으로 그의 발언을 재촉했다.

"보시다시피 리치다."

리치는 간결하게 스스로의 종족을 밝혔다. 아니, 그건 보면 알 거든?

"그게 아니라 당신의 본명을 가르쳐줬으면 하는데."

"이름 따위는 없다. 나는 리치, 단지 그뿐이다. 살아있었을 때의 기억은 이미 남아있지 않고, 기억이 만약에 있다고 해도 그 이름은 이미 내가 자처할 수 있는 것이 아니다."

리치로 변한다는 건 그런 뜻이야?

기억은 하고 있지만 말하고 싶지 않은 건지, 정말로 잊어버린 건지 판단이 안 서네.

"그렇군. 그럼 리치 씨라고 부르면 되나요? 실례합니다만 남성인가요? 여성인가요? 전 뼈를 보고 성별을 판단하는 재주는 없거든요."

"아니, 그냥 리치라고 불러도 상관없네. 존칭도 필요 없다. 자네는 승자의 몸이니 나에게 겸손을 보일 필요도 없고. 그리고 나는 남자네. 눈치채지 못 했나?"

"예, 어느 쪽인지 신경이 쓰여서요. 그렇구나, 그럼 리치. 당장 물어볼 게 있는데요."

"마코토 님이라고 했었지. 나에게 발언할 권리는 없다고 생각하지만, 한 가지만 부탁해도 될까?"

"……뭐죠?"

자신은 포로라는 사실을 자각하고 있지만 하고 싶은 말이 있다는 건가? 대체 무슨 말을 꺼낼 생각이지?

"대답할 수 있는 내용만이라도 상관없네. 그쪽의 질문에 대답할 때마다, 나에게도 한 가지씩 질문할 권리를 줄 수 없겠나?"

대답할 수 있는 범위만이라도 상관없다는 전제조건이 붙어있다면 거절할 필요도 없나?

"알았어요."

"감사하네."

"그럼 우선 첫 번째 질문. 왜 숲도깨비들의 마을에 있었죠?"

"나의 연구를 위해서. 나는 휴만이 변이를 통해 그랜트에 이를 가능성에 착목하여, 숲도깨비의 잃어버린 능력을 재발굴한 후 연구에 사용하기 위해 그들의 개체 가운데 하나에 빙의했다."

사람을 변이시키는 숲도깨비의 능력…… 수형을 말하는 건가? 그럼 그 변태 사부의 능력은 이 녀석이 각성시킨 건가?

호오, 토모에가 눈을 가늘게 뜨고 조그맣게 감탄하는 소리가 들려왔다.

"그랜트라는 건 뭐죠?"

"내가 질문할 차례다만, 상관없지. 어차피 나는 허가를 받고 겨우 질문을 허락받은 몸이니. 그랜트라 함은 휴만의 상위종을 뜻하네. 모든 면에서 휴만을 능가하는 존재로 알려져 있지. 나는 그랜트에 이르는 길을 탐구하고 있네."

그렇군. 잘 모르겠지만, 이 세계에는 휴만 이외에도 그랜트라는 비슷한 존재도 있다는 건가? 하지만 그런 관계는 완전한 지배 관계가 아닌 이상에야, 상당히 심각한 전쟁 상태로 비화될 것 같은 느낌이 드는데.

이 세계에서 마족과 전쟁하고 있는 휴만이라는 얘기는 들었지만, 휴만과 그랜트가 전쟁한다는 소리는 못 들었단 말이지.

"그랜트가 되고 싶은 이유에도 흥미는 있지만, 먼저 당신이 묻고 싶은 것부터 들어볼까요?"

그의 태도에 영향을 받았는지, 나도 자연스럽게 정중한 말투로 대화를 계속했다.

"그럼 나도 두 가지 질문하도록 하지. 자네의 이름은 라이도우가 아니었나? 그리고 자네는 인간이라고 했는데, 인간이란 휴만의 고대종이라고 알려진 종족일세. 어째서 자네는 스스로를 인간이라고 장담할 수 있나?"

아~ 사실 인간이란 건 그냥 말이 그렇다는 건데. 엄밀하게 따지면 나는 휴만인 것 같은 느낌도 들어. 하지만 여신이 인간이라고 부를 정도의 육체 강도는 있단 말이지. 아니, 잠깐? 여신은 내 부모님이 휴만이라는 사실을 알고 있었을 텐데, 왜 나를 인간이라고—.

리치의 눈동자가 내 표정을 살펴보듯이 깜빡이는 것을 알아채고, 나는 생각에 잠겨있던 머리를 현실로 복귀시켰다.

"라이도우는 내가 모험자 길드와 상인 길드에 등록한 이름이고, 소위 말하는 통칭이나 별명 같은 거죠. 간단하게 말해서 일종의 가명이라고 할 수 있어요. 아까 자기 소개할 때 말했던 마코토=미스미가 내 본명이에요. 인간이라는 호칭에 관해서는, 여신이 그렇게 말했다고밖에 달리 할 말이 없네요. 나도 스스로에 관한 세부 사항 중엔 모르는 게 많거든요."

"여신이 말했다고?! 그런 일이 있을 수 있단 말인가?"

"실제로 나는 그랬다고밖에 할 수 있는 말이 없어요. 증거가 될지는 모르겠지만, 나는 공통어라는 언어를 구사할 수 없어요. 여신의 축복을 받지 못 해서 그렇다고 하는데, 그 대신 여신으로부터 이종족의 언어를 이해할 수 있는 능력을 받았죠. 언데드어를 사용하는 당신과 위화감 없이 대화할 수 있는 것도 그 능력 덕분이에요."

"그러고 보니. 너무나도 자연스럽게 대화하다 보니 눈치채지 못했네……. 증거는 모르겠다만, 대답으론 충분했다. 또 물어볼 말이 있다면 계속하시게."

응, 일단 당장은 호의적으로 대답해 줄 생각인 것 같다. 아직 자신도 물어보고 싶은 게 있다 보니 이런 건지도 모르겠지만 말이야.

그랜트를 추구하는 이유를 물어볼까?

……아니야, 그보다도 그걸 알아내야지.

"나와 전투에 들어가기 전, 당신은 숲도깨비 한 사람을 살해했죠? 나는 그가 장로 중 한 사람의 아들이라고 들었어요. 당신은 그 녀석에게, 성가신 계집이 어쩌고저쩌고 그런 말을 하지 않았나요? 그건 대체 무슨 영문인지 물어봐도 될까요?"

내가 묻고 싶은 건, 리치와의 전투에서 발생한 유일한 희생자에 대한 이야기였다. 나와 미오가 있던 방에 방문했던 혈색이 좋지 않은 사람에 관해서였다.

그의 이름은 아드노우, 아쿠아리오스 콤비도 어딘지 모르게 신경 쓰던 인물이었다.

리치는 그를 가장 먼저 죽였다. 가장 가까이에 있었으니 힘을 빨아들이기 위한 목적이었는지도 모르겠지만, 죽이기 직전에 뭔가 말을 걸고 있었으니 다른 목적도 있었을 것이다.

"녀석 말인가? 그 상황에서 내가 내뱉은 사소한 한 마디까지 기억하고 있을 정도로 여유가 있었다니. 마코토 님은 정말 어지간히도 나를 우습게 보고 있던 모양이군. 물론 손쉽게 당했으니 분할 것도 없다만. ……녀석은 개였네."

"개?"

나는 무심코 반문했다. 아마도 스파이라는 의미일 것이다.

숲도깨비의 마을에 스파이를 잠입시키다니, 대체 누가 무슨 목적으로?

"음. 녀석은 개, 아니 공작원이라고 표현하는 편이 타당할지도 모르겠군. 녀석은 숲도깨비 중에서도 외교 분야, 다른 종족과의 의사소통을 담당하고 있던 인물이었지. 하지만 어느샌가 어떤 세력에 공감하여, 매수되었네. 그리고 숲도깨비들의 미래를 그들이 바라는 대로 바꾸려고 했지."

외부와 교섭하는 직무를 맡다 보면, 다른 종족과 마주칠 기회는 많았을 것이다. 숲도깨비의 존재를 알아내고 그 전투력에 주목한 패거리가 있다는 건가.

"……그 『계집』이라고 불리는 인물이 소속된 세력이 지금 말한 『어떤 세력』인가요?"

"그렇지. 이게 바로 자네의 의문에 대한 대략적인 해답이 될 걸세. 그 계집은 마족의 장군. 그 세력이란 말할 것도 없이 마왕군을 뜻하네."

와우. 대륙 북부에 본거지가 있다는 마족의 촉수가 「세계의 끝」 까지 뻗어있다는 건 꽤 살벌한 정보 아냐?

아, 하지만 신을 모시고 있던 사당의 문 앞에서 대기하고 있던 녀석들도 마족이잖아? 그 녀석들도 어쩌면 베이스에서 무사 수행을 하던 양반들이 아니라 마왕군에서 파견한 군인이었나?

"……마음에 들지 않는 계집이었지. 듣자하니 황야의 끝에 파견한 공작원 다섯 명이 한꺼번에 연락이 두절되었다는군. 그 결과 병력의 확보를 서두르기 위해 숲도깨비에게 접근한 걸로 생각되네. 머지않아 큰 전쟁이 벌어질 모양이니까 말이야. 나도 지금 그 설명을 녀석들에게 받고, 마왕군에 협력해달라는 요청을 받았네. 하지만 전혀 흥미가 없는 관계로 거절했지."

다섯 명? 설마? 설마가 사람 잡나? 토모에의 거처로 통하는 문 앞에서 내가 불릿을 시범 삼아 폭발시켰을 때, 미디엄 레어 상태에서도 살아있던 그 양반하고 노릇노릇하게 웰던 상태로 구워졌던 네 사람을 말하는 건 아니겠지?

"그렇게 까발려도 괜찮은 거예요?"

"나는 마족에 소속된 존재가 아니라서 말이야, 상관없네. 그냥 당한 걸 조금 되돌려줬을 뿐이지. 말하지 않았나? 그 계집은 마음에 들지 않는 성격이었다고."

"감사합니다. 그럼 그쪽도 질문하시죠?"

"아니, 나는 두 가지 동시에 물어보고 싶은 게 있네. 먼저 질문해주길 바라네."

의외로 고지식한 녀석이네—. 생전엔 착실한 학자 양반이기라도 했나?

"으—음. 하지만 이제 내가 당신에게 물어볼 일이라고 해봐야, 그 랜트를 추구하는 이유 정도라고요? 그리고 부탁드릴 거 하나 정도?"

리치는 이 질문에 대답해줄까? 어쩐지 이 질문만큼은 대답해주지 않을 것 같은 느낌이 든다.

"음, 그건…… 대답하기 어렵네. 미안하군. 그럼 부탁이란 건 뭐지?"

거봐. 뭐, 이건 내 개인적인 흥미에다가 좀 구경꾼 같은 관점에서 물어보고 싶은 거였으니까요. 그건 그렇고, 이렇게 언제 죽임을 당해도 이상하지 않은 상황에서도 대답하기 어렵다는 말이 나올 수가 있구나. 토모에는 그 정도까진 아니지만, 미오는 가끔 상당한 살기를 분출하고 있는데.

"당신은 마법에 조예가 깊은 분으로 보입니다. 대가를 지불할 테니, 혹시 가지고 계시다면 마술서를 몇 권 정도만 양도해주실 수 있을까요?"

그러니까—.

이제 슬슬 에마 양이 써준 술법들의 영창 리스트만 가지고 공부하면서도 한계를 느끼고 있단 말이지. 가능하면 다른 계통의 지식을 입수하고 싶은 참이다.

리치가 마법 영창에 사용하던 언어는 들어본 적이 없는 새로운 언어였고, 틀림없이 많은 책을 지니고 있을 거라고 생각해. 기본적인 거라도 좋으니 몇 권 정도는 양도해줬으면 한다.

"……. 지금 혹시 비아냥거리는 건가?"

"어?"

"마코토 님은 그야말로 비정상적인 효율로 마법을 시전해 보였네. 내가 구성한 영창보다도 훨씬 효율적이고 짧은 언어로 말일세. 그 술법을 자유자재로 구사하면서 나의 술법이나 지식 중에 대체 뭘 알고 싶단 말인가?"

으, 꽤 기분이 상한 모양이네. 붉은 빛의 눈동자가 움직임을 멈추고 날 똑바로 쳐다보고 있다.

아니, 아니? 난 그런 의도는 전혀 없는데? 새로운 교과서를 입수하고 싶을 뿐이라고?

"푸흣."

대체 뭘 참지 못한 건지, 토모에가 조그맣게 웃음을 터뜨리고 말았다. 왜 웃는 거야?!

미오도 어깨를 부들부들 떨고 있었다.

"아, 아뇨. 그러니까 순수하게 배우고 싶을 뿐이에요. 제 마법의 교과서는 종이 한 장뿐이거든요."

"……뭐?"

"그러니까, 제 마법의 교과서에 해당하는 건 종이 한 장밖에 없디고요! 그러니까 새로운 자료를 손에 넣고 싶을 뿐인데요."

"……그게 대체 무슨 말인가? 그 종이에, 나를 향해 시전한 그 술법의 영창이 적혀있었다는 말인가? 금술서(禁術書)의 조각이라도 가지고 있는 건가?"

"아뇨, 그냥 대충 쓱쓱 써준 거라, 그렇게까지 대단한 물건은 아니에요. 혹시 가지고 싶으시면 똑같은 걸 드릴 수 있어요. 아, 그렇지. 서책하고 물물교환 하는 건 어때요?"

에마 양에게 한 장만 더 써달라고 하면 끝나는 얘기니 엄청 이득인 장사잖아?

"마코토 님이 그래도 상관없다면 그 교환 조건을 받아들이도록 하지. 명확하게 내가 일방적으로 득을 보는 거래가 될 거라고 생각한다만."

오옷, 거래가 성립됐다.

"그럼 내가 질문해도 되겠나? 하나는 마코토 님이 절반 정도 대답해준 셈이지만 새삼스레 상세하게 묻고 싶네. 나를 제압한 그 술법은 대체 뭐였지? 마코토 님은 대체 무슨 술법으로 내 마력을 잡아먹은 건가?"

아아, 머리 좋으신 분들은 모르는 그거 말인가?

"그건 암흑 속성의 특성을 그대로 실체화시켰을 뿐인 술법이에요. 대상을 처음엔 당신의 마술로 설정하고, 다음은 바로 당신을 지정했을 뿐이죠."

"……? 말의 의미를 잘 모르겠다만."

"암흑 속성의 특징은 방금 당신이 스스로 말씀하셨잖아요?"

"흡수? 아니, 그게 아니지. 내가 말했다고? 마력을 잡아먹는 성질을 말하는 건가?"

중얼중얼, 리치가 스스로 내뱉은 말을 떠올리면서 추측하기 시작했다.

"예, 그거에요. 그게 바로 해답이죠."

"하지만 발동한 술법을 마력으로 소멸시키는 건 지극히 비효율적이야. 비슷한 정도의 술법과 격돌시켜서 상쇄시키는 쪽이 훨씬 마력의 소모가 적지. 뿐만 아니라, 술법을 사용한 영창자의 마력 그 자체를 어둠으로 깎아낼 경우엔 그 효율은 훨씬 떨어질 터."

"그렇지요."

"아무리 적게 잡아도 열 배에서 열다섯 배 정도의 마력이 필요해. 그건 완전히 낭비가 아닌가?"

"예, 완전 낭비죠."

"……마코토 님은 머리가 정상인가?"

"상당한 독설가시네요. 하지만 실제로 당신은 그 술법에 패배했잖아요?"

"물 쓰듯이 마구 마력을 사용해서, 술법은 물론이거니와 내 몸을 구성하는 마력까지 먹어치우려고 했다는 건가?"

"예, 정답이에요."

기묘한 침묵이 흘렀다. 이 교섭이 시작된 이후로 처음 찾아오는 이상한 분위기다.

하지만, 전부 사실이란 말이지.

"후, 후후후후. 하하하하, 아하하하하하!"

갑자기 미친 듯이 웃기 시작했잖아? 뼈끼리 부딪히면서 달그락거리고 있지만 그조차 지적할 수 없는 분위기의 넋이 나간 웃음소리를 내고 있다.

뭐지? 상식이 붕괴한 건가? 어차피 뼈만 남은 상태에서 살아있다는 시점에 상식 같은 건 없지 않나?

어, 멈췄다.

"웃기지마아아아아아아아아아!! 네 녀석은 스스로가 정령의 화신이라도 된다는 거……!!"

리치가 호통을 치면서 일어서는가 싶더니, 다음 순간엔 움직임을 멈추고 있었다.

어느샌가 리치의 옆으로 이동한 토모에가, — 거기가 급소인지는 모르겠지만 — 칼집에서 뽑은 일본도의 도신(刀身)을 리치의 목에 갖다 대고 있었다.

마찬가지로 재빠르게 이동한 미오는, 펼치지 않은 부채로 목등뼈에서 척추까지 어루만지듯이 천천히 훑고 있었다.

"닥쳐라, 해골바가지. 도련님께 감히 네 녀석이라? 죽고 싶으냐?"

"고작 정령 따위와 도련님을 비교하다니, 온몸을 산산조각내서 황야에 뿌려드릴까요?"

완전히 전광석화(電光石火)네. 환상적인 연속기다. 혹시 연습이라도 했나?

두 사람 다 눈빛이 상당히 무섭지만 머리끝까지 화난 상태는 아니다. 그래도 직전에 멈췄으니까 말이야. 어쨌든 이대로 내버려둘 수도 없지.

나는 두 사람에게 물러나도록 했다.

"일행이 무례하게 굴었네요."

나는 사과를 한 후, 일어서 있던 리치에게 다시 한 번 앉으라고 권유할 생각이었다. 하지만 그는 내 말이 떨어지기도 전에 털썩, 주저앉았다. 의자에 앉았다기보다는 주저앉은 장소에 의자가 있었다고 표현하는 편이 올바를 것이다.

"이 놈이 감히……!"

미오가 그 모습을 보고 다시금 분노를 느꼈는지 움직이려고 했다. 하지만 그대로 내버려뒀다간 리치를 산산조각 내버릴 것 같아서 손을 내밀어 말렸다. 나를 생각해서 하는 행동인 건 아니까 정말 고맙긴 하지만 말이야.

가능하면 이렇게 무례한 방식이 아니라, 적의나 악의 같은 여러가지 감정에 대해 냉정하게 대응하는 방법을 깨우쳐줬으면 좋겠다……. 나를 가볍게 보거나, 미오의 기준으로 무례하다고 판단한 상대에게 반사적으로 반응하는 건 차츰 자제해줬으면 한다고.

"도련님, 한 말씀 올려도 되겠습니까?"

"토모에? 지금은 잠시만 얌전히 있어줬으면 하는데?"

"이놈을 어떻게 처리하자는 말씀이 아니라, 아까 말씀하신 마술서에 대한 안건입니다."

이 녀석은 또 이 녀석대로 태세 전환이 빠르다. 정말로 화가 난 것 같이 보이기도 했지만, 실제로 어땠는지 알 수가 없다. 토모에의 이런 구석은 도무지 종잡을 수가 없고, 그 속을 들여다 볼 수 없는 경우가 많다.

마술서? 그건 이미 끝난 애기잖아. 내가 가지고 있는 마법 영창 리스트의 사본을 에마 양에게 하나만 더 적어달라고 부탁해서, 그에게 넘겨주기로 했지. 그 대신 마술서를 몇 권 정도만 양도해달라고 한 거야. 무슨 문제라도 있나?

"뭐지?"

나는 조금 솟아오르려고 하는 짜증을 억누르면서 그녀에게 말을 계속하라고 재촉했다.

"몇 권이랄 것도 없이, 전부 접수하시면 되지 않겠습니까? 정확히 말하자면 이놈을 통째로 말입니다."

"……뭐어?!"

완전히 역효과만 불러일으키는 대사를 내뱉지 말라고?! 리치가 움찔거리고 있잖아, 토모에 군!

"아마 이 녀석도 기꺼이 바치지 않겠습니까?"

"너, 제발 입 좀 다물……!"

"아닙니다, 도련님. 이 해골바가지가 알고 싶어 하는 사실이 아마도 이 몸의 지식으로 대답해 줄 수 있는 사안인 것으로 추측되어 감히 드리는 말씀입니다. 발언을 허가해주시고 모든 권한을 일임해주신다면, 이 토모에가 도련님께서 바라시는 모든 것들을 남김없이 이뤄 보이겠습니다."

"……진심으로 말하는 거야?"

이 녀석은 전과가 너무 많다고. 거기다 아까 보여준 분노는 조금 미오를 연상시키기도 했다.

숲도깨비의 처우를 결정할 때는 퍽이나 냉정했던 주제에……. 토모에가 끓어오르는 포인트를 파악할 수가 없다.

아까 일본도를 뽑았을 때도 그래.

리치의 말투보다도 훨씬 악독한 짓을 나에게 저지르려고 했던 숲도깨비들에게는 꽤나 부드럽게 나갔잖아? 도무지 이해할 수가 없다.

그도 그럴 것이, 상대는 아무리 종자라고 해도 상위 용이다. 지금까지 살아온 세월 자체가 차원이 다르다.

따라서 토모에의 사고방식을 완벽하게 이해한 연후에 그녀를 복종시키는 것은, 나에게는 아직 벅찬 일로 느껴졌다. 취미 방면에 한해서는 어이가 없을 정도로 속이 뻔히 들여다보이는 녀석이지만―.

"물론입니다. 이 몸은 도련님의 종자입니다. 아무쪼록, 맡겨만 주십시오."

토모에가 머리를 깊숙이 숙였다.

……그렇게 말한다면 맡길 수밖에 없지.

나는 고개를 끄덕이고 그녀에게 이 일의 처분을 맡기기로 했다. 어쩌면 토모에가 나도 알지 못하는 사실을 그에게 이야기할지도 모른다. 그런 기대를 품으며―.

자, 토모에가 어떻게 리치와 교섭할 생각인지 구경해볼까?

"감사합니다. 이봐, 해골바가지. 아니지, 그래도 일단 리치라고 불러줄까? 네 녀석이 알고 싶은 건 그랜트에 관해서였지? 그 말인즉슨, 네 녀석은 여신이 창조한 피조물들과는 다른, 이세계의 존재를 알고 있다는 뜻인가?"

……?!

어?

지금, 토모에 녀석이 뭐라고 한 거지?!

"……!!"

리치가 「이세계」라는 단어를 듣고, 명확하게 동요를 일으켰다. 하지만 그건 나도 마찬가지였다.

"후후, 정곡을 찔리셨나? 그렇게 놀랄 일도 아니다. 그랜트가 어쩌고저쩌고 지껄이기 시작한 게 네 녀석이 맨 처음이 아닐 뿐이지. 그랜트에 도달하는 자는 두 종류가 있다. 하나는 강한 능력을 추구한 영웅이다. 그들 가운데 높은 공적을 쌓아올린 이가 여신이나 상위 정령의 인정을 받고 그 권속으로서 전생한 자―."

여신이나 상위 정령의 권속은 그랜트라는 존재로 전생한다고?

이세계와 그랜트는 대체 무슨 관계인 거지?

토모에는 리치가 동요하는 모습을 만족스러운 표정으로 바라보다가, 한번 중단했던 말을 다시 이어나갔다.

"―그리고 또 하나. 아마도 이쪽이야말로 네 녀석이 생각하는 그랜트에 가까운 존재일 것이다. 그것은, 이 세계가 **유일한 세계가 아니라는 사실**을 알고 있는 자. 탐구자라고 표현하면 될까? 이 세계에 일어난 작은 빈틈이나 과거에 이세계로부터 찾아온 방문자들이 남긴 기록을 통해 본래 알아낼 수 없는 다른 세계의 존재를 인식한 이들 중에서도, 실제로 세계를 이동한 자."

"……!!"

리치는 마치 집어삼킬 듯한 눈빛으로 토모에를 바라보고 있었다. 시선만 가지고 사람을 죽일 수 있을 지도 모른다는 생각이 들 정도였다. 마치 살기로 착각할 것 같은 너무나 강렬한 눈빛이었다.

"네 녀석은 이렇게 생각한 거 아닌가? 그랜트라는 것은 휴만의 상위 종족이자, 이 세계와 다른 세계를 자유자재로 이동할 수 있는 능력자라고."

"그, 그렇다! 그랜트라면 모든 세계로 이동할 수 있을 것이다. **희망하는** 세계로 이동할 수 있을 거야! 그렇지 않은가?!"

리치가 토모에를 향해 마치 봇물 터지듯이 한번에 말을 내뱉었다.

그럼에도 불구하고 토모에의 의미심장한 표정은 무너지지 않았다.

이미 내가 이 두 사람 사이에 끼어들 여지는 없는 것 같군.

하지만 리치가 내뱉은 발언 중에 흘려들을 수 없는 단어가 있었다.

세계를 이동한다. 희망하는 세계로 이동할 수 있다.

그건…… 내가 한 번은 포기했던 그 세계로, 가족들과 친구들이 있는 그 세계로 돌아갈 수 있다는 건가? 츠쿠요미 님조차 무리라고 했는데?

"아니다."

토모에, 넌 대체 뭘 알고 있는 거지? 내 심정도 그와 마찬가지다. 알고 싶다고.

"뭐, 뭐라고?"

"네 녀석은 다양한 문헌이나 전승, 그리고 온갖 자료들을 끊임없이 조사했을 것이다. 얼마나 긴 세월을 살면서 대체 얼마나 많은 노력을 투자했는지 쉽게 상상힐 수 없을 정도야. 그리고 네 녀석 나름대로 그랜트라는 존재에 대해 정의를 내린 거로군."

"……"

"정답은 방금 말했던 그대로다. 그랜트라 함은 여신이나 그에 준하는 존재의 권속으로서 **다시 태어난 자**와, 세계를…… 아니 엄밀하게 말하자면 세계의 틈바구니로 이동하여 **다른 세계에서 새로운 존재로 살아가는 자**를 가리키는 단어다."

"……?"

"모르겠나? 말하자면 그랜트는 존재를 새롭게 갱신한 상위 존재를 가리키는 말이다. 하나의 종족을 가리키는 말도 아니고, 하물며 다른 세계로 이동할 수 있는 능력을 지니고 있는지의 여부는 중요한 게 아니다."

"아, 아아아……!"

"과거에 휴먼의 몸으로, 이 세계에 발생한 빈틈을 찾아내고 독학으로 연구한 끝에 그 안으로 뛰어들었던 이들이 몇 명이나 있다. 어중간하게 뛰어들어, 세계의 틈바구니에서 만화경처럼 보였을 다른 세계의 모습을 목격하고 이쪽으로 돌아온 이도 있다. 아마도 지극히 짧은 한 순간 동안 어딘가 다른 세계에 존재하고 있었을 뿐, 곧바로 이쪽 세계로 다시 끌려온 사례라고 할 수 있을 것이다. 그들이 그곳에서 무엇을 목격했는지는 모르겠으나, 소량의 문헌을 남기고 자세한 사항을 입 밖에 내지 않은 채 요절했다고 한다. 이런 이들은 본래 그랜트라고 할 수 없지만, 문헌에서 스스로 그랜트를 자처하고 있다. 네 녀석은 아마도 그런 자료에 의지하면서 잘못된 그랜트의 정의를 내린 것으로 보이는군."

"……돌아오지, 못 했던 이들은?"

리치가 쥐어짜내듯이 말을 던졌다. 그는 다음 내용을 듣고 싶은 것인가, 아니면 듣고 싶지 않은 것인가?

"만약 다른 세계로 이동할 수 있었다면 그랜트로서 살아남았겠지. 혹시 다른 세계에 도착하기 전에 세계의 틈바구니에서 목숨을 잃었다면, 휴만인 채로 그 육체는 산산이 흩어져 소멸했을 것이다. 전이자의 말로와 같은 것은, 신이 아닌 이상에야 그 누구도 알 도리가 없다. 세계를 이동하는 법칙에도 예외는 존재하지만, 아마도 네 녀석의 경우엔 그런 걸 생각할 필요는 없을 것 같군."

"……그럴 수가."

"사람이란 스스로가 보고 싶은 것을 보는 생물이다. 단편적인 정보를 끌어 모아 스스로 바라거나 소망하는 내용으로 해석한다 해도 그 누가 책망할 수 있겠나? 네 녀석의 그랜트에 대한 추측은—."

"……예, 외. 그렇지, 예외라는 건 대체 어떤 경우지?"

"……."

리치가 그녀의 말을 가로막았는데도 불구하고 토모에는 화내지 않았다. 설명하는 동안, 자신의 상상대로 반응을 보이는 리치에게 동정한 것일까?

"부탁이다, 제발……. 가르쳐다오."

리치가 말을 쥐어짜냈다.

"예외는 이 몸이 아는 한 단 하나뿐이다. 여신의 허가가 필요하다. 가령 여신으로 하여금 그 문을 열 수 있게 한다면 평범한 그랜트보다 훨씬 높은 확률로 세계를 진이힐 수 있다. ……높은 확률이라고 해봐야, 그 성공 확률은 1할보다 못 하지만 말이야."

훨씬 높은 확률인데 1할 미만이라고……? 거의 자살이나 다름없잖아. 세계를 전이하는 위험부담이란 건 그렇게 높다는 거야? 역시 츠쿠요미 님의 말씀처럼 원래 세계로 돌아가는 건 불가능한 건가?

나도 여기까지 얘기를 들었으니, 리치가 영원을 바라고 그랜트라는 존재가 되고 싶은 게 아니라는 사실은 알 수 있었다. 그리고 그가 휴만을 버리지 않았다는 사실도 알 수 있었다. 그는 이곳이 아닌 다른 세계에 뭔가 목적을 지니고 있었던 것이다.

"그렇다면, 나는 지금까지 대체……."

눈구멍의 빛이 테이블을 바라보고 있다. 그 빛은 광채를 잃고, 기분 탓인지 힘이 약해진 것처럼 느껴졌다.

"네 녀석이 무슨 이유로 이세계를 목표로 삼고 있는지는 모른다. 말하고 싶지 않다면 강제로 물어볼 생각도 없다."

"……."

"허나, 네 녀석은 저기에 있는 미오와 마찬가지로 운이 좋은 녀석이다."

갑자기 이름을 불린 미오가 지명 받은 이유를 몰라 어안이 벙벙해서 토모에를 쳐다봤다.

"미오도 말이지, 네 녀석과 다를 바 없었다. 원래 절대로 구원받을 수 없는 자였다. 허나, 지금 네 녀석의 눈앞에 누가 계시지?"

"……마코토 님 말인가?"

"그래, 우리 주군이신 마코토 님이시다. 그리고 네 녀석은 이 몸을 누구라고 생각하느냐? 휴만인가?"

"……그럴 리가 있나. 휴만의 몸으로 그 정도의 지식을 지닌 자가 존재할 리가 없다."

리치의 목소리는 마치 쉬어서 잦아들어가듯이 담담했다.

"그럼 이 몸의 정체는 뭐지?"

"소거법으로 생각해보자면, 여신인가? 아니면 상위 정령이나 상위 용인가? 하하하, 녀석들이 사람의 모습 따위를 빌려 이런 장소에 올 리가 없지."

이 아저씨 대단하네. 토모에를 보고, 이야기의 내용까지 고려해서 축소한 범위 중에 정답이 있잖아?

"흥, 리치 생활도 벌써 오래되지 않았나? 이 몸의 마력으로 추측해 봐라. 그런 분석은 네 녀석들이 가장 좋아하는 취미가 아닌가?"

토모에의 몸에서 전투 시와 유사한 기척이 느껴지면서 마력이 흘러 넘쳤다.

리치는 의아해하면서 그 모습을 살피고 있었다. 정말로 마력 같은 걸로 종족을 알아낼 수 있는 거야?

"……용. 그것도 상당히 강력한 부류다. 설마?"

"대단하군. 이 몸은 신, 지금은 토모에라는 이름으로 통하지만 말이지."

"시, 신이라고? 안개의 용, 『무적』의 용이란 말인가?"

그는 신이라는 이름을 알고 있었다. 리치의 지식이 굉장한 건지, 아니면 토모에의 네임밸류가 굉장한 건지…….

토모에는 그런 외진 곳에서 살고 있었으니, 그렇게 유명하지는 않을 거라고 멋대로 생각하고 있었는데 아니었나보다. 리치는 원래 휴만이었다고 하니 더욱 그런 느낌이 들었다.

"알고 있었군. 이 몸이 바로 그 신이다."

"이럴 수가, 어째서 상위 용이 이런 장소에?"

"주군을 바꿨을 뿐이다. 여신보다 더욱 섬길 보람이 있는 분을 발견했기 때문이지. 애초에 지금 네 녀석에게 해준 얘기가 어느 문헌에 기록되어 있을 거라고 생각하나? ……이런 이야기를 기록할 리가 없지 않나. 세계에 알려지면 큰 혼란이 일어날 것이다. 기껏해야 아까 네 녀석이 입에 담은 정도밖에 알려져 있지 않고, 그조차 입 밖에 내는 것은 엄격히 금기시되고 있지. 틀림없이 숙청 대상이 될 일이다."

"그렇다면, 어째서 나 따위에게……?"

"간단한 이야기다. 네 녀석을 간택했기 때문이다."

간택했다고? 설마 이 해골한테 반한 거야? 아니, 그럴 리가 없지. 절대로 그럴 리가 없지. 아마 리치가 숲도깨비의 능력을 각성시켰다는 얘기를 듣고 높게 평가한 걸로 보인다.

분명히 아까도 조금 감탄한 듯한 반응을 보이고 있었다. 오크나 미스티오 리자드의 잠재능력이라도 재발굴하는데 써먹을 생각일까?

"간택했다고?"

"그렇고말고. 어이, 이름조차 망각해버린 애처로운 리치여."

토모에는 의기양양한 표정으로 천천히, 한 마디 한 마디 곱씹듯이 시간을 들여서—

"네 녀석에게 도련님의 종자로 합류할 것을 명한다."

그렇게 내뱉었다.

리치.

언데드로서 고위에 해당하는 존재다. 그 실력은 개체에 따라 완전히 제각각이다. 하지만 그들 중 최강 클래스의 존재라고 해도 그 역량은 상위 용에게 전혀 미치지 못 한다.

무슨 말을 하고 싶은 거냐면―.

평범하게 나와 계약을 하게 되면, 그들 정도 클래스의 존재는 토모에나 미오와는 달리 가장 밑이라고 할 수 있는 10 대 0의 「거름의 계약」이라는 형태를 취한다고 한다. 알기 쉽게 말하면 흡수당해서 존재 자체가 사라진다. 나도 바라는 바가 아니지만 리치는 상당히 불쌍한 입장이다.

예속(隷屬)보다 더욱 밑의 계약인 듯하다. 내가 그런 게 있다는 건 처음 듣는데?"라고 묻자 토모에가 「이런 보잘 것 없는 계약은 필요 없을 거라고 여겨 설명을 드리지 않았습니다.」라고 별 거 아닌 듯이 대답했다.

아마도 그녀들은 나에게 불순물이 섞이는 걸 피하고 싶었던 거군. 불순물이라는 한마디로 일도양단당한 리치의 심정은 헤아리기 힘들다.

기본적인 실력으로 지배의 관계조차 구축할 수 없는 그를 나의 종자로 삼는다는 것은 도저히 불가능한 일로 느껴졌다.

토모에가 시험해보고 싶은 직업이 뭔지는 모르겠지만 괜찮은 타개책이라도 있나?

토모에가 리치를 설득(세뇌?)한 후―.

우리는 지금, 계약이 가능한지의 여부를 확인 중이다. 리치 본인이 적극적이기는 해도, 근본적인 문제가 해결된 것은 아니다.

장소는 아까와 마찬가지로 내 방이다. 처음 모인 후로 상당히 시간이 경과된 상태로, 이미 밤도 깊어지고 있다. 아공의 주민들은 모두 잠든 시간대일 것이다. 오락거리가 많았던 현대 사회에서 살던 입장에서 보자면 아직 졸린 시간대가 아니지만, 이 세계에서도 특히 황야에 거주하던 종족들은 다들 기본적으로 일찍 자고 일찍 일어난다.

"음, 역시 그냥 그대로 하기는 어려운가……?"

토모에가 고개를 갸웃거렸다.

"아무리 고위라고 해도 어차피 일개 언데드에 지나지 않으니까요. 존재의 근원이라고 할 수 있는 구성 마력도 고작 저 정도고요."

미오가 리치를 얕잡아 봤다. 그리고 그 말을 들은 리치는 주눅이 들었는지 무릎을 꿇고 얌전히 앉아 있었다. 자신의 최대 장점이었던 것을 고작이라고 한 것이다. 무리도 아니지.

나는 계약을 위해 전개한 마법진 안에 리치와 함께 들어가 있었다.

리치도 어떻게 계약을 시작할지 모색을 시작했을 때는 의기양양했지만…… 지금 그의 모습은 불면 날아갈 것처럼 연약해 보인다. 토모에와 미오도, 당장 지금부터 상하 관계를 확실하게 해두기 위해 일부러 야단스럽게 괴롭히고 있는 건 아닌지 의심이 들 정도였다.

토모에와 미오가 마법진 밖에서 인정사정없는 표현을 사용하면서 현재 상황에 대해 의논하고 있다.

"도련님, 도련님의 능력으로 스스로를 약하게 하실 수는 있습니까?"

응? 계를 응용해서 그렇게 할 수 있냐는 얘기지?

계에 약체화 효과를 부여하는 건, 아마 가능할 거다.

계를 통해 부여한 공간의 속성은, 나 자신에게도 확실하게 영향을 준다. 뿐만 아니라 계는 스스로를 중심으로밖에 전개할 수 없다. 둥글게 전개하는 건 의식하면 가능하지만, 아무 것도 생각하지 않으면 돔 형태로 전개된다. 말하자면 180도와 360도의 차이다. 가장 작은 규모로 전개하려고 시도하면 스스로의 몸에만 한정시킬 수 있다.

"응, 아마 가능할 거야. 무의미하니까 시도한 적은 없지만."

"그렇다면, 부탁드립니다. 다시금, 계약의 준비를 시작할 테니까요."

나는 계를 전개해서, 범위를 스스로의 몸에 한정시키도록 의식한 후에 약체화의 효과를 부여했다. 토모에는 계의 전개를 확인하고, 미오의 어시스트로 다시 한번 마법진에 힘을 불어넣었다.

나와 리치 사이에 빛의 기둥이 솟아오르더니, 색깔을 띠기 시작했다. 그 빛이 마법진이 발산하는 흰 빛을 새롭게 물들였다.

갈색이다. 본 적이 없는 색이군. 토모에와 미오는 둘 다 붉은색이었다.

붉은색은 지배의 관계를 상징하는 색이다. 토모에에 따르면, 아슬아슬한 라인이라고 한다. 그럼 갈색은 불합격인 거야?

"흙색이라. 일단 예속 계약까지는 가능한가? 허나, 그저 명령만 듣는 꼭두각시 인형 따위는 필요 없단 말이지."

예속. 아마 자아를 상실하고 시키는 대로만 움직이는 인형 상태가 된다고 했나? 틀림없이 그런 건 필요 없긴 하다.

"토모에? 이거 헛고생 아니에요? **저런 거**를 꼭 종자로 합류시킬 생각이라면, 죽이 되건 밥이 되건 단련시키는 쪽이 빠르지 않을까요?"

죽이 되건 밥이 되건……. 대체 어떤 단련법을 쓸 생각인 거야? 그리고 **저런 거**는 너무 하잖아.

"미오, 너무 서두르지 마라. 이 몸에게 마침 좋은 생각이 떠올랐다."

토모에가 그렇게 말하면서 호주머니에서 꺼낸 것은…….

"그건 도련님의 반지잖아요!"

"음! 그것도 도련님께서 듬뿍 사용하시고 난 따끈따끈한 드라우프니르다! 알겠나, 미오……."

틀림없이 토모에가 꺼낸 것은 내 마력을 거의 한계까지 빨아들여서 그 역할을 끝낸 반지들이다. 아니 잠깐, 대체 몇 개나 가지고 있는 거야?

그리고 뭐가 듬뿍 에다가 따끈따끈 이냐? 이해를 못 하겠다.

토모에가 미오의 귓가에서 무슨 소리를 속삭였다.

미오는 토모에의 말을 듣고 놀란 표정을 지었다. 그리고 미오는 상황을 이해했는지 고개를 끄덕이고, 조금 진지한 분위기를 띠기 시작했다.

흙색의 빛이 잦아들고, 토모에가 빛을 발하지 않는 마법진 내부로 걸어 들어왔다.

그리고 그녀는 리치에게 천천히 그 반지들을 짤랑짤랑 거리면서 넘겼다.

리치는 그 반지에 시선을 이동시키더니, 뭔가 물어보고 싶은 표정으로 토모에에게 고개를 돌렸다.

"그 반지에 대해선 나중에 물어보도록. 좋아, 그럼 넘겨준 13개를 전부 손가락에 끼도록 해라."

토모에가 리치의 시선을 무시하고 명령했다. 13개라니 정말 대놓고 불길한 숫자네.

"이걸, 장착하라는 건가. 내 손가락은 10개밖에 없다만?"

"손가락 하나에 두 개건 세 개건 동시에 끼우면 문제없을 터. 어디 잽싸게 준비하지 못 하겠나? 세계의 틈바구니로 뛰어드는 것보단 훨씬 편할 걸?"

"……알겠다."

리치는 토모에의 말에 따라 반지를 장착했다. 특별히 이상한 일은 벌어지지 않았다. 한 개 낄 때마다 고통스러워하는 분위기가 전해져오는 일도 없었다.

원래 흡수 능력을 거의 한계까지 사용해서 마력을 빨아들이고 난 반지들이다. 나는 한 번 사용한 반지는 위험하니까 더 쓰지 말라는 말을 듣고 바꿔 끼고 있는데, 저게 만약 한계를 초월하면 어떻게 되는 거지?

토모에는 리치가 반지를 전부 장착한 모습을 확인하고, 다시 마법진 밖으로 나갔다.

그리고 방금 전과 똑같이 미오와 함께 영창을 시작해서 계약을 재개했다.

……아니, 아니군. 토모에가 계약의 술법을 혼자서 담당하고, 미오는 리치를 향해 뭔가 수를 쓰고 있는 것처럼 보인다.

빛 기둥이 다시금 나타났다.

그리고 그 빛 기둥의 색은…… 붉은색이었다. 이 색깔은 토모에나 미오와 같은 「지배의 계약」을 상징하는 색이다.

"성공이다! 붉은색이야!"

"……토모에? 겉치레 마력을 만들어내는 것도, 감이 안 잡혀서 어렵거든요? 기뻐하는 건 일이 끝난 다음에 해주시면 안 될까요?"

감이 안 잡히는데 어떻게 곧바로 작업에 들어갈 수 있는 거지? 내 경우엔 절대 애드리브로 이런 짓 못 한다고?!

"알고 있다. 도련님, 계약을 시작하겠습니다. 리치, 준비는 됐나?"

겉치레라니, 위장했다는 거야? 어떻게 계약의 법칙을 얼버무리는지는 모르겠지만…… 천연덕스럽게 할 수 있는 일일리가 없잖아!!

토모에와 미오의 스펙이 무섭다. 이건 대체 뭐지? 이 녀석들은 둘이 모이면 매드 사이언티스트 속성이라도 발동하는 거야?

상당히 무모한 도핑을 성공시킨 것 같나요?!

"……나 따위를 종자로 받아들여도 괜찮으신가, 마코토 님?"

당사자인 해골은, 일의 경과는 어찌됐건 내 종자로 들어오는데 이의는 없는 모양이다.

토모에가 철저하게 절망의 구렁텅이로 빠뜨린 다음에 사알짝 추켜 세워준 영향일까? 토모에는 리치에게 그랜트에 관해서 이야기하다가 계약에 대한 안건으로 넘어가면서, 나에 대해서도 대략적으로 설명을 끝냈다. 말인즉슨, 처음부터 그냥 보내줄 생각은 제로였던 것이다.

리치 양반은 야악간 의욕이 줄어든 것 같이 보이는데?

"마침 남자 일손이 필요하다 싶은 참이었어요. 딱 봐도 정말 건강해 보이는 훌륭한 뼈잖아요? 그에 걸맞은 활약을 기대하고 있답니다. 아하하하하."

내 경우엔 이쯤 되면 그냥 흐름에 맡길 수밖에 없는 입장이다.

붉은 빛이 마법진 안쪽을 가득 메웠다.

나와 리치는 방금 전의 짧은 대화를 나눈 후엔 그저 입을 다물고 똑바로 서 있기만 했다.

이윽고, 우리 사이에 확실한 연결 고리가 생겼다는 느낌이 전해져왔다. 계약이 정상적으로 완료된 건가?

벌써 세 사람 째다 보니 조금 익숙해져서 그런지 평화로운 마음가짐을 유지할 수 있었다.

조금씩 빛이 사그라지기 시작했다.

빛이 사라진 후 마법진 위에 남은 것은 당연히 나와 또 한 사람, 리⋯⋯치?

토모에나 미오와 계약했을 때와 똑같다면 당연히 눈앞의 이 사람이 그일 것이다.

내 눈앞에 서 있던 것은―.

짙은 붉은색 장발을 허리까지 기르고, 나와 똑같은 검은색 눈동자로 이쪽을 바라보고 있었다.

휴만과 전혀 구분할 수 없는 외모를 지닌 20대 정도의 청년이었다.

살이 아주 제대로 붙었네요. 그리고 거기 두 사람!

"호오오. 어떤 모습이 될지 궁금했다만, 그렇게 나오시겠다!"

"흐음, 진짜 원래 모습은 분명히 휴만이었을 테니까요. 혹시 생전의 모습이 아닐까요?"

어떤 모습이 될지 흥미가 있었던 건 알겠지만 말이야! 어깨에 검은색 승복만 걸치고 있는 반나체의 남성을 뚫어지게 쳐다보지 말라고!

이 사람 지금 제대로 옷을 안 입었다고요! 승복처럼 보이는 천을 어깨에 걸치고 있을 뿐이랍니다. 가슴팍은 훤히 다 보이고요. 하반신은 좀 자제해달라고.

너희들 그래도 여성이잖아?! 겉보기엔 성인 여성으로 보인다고?!

리치는 두 사람의 말을 듣고 자신의 상황을 확인하기 위해 팔을 들어 올려 확인했다. 그리고 자신의 팔을 보고 놀라서 두 눈을 크게 떴다.

양손으로 뺨을 더듬대면서 어깨를 안다가, 스스로의 육체를 확인하듯이 포옹했다. 탐미냐, 순정만화냐?

"따뜻, 하다. 생명의 고동이, 느껴진다……!"

스스로의 육체를 얻었다는 사실에 감동한 모양이다.

"어라, 반지는 어떻게 된 거지?"

"응? 그리고 보니 손가락에 보이지 않는군요. 육체가 재구성될 때 함께 빨아들인 것 같습니다."

"원래 반지는 도련님께서 발산하시는 마력의 집합체니까요. 그 지배하에 있는 이상 악영향은 없을 거라고 생각해요."

너희들, 정말 그냥 넘어가도 되는 거야?

리치는 한바탕 감동을 끝낸 후, 탐미 포즈를 취했을 때 바닥으로 떨어졌던 승복을 주워들고 신속한 동작으로 착용했다. 그리고 과

장된 것 같이 보이는 몸짓으로 내 앞에 무릎을 꿇었다.

으, 진지한 분위기네요.

"마코토 님. 나, 아니 저를 종자의 말석에 받아들여 주셔서 깊은 감사를 올립니다. 또한, 이 몸에 느껴지는 위대하신 주인의 힘으로 인해 환희에 떨다가 인사가 늦어진 사실에 대해서는 향후의 봉사를 통해 사과드리겠습니다. 부디 앞으로 잘 부탁드립니다."

"아, 응. 저기, 너무 딱딱하게 굴지 않아도 괜찮아. 나야말로 잘 부탁해."

"옛!!"

리치가 머리를 깊숙이 조아렸다. 계약으로 인격이 변하거나 그런 건 없는 거지? ······정말 없는 거지?

"어떠냐, 리치? 후회되는 건 아니겠지? 그것뿐만이 아니다. 여기가 어디고 도련님께서 어떤 분이신지 네가 환희에 떠는 것은 지금부터가 시작이다. 그렇지 않나, 미오여?"

미오에게 동의를 요구한 토모에는 새로운 종자의 탄생에 기뻐하고 있는 것 같다. 이 녀석은 꽤 연구나 검증을 좋아하는 구석이 있으니 성격이 잘 맞을지도 모르겠군.

"예. 여러 가지 가르쳐 줄 일이 많으니까요. 특히 도련님에 대한, 이곳의 습관과 규칙을 말이죠."

미오도 남성 타입의 종자라고 해서 혐오감을 느끼고 있지는 않은 것 같다. ······여성이건 남성이건 여러 가지 습관이나 룰이라는 명목으로 쓸데없는 것까지 조교할 것 같은 느낌이 든다.

내가 세 번째로 받아들인 종자는 리치였다. 내 마력이 담겨진 13

개의 반지를 체내에 흡수했다. 계약 과정에서 그 반지들을 빨아들였다면, 언젠가 그 힘을 전투력으로 사용할 수 있는 가능성도 존재할 것이다. 마법에 관한 지식도 있으니, 분명 어느 정도의 실력은 기대할 수 있을 것이다.

츠이게에서는 원래 리치였다는 사실을 숨긴 채, 언젠가 향할 예정인 학원 도시에 동행을 부탁해볼까?

아니면 아공에 상시 대기조로 남겨두는 것도 하나의 방법일지도 모른다. 아직 그런 사건은 일어난 적 없지만, 아공에 끌어들인 모험자가 난동을 벌일 가능성도 충분하니까 말이야. 사건에 대응할 수 있는 인원이 있어주는 것만으로도 마음이 든든하다.

"도련님! 둔해빠진 미오 녀석과, 이 원래 해골바가지였던 녀석에게 이 몸이 알고 있는 사실들을 털어놔도 되겠습니까?"

내 신상 정보 말인가? 역시 그렇지? 종자로서 지배의 관계를 구축한 가족들이니까 얘기해도 문제는 없을 거야.

이건 토모에의 입으로 전달할 일이 아니다. 내가 스스로 그들에게 밝혀야 하는 일이야. 내가 그들을 가족으로 생각하고, 그렇게 접할 생각이라면 너무나 당연한 일이다.

"아니, 내가 직접 얘기할게. 자료 창고로 가자."

그건 그렇고 리치의 이름은 어떻게 할까? 제대로 생각해서 지어줘야 할 것이다. 적어도 그에게는 초고속으로 이름을 주도록 하자. 몇 가지 정도 후보가 있으니까, 환영하는 자리를 여는 김에 정하면 되겠지.

"……!! 도련님!"

"응? 왜 그러지, 토모에?"

"약간, 성가신 일이……! 에이익!"

뭐지? 토모에가 갑작스레 초조한 표정으로 뭔가 성가신 일이 벌어졌다는 사실을 전하려고 한 바로 그 때ㅡ.

"……!!"

창문에서 강렬한 빛이 이 방으로 비쳐 들어왔다.

뭔가의 잔재로 추정되는 미약한 마력이, 돌풍을 타고 우리가 있는 방까지 전해졌다. 대체 무슨 일이 벌어진 거지?

이건ㅡ.

"내 마력이잖아?"

……아니, 그럴 리가 있나?

하지만 피부에 느껴지는 이 느낌은 내 마력이 틀림없다.

"면목…… 없습니다, 도련님. 그만 멍청한 실수를, 저지르고 말았습니다."

토모에가 빛에 정신이 팔려서 창문 쪽을 바라보고 있던 나에게 말을 걸었다.

그 말에 반응하면서 고개를 돌린 내 눈에 비친 것은, 이마에서 피를 흘리면서 무릎을 꿇은 토모에의 모습이었다. 미오와 리치가 그녀를 불안한 표정으로 바라보고 있었다.

적의 습격인가? 하지만 이 상황에서 토모에만 노릴 수가 있단 말이야?

지금 이 아공에 있는 건 우리 이외에는 휴만 3바보 트리오와 숲 도깨비들뿐이야. 그들의 힘으로 토모에에게 타격을 줄 수 있을 리가 없잖아?

"토모에! 대체 무슨 일이야!"

"큭, 그 세 사람이……."

그리고 토모에는 몸을 가누지 못하고 방바닥에 엎드리고 말았다. 피도 아직 멈추지 않았다.

토모에가 공격을 받은 모습을 본 건 처음이었다. 아니, 그 이전에 그녀에게 대미지를 입힐 수 있는 존재는 나와 미오를 제외하면 이 아공에 있을 리가 없었다.

젠장, 주위 상황이 대체 어떻게 돌아가고 있는 거야?!

나는 탐색의 계를 전개했다. 도시를 전부 파악하는 건 무리라고 해도, 가능한 한 넓은 범위를 커버할 수 있도록 계를 드넓게 펼쳤다. 그리고 경악했다.

……이 주변 일대가 내 마력의 잔해와 같은 것으로 가득 차서, 자세한 상황을 파악할 수가 없었다.

나는 마력을 감지하는 서치를 중단하고, 순수하게 지형이나 인물만을 대상으로 파악해야 한다고 판단했다. 물리적인 탐색으로 전환해서 계를 다시 전개했다.

어딘가 이상이 발생한 장소는…… 찾았다!

이상을 발견한 곳은 내가 츠이게의 뒷골목에서 이쪽으로 돌아올 때 연결한 문 근처였다.

저택 뒤쪽으로 간 방향에 있는, 조금 넓게 열린 장소다. 이곳과의 거리는 조금 먼 편이라, 전력질주로도 몇 분 정도 걸릴 것이다.

그 부근의 지형이 크게 무너져서, 크레이터처럼 뚫려 있었다.

마치 뭔가가 폭발이라도 일으킨 듯한…… 방금 일어난 빛의 원인인가?!

"미오! 토모에를 부탁해. 리치는 나를 따라와!"

나는 대답을 기다리지 않고 방에서 뛰쳐나왔다. 드워프에게 의뢰한 근접전용 무기는 아직 완성되지 않았다. 방에 보관해두었던 오크의 의례용 단검만을 들고 뛰었다.

토모에는 「그 세 사람」이라고 말했다. 세 사람…… 설마 정말로 그 바보 트리오가 저지른 일이라고? 하지만 그 녀석들이 할 수 있는 일이라고 해봐야 별 거 없잖아?

'마코토 님.'

리치의 목소리가 들려왔다. 염화로군. 곁을 보니 그의 모습은 보이지 않았다. 나는 최단 거리를 주파하기 위해 계단을 내려와 현관을 향하고 있다. 나는 속도를 줄이지 않고 머릿속에 울려 퍼지는 목소리에 대응했다.

'왜 그래?'

'면목이 없습니다. 아직 육체에 적응하지 못해 제대로 뛸 수가 없습니다.'

할아버지냐?! 아, 그렇지. 그러고 보니 해골이었어. 그럼 부유 마법 같은 걸로 따라오면 되잖아? 뛴다는 선택지밖에 없었던 거야?

'부유 마법 같은 걸 쓰면 좀 더 빨리 따라올 수 있지 않아?'

'마코토 님의 말씀이 맞습니다. 하지만 마코토 님께서 향하고 계신 목적지에 부상자가 있는 것으로 예상되는 바, 허락을 내려주신다면 부유 마법에 쓸 마력으로 제가 우선 치유 술법을 사용하는 편이 피해를 최소한으로 줄일 수 있지 않을까 싶어서요.'

'치유 술법?! 리치, 회복 마법을 쓸 수 있어?!"

거짓말이지? 대체 어느 세계에 회복 마법을 사용하는 언데드가 있단 말이야?!

역시 여신이다. 황당한 룰을 이 세계에 부여했군. 이거 참 머리 아프네. 그녀가 연루되었다고 하면 거의 모든 일을 무거운 한숨과 함께 납득해버릴 것 같다. 언데드라고 하면 한번 죽었던 이들을 가리키는 말이잖아? 그렇다면 회복 계통의 술법은 살아있는 이에게 사용할 때와는 반대로 작용할 수 있다고 게임 감각으로 생각하는 내가 좀 엇나간 건가?

나는 리치의 발언에 경악하면서도 긴 계단을 내려와 드디어 1층에 도착한 후, 시야를 현관으로 돌렸다.

나중에 리치에게 언데드란 무엇인가에 관해서 제대로 들어둬야겠다. 사람의 모습을 한 지금이라면 몰라도, 원래 해골 모습으로 회복 마법이라니 말이 안 되잖아?

'……? 예, 사용할 수 있습니다만? 오히려 특기 중 하나입니다.'

특기냐…….

나의 언데드에 대한 관념이 온힘을 다해서 붕괴하고 있다. 아주 당연하다는 듯이 말하는군.

'……. 지금 있는 장소에서 할 수 있다면, 거기서 회복 술법을 사

용해줄래?'

'주인의 명을 받들겠습니다. 부상자들이 있는 일대에 술법을 전개합니다.'

솔직히 말해서 이해는 물론 납득도 할 수 없지만, 지금 중요한 건 그게 아니야. 서둘러 나를 따라올 수 없다고 해도, 그가 할 수 있는 일이 존재한다는 쪽이 중요하다.

나는 저택에서 뛰쳐나와, 목적지까지 온힘을 다해 달렸다.

리치에게 회복을 부탁하고, 염화를 끊었다.

제길, 이럴 때 하늘만 날 수 있다면! 왜 나는 바람 속성을 전혀 쓰지 못 하는 거지! 쓸 수만 있다면 좀 더 편하고 빠르게 이동할 수 있는데.

나는 그런 생각을 하면서 일심불란하게 다리를 움직여, 겨우 현장에 도착할 수 있었다.

목적지에 도착하는 일에 너무 집중한 나머지 들려오지 않았던 주위의 음향이, 귀에 도달하기 시작했다.

고통을 호소하는 신음소리, 오열, 울음소리—. ……쓰러져 있는 건 오크와 드워프들인가.

땅바닥에 새겨진 파괴의 흔적이 보였다. 난폭하게 뜯겨나가, 돌바닥이 벗겨져 날아가서 그 밑에 있던 흙이 노출된 장소도 적지 않았다.

그곳은 그들의 고통과 무지막지한 폭력으로 물들어 있었다.

—아.

대체 무슨 일이 있었던 거지?

뭔가가 폭발한 것처럼 보인다. 크레이터라고 부르는 것은 너무 과장된 표현일지도 모르지만, 인정사정없이 발밑의 돌바닥을 유린하고 나무들을 쓰러뜨린 그 흉악한 위력은 마치 대량살상무기를 연상시켰다.

하지만 그보다 신경 쓰이는 것은…… 내 마력이다.

여기에서 가장 짙은 마력이 느껴진다. 말하자면 이곳을 중심으로 저택에 도달할 정도의 광범위하게 내 마력이 흩어졌다는 뜻이다.

내 마력 이외에 느껴지는 건…… 리치의 술법이다.

그가 사용한 치유 술법…… 그 빛이 고통에 신음하는 그들의 온몸을 아련하게 감싸고 있다. 노란색의 따뜻한 빛이다. 나도 부상자를 육안으로 확인할 수 있는 아슬아슬한 범위에 걸쳐, 치유 속성을 부여한 계를 전개했다.

하여간, 부상자 중 누구라도 말문이 트일 만한 상태로 만들지 않으면 어쩔 도리가 없다.

누구 한 사람도 몸을 일으켜서 다른 이의 안부를 확인할 수 있는 단계까지 회복되지 못한 이 참상을 어떻게든 해결해야 한다…….

수십 명이 쓰러진 채로 움직이지 못 하고 있었다.

나는 그렇게 주위를 둘러보면서 조금이라도 상황을 파악하기 위해 노력했다. 그리고 내 눈에, **무언가**가 들어왔다.

그것은 얼핏 보기에 번데기처럼 보였다.

폭심지에서 아주 가까운 위치였다.

―설마!

나는 그곳을 향해 전속력으로 달렸다. 저건, 저건 번데기 따위가 아니야!

"거짓말이지?"

상반신은 불에 새까맣게 탄 상태였다. 오른팔은 어깨부터, 왼팔은 팔꿈치부터 앞이 보이지 않았다. 몸의 도처가 마치 금이 간 듯한 갈라진 상처로 도배가 되어 있었다. 대부분의 다리가 거의 끊어진 상태로, 살가죽 한장으로 겨우 붙어있을 지경이었다.

그 모습은 그야말로 구부러진 번데기 그 자체였다.

"……아르케."

그는 상당히 강한 힘을 가지고 있는 것으로 알고 있다. 그런 그조차도 이런 꼴로 만들 수 있는 위력이라니.

숨! 숨은 아직 붙어있나?!

나는 그의 곁으로 다가가서 입가와 가슴을 주시하면서 호흡의 여부를 살폈다.

손으로 그의 몸을 만졌다. 온기가 전혀 느껴지지 않는 차가운 몸이다. 어렸을 적에 차에 치인 길고양이를 만졌을 때 느꼈던 특유의 딱딱한 감촉이 전해져왔다.

그렇다면, 벌써 죽은……?

머릿속이 거의 새하얗게 물드는 것을 느꼈다. 나와 상관없는 녀석들의 죽음에 직면했을 때는 동요고 뭐고 아무 것도 없었는데. 리즈나 마족, 황야에서 물리쳤던 마수의 무리들이 죽었을 때도 아무 것도 느끼지 않았다.

어떻게 하면 좋을지 감도 잡히지 않는다. 오한이 온몸을 지배하기 시작한 것을 알 수 있었다.

'마코토 님! 지금 곁에 있는 그 녀석이 가장 심각한 중상입니다! 다른 부상자들은 이미 고비를 넘겼으니 저도 그에게 마법을 집중적으로 시전하겠습니다. 부디 마코토 님께서도 협력해주십시오!'

머릿속이 텅 비기 직전―.

리치의 목소리가 나를 제정신으로 되돌려줬다.

……!!

죽지 않았다고?!

그는, 이 아르케는 아직 살 수 있는 거야?!

내가 협력할 수 있는 일은―.

계다. 계밖에 없다.

하지만 치유의 계가 발휘하는 효과만 가지고 충분할까?

……회복 마법만 쓸 수 있었다면, 얘기가 달라졌을 텐데!

왜 나는 회복의 술식을 전혀 **쓰지 못 하는** 거지?!

영창은 물론 그 구성까지 완벽하게 이해하고 있는데, 도저히 그 힘을 발현시킬 수가 없다. 바람과 회복―. 지금 가장 필요한 속성을 쓸 수가 없다니 이렇게 불합리할 수가!

젠장! 치유의 계만 가지고 효과가 있을까?

하지만 지금은 충분하건 불충분하건 시도할 수밖에 없어!

계에 부여하는 건 치유 속성이다.

내가 전개한 치유의 계뿐만 아니라, 리치가 시전한 방금 전보다 한층 짙은 빛이 아르케의 몸을 감쌌다.

하지만 반응이 없다.

부족한…… 건가?

'리치! 좀 더 효과를 향상시킬 수 없어? 겉으로 보기엔 전혀 차도가 있는 걸로 보이지 않는데?!'

'최대한으로 마력을 사용하고 있습니다!! 지금 그쪽으로 향하면서 술법을 행사하고 있습니다만, 눈앞에서 직접 사용해도 눈에 보일 정도로 효과를 향상시킬 수 있을지는……. 그 이외에 아직 치료가 필요한 이들을 내버려둬도 괜찮다고 하신다면…….'

'기각이야. 그쪽의 치유는 속행해줘. 나머지 인원이 끝나는 대로 아르케에게 집중해줬으면 해.'

'서둘러서 향하고 있으니, 마코토 님께서도 치유를 계속 사용해주십시오.'

치유라. 내 능력은 마법이 아니야. 나는 회복 계열을 사용하지 못 한다고, 리치. 효과에 얼마나 차이가 있는지는 모르겠지만, 마법과 병행시켜서 사용하면 좀 더 강력한 작용을 기대할 수 있을지도 모르는데.

……?

병행시킨다고?

아, 그렇지. 계에 부여한 특성이야. 강화와 치유, 강화와 탐색—. 지금 계에는 두 가지 특성을 부여하고 있어.

……시도해 볼 가치는 있을 것 같다.

나는 아르케와 스스로를 둘러싼 계를 의식했다.

부탁이야, 성공해다오……!

나는 치유의 계에, 다시 한번 치유를 중첩해서 부여했다. 이걸로 효과를 배가시킬 수만 있다면……!

주위에 있는 모든 사물을 활성화시키는 이미지로, 치유에 치유를 중첩해서 의식했다.

"몸에 난 금이, 아물어간다……!"

효과가 강화됐어! 아마 틀림없어!

단단한 피부에 무수히 가 있던 금 같이 생긴 상처가, 점점 실처럼 가느다란 선 모양으로 변하면서 이윽고 사라져갔다.

좋았어! 해냈다!!

거의 끊어진 거나 다름없었던 하반신의 다리들도, 억지로 몸통과 달라붙기 시작했다.

통째로 잃어버렸던 오른팔과, 팔꿈치 부분부터 사라졌던 왼팔도 재생되기 시작했다.

이제 남은 건 의식뿐이다. 정신만 차리면 틀림없이 무사할 거야.

평소보다 더욱 사색이 만연해서, 한 조각의 생기조차 느껴지지 않던 피부에 온기가 돌아왔다. 그의 재생된 팔이 경련하듯이 움직였다.

"괜찮아?! 나를 알아보겠어?!"

눈꺼풀이 경련을 일으키더니, 이윽고 눈을 떴다. 정신을 차린 건가?! 이렇게 일이 잘 풀리다니…….

"으, 아…….."

"억지로 말하지 않아도 괜찮아! 고개를 끄덕이거나 가로젓기만 해도 돼!"

아르케는 내 말을 알아들은 것 같다. 내 부름을 듣고 잠시 후에,

틀림없이 고개를 세로로 끄덕였다.

바로 그 순간, 안도로 인해 내 몸에서 힘이 쭉 빠졌다.

다행이다. 정말로.

나는 주위를 새삼스레 확인했다.

내 마력은 아직 남아있었고, 상황을 이해하기 위해 필요한 정보 수집을 방해하고 있다.

하지만 계를 사용할 필요도 없이, 나는 육안으로 이 참사가 수습 단계에 들어갔다는 것을 이해할 수 있었다. 몸을 일으킨 사람들이 보였고 서로 무사를 확인하는 목소리들이 들려왔기 때문이다.

이제 남은 일은, 의식과 안정을 되찾은 사람들로부터 증언을 듣고 나면 무슨 일이 있었는지 알 수 있을 것이다.

안개의 문, 내가 이쪽으로 돌아올 때 연결한 이 입구와 무슨 관련이 있는 걸까?

완전히 우연이란 생각은 들지 않는데…….

나는 그렇게 느꼈기 때문에, 파괴로 인해 정확한 위치를 파악하지 못 하면서도 문을 만들었던 부근을 확인했다. 특별한 건 아무것도 없었다.

이 폭심지로 추정되는 장소와 가까우니까 나름대로 신경이 쓰이는데…… 내 생각이 너무 지나친 건가?

응? 뭔가 떨어져 있다.

나는 아르케의 상태는 안정기에 들어갔다고 판단했기 때문에, 그 「뭔가」에 다가가서 손으로 집어 들었다.

액세서리의 파편?

쇠사슬처럼 보이기도 하는데…….

드라우프니르의 사슬?!

탐색의 계를 전개해볼까? 하지만 자신의 마력이 지금 방해를 하고 있으니…….

아니야, 치유의 계와 마찬가지로 탐색과 탐색으로 조건을 설정하면 작동되지 않을까?

주위의 마력을 근거로 여기서 있었던 일을 알아내는데 내 마력이 장애물로 가로막고 있는 셈이다.

두 개째의 탐색 속성 계로 내 마력을 여과하면서 윗부분의 막을 벗기는 듯한 이미지로 계를 사용했다. 성공하리라는 보장은 어디에도 없는, 애드리브로 시도해 본 기술이었지만…….

효과가 있는 것 같다. 지금까지 탐색을 방해하고 있던 스모그 같은 연기가 사라졌다.

여기에 있던 건…… 아르케와 오크나 리자드는 그렇다 치고……토모에 미니도 있었구나.

그리고 아르케 곁에도 오크가 지니고 있던 마력의 잔해가 남아 있다.

하지만 토모에 미니와 오크의 모습이 보이지 않았다. 두 사람은 어디에 있는 거지?

그러고 보니, 토모에가 지금까지 본 적이 없는 부상을 당했었지.

……자신이 만들어낸 분신체가 치명적인 부상을 당하게 되면, 본체인 토모에도 대미지를 입을 수 있을까?

말인즉슨, 토모에의 분신체는 여기서 일어난 일로…….

그리고 또 하나 감지했던 마력의 장본인인 오크도…….

그런 최악의 상상이 뇌리를 스쳐 지나갔다.

나는 악몽을 뿌리치기 위해 본래의 작업을 계속했다.

……세 개다. 틀림없이 세 개다. 아공의 주민들이 아닌 이질적인 마력이 있었다. 그렇다면 토모에가 말한 대로 그 세 사람인가? 마력의 강도로 봐서 휴만인 것 같은 느낌은 든다.

하지만 이 소동의 원인이 그 녀석들이라면, 대체 무슨 짓을 한 거야? 츠이게에서도 중상급 정도밖에 안 되는, 정말로 흔해빠진 패거리들인데?

나는 세 개의 마력을 추적했다.

그 중 두 개는 아스러지듯이 사라졌고, 또 하나는 묘하게도 어디론가 꼬리를 끌듯이 사라졌다.

아스러져 사라진 두 개의 마력은 아까 감지했던 토모에 미니의 마력이 떠돌아다니는 방식과 흡사한 느낌이다.

묘한 방식으로 사라진 마력의 발자취가 도중에 끊어진 장소는, 내가 안개의 문을 열었던 장소였다.

이상하다. 나나 토모에 이외에 스스로 문을 열 수 있을 리가……?

―이 부근에 충만한 내 마력과 드라우푸니르에 붙어있던 쇠사슬의 잔해, 그리고 안개의 문으로 사라진 휴만의 마력……. 혹시, 폭발로 인해 우발적으로 문이 열리기라도 했다는 건가?

"마코토 님, 기다리게 해서 정말 면목이 없습니다. 그럭저럭 부상자들을 구할 수 있었던 모양이군요."

"리치, 여기 좀 부탁한다."

"예, 마코토 님?"

나는 서둘러 도착한 리치에게 그 한 마디만을 남기고, 공간의 왜곡 같은 잔해를 남기고 있던 안개의 문을 비집어 열어서 안으로 들어갔다.

······불쾌한 가슴 속의 동요를 느끼면서.

5

"여기는 츠이게? 돌아올 수 있었던 거야?"

여자의 목소리가 들려왔다.

"아, 아하! 나, 살았구나! 이 공기와 냄새는 틀림없어! 츠이게야!"

나는 그녀를 발견했다.

안개의 문을 통과해 쫓아온 장소에 그녀가 있었다.

협소하고 인기척이 없는 뒷골목이다.

그녀는 마침 눈을 뜬 참인 것 같다. 놀랍군. 그 세 사람 중 한 사람이다. 리더처럼 행동하던 여자다.

온 몸에 심한 부상을 입은 상태다.

여기가 황이라면, 절대로 살아서 돌아갈 수 없을 정두의 중상이다.

하지만, 이곳은 이미 츠이게다. 그녀는 큰 길로 나가서 한 마디만 도움을 청할 수 있다면 살 수 있다.

아무리 심야라고 해도, 불야성의 사창가를 여러 개 보유하고 있는 츠이게라면 누군가와 만날 확률이 높다.

아인이 다가올 가능성도 있다. 하지만 그녀라면, 확실하게 스스로를 구해줄 선량한 사람과 만날 것 같은 느낌이 든다.

그래, 큰 길로 나가서 누군가에게 한 마디만 도움을 청할 수만 있었다면—.

—그녀는 살 수 있었을 것이다.

방금 전, 내가 그런 사실을 알아내지만 않았더라면—.

내 몸에 무슨 일이 일어났는지, 스스로도 알 수 없었다.

내가 길바닥에 쓰러져 있는 그녀에게서 이야기를 들을 방법에 대해 고민하면서 다가선 순간에 벌어진 일이었다.

그녀에게 부착된 자신의 마력이나 부상의 원인, 아공의 참상—.

내가 그런 사안들에 대해 알고 싶다고 강하게 생각했던 건 사실이다.

그 때—.

「……미행, 암브로시아, 적대적인 아인, 죽인다, #$%&, (, 목적, 사냥, 안개의 도시, 라이도우, 적의 ◇? 도시, 위험, 두 사람은 어째서, ()=~|~=, 탈출, 성공, 보수, 츠이게, 박살, 죽인다, 훔친다, 약탈, 권리, 행운, &, 쓰레기통, 어리석은 아인, 밤, 산더미 같은 보물, !"#계곡으로, 추적자, 최고의 무기, 비장의 수, 불량품 반지RTGH, 작렬하는 빛」

갑자기 대량의 정보가 머릿속으로 물밀듯이 밀려왔다.

여러 개의 스크린에서 강제로 큰 소리에 몇 배속 정도의 영상을 끝없이 틀어주면서 그 내용과 별개로 맥락이 없는 해설을 귓가에 큰 목소리로 낭독해주는 듯한 감각이었다. 스크린에는 갑자기 아무런 의미가 없는 자막이 출현한다. 가끔 그 화면에 노이즈나 극채색의 얼룩 같은 모양이 끼어든다.

구역질이 났다. 머리가 무겁고, 머릿속을 크게 휘젓는 듯한 감각이 나를 덮쳐왔다.

하지만—.

정말로 구역질이 난 것은, 기억의 유입이라는 현상이 아니다. 동시에 내 머릿속에 흘러들어온 그녀의 생각과 감정, 그리고 기억의 내용에 대해 극심한 혐오감을 느꼈다. 나도 그 모든 내용을 기억할 수 있었던 건 아니지만, 마지막에 흘러들어온 어렴풋한 기억과 생각만큼은 내 머리에 확실하게 남았다.

일단 내가 그녀에게 다가선 이유는 치유라도 해주기 위해서였다.

얼마나 시간이 경과했는지는 알 수 없었다. 체감 시간은 길었지만, 어쩌면 그렇게 긴 시간은 지나지 않았을지도 모른다. 그녀는 아직 눈을 뜨지 못 했으니까—.

하지만 이제, 나는 치유 속성을 부여한 계를 전개하고 있지 않았다. 그녀를 치료해줄 생각은 조금도 들지 않았다.

모든 휴만이 이 여자와 같은 사고방식이 아니기 만을 바랄 뿐이다. 내가 들여다본 깃은, 그녀의 개인저인 경험과 생각에 지나지 않는다.

하지만, 어느 정도는 휴만들이 지닌 공통적인 인식일지도 모른다. 그런 생각이 들자 나는 사방에 넘쳐나는 미인들을 봤을 때 이상으로, 이 세계에 흘러넘치는 위화감을 느꼈다.

휴만이 자기네 종족 이외의 사람들을 어떻게 생각하는지 목격하고 말았기 때문이다.

……어찌됐든, 이 녀석은 글러먹었다.

구토감과 혐오감, 그리고 분노—. ……지금까지 느껴본 적이 없는, 증오에 가까운 분노가 끓어오른다.

그런 모든 감정들이 머릿속을 마구 돌아다닌다. 고함과 비명을 지르면서 아우성을 치고 싶은 충동이 솟구쳤다.

나는 잠시 동안 땅바닥에 엎드린 그 여자를 멍청하게 내려다보고 있었다.

얼마나 시간이 지났는지는 알 수 없었지만, 여자의 몸이 살짝 움직였다.

……아무래도 정신을 차린 것 같다.

나는 조금 거리를 두고, 그녀에게 발각되지 않도록 몸을 숨겼다.

그녀가 이곳이 츠이게라는 사실을 이해하고 환성을 지른 순간—.

나는 그녀와 그 주위에 있던 사물들을 안개 속으로 끌어들였다. 이제 이 뒷골목은 츠이게와 완전히 분리된 셈이다.

그녀는, 갑자기 주변 경치가 깊은 안개에 휩싸인 것으로 보였을 것이다. 그녀는 상황의 변화에 놀라면서 주변을 확인하기 위해 사방을 둘러보기 시작했다.

나는 짙은 안개 속에서, 스스로가 이질적인 공간에 갇혀있다는 사실을 깨닫지 못한 그녀에게 접근했다.

"누구지?!"

그녀는 기척을 느꼈는지, 고개를 돌리며 내가 다가오는 방향으로 고함을 쳤다.

나는 그 목소리에 반응하지 않고, 서서히 거리를 좁혔다.

그녀가 나를 보고 겨우 반응했다.

"당신은, 라이도우?!"

나는 대답하지 않았다. 이제 그녀와 의사소통을 할 필요 따위는 없기 때문이다.

"……나를 쫓아온 거군. 하지만 이미 늦었어. 여기는 츠이게야. 아인 따위와 손을 잡은 네 편을 들어줄 녀석은 없어!"

"손을 잡았다고? ……그렇지, 네 기억에 따르면 그렇게 된 거군. 딱히 변명할 생각도 없으니까 마음대로 생각해."

확실하지는 않지만, 아까 확인한 기억 속에서 그녀가 같은 파티의 사제에게 내가 아인들과 한 패라고 대화하는 장면이 있었던 것 같다.

나는 일본어로, 내 감정을 가장 제대로 표현할 수 있는 언어로 그녀에게 대답했다.

"뭐? 지금 뭐라고 한 거야? 정신이라도 나간 거야?"

당연히 그녀는 이 세계의 언어기 아닌 일본어를 이해할 수 없다. 영문을 알 수 없는 언어로 말하는 나를 보고, 상당한 위화감을 느끼고 있을 것이다.

"정말, 스스로에게 진절머리가 나는군. 지금은 진심으로 너희들을 그 숲에서 죽였어야 했다고 생각하고 있어. 그런데 나 자신에 대해 고민하느라 여유가 없었지. 거기다 마음 속 어딘가에서 아직, 원래 있었던 세계의 감각으로 휴만이라는 종족에 대해 판단하고 있었어."

"무슨 소리를 하는지 모르겠다고 말했잖아?! 평소처럼 허공에다 글자나 쓰라고!"

그녀의 목소리가 서서히 히스테릭하게 변했다. 공포를 숨기고 싶은 것 같다. 모처럼 살아난 목숨이니 가능하면 살고 싶을 거다.

"이런 미인이 나 같은 녀석에게 말을 걸어줬다고…… 들떠있었다니. 정말 웃기지도 않는군. 인기 없는 남자 그 자체잖아?"

"……라이도우. 안개를 물리고 나를 풀어줘. 지금이라면 아직 눈감아줄 수도 있어."

그녀가 골목 벽에 기댄 상태로 몸을 일으키면서 무기를 잡았다. 넌 숲도깨비에게 쫓기면서 내 능력을 봤잖아? 그런데도 나를 이길 수 있다고 생각하는 거야?

"그건 허세? 아니면 진심인가? 하긴 네 경우엔 뭔가 있을지도 모르겠네. 틀림없이 너는 나 같은 녀석보다 훨씬 굉장해. 마치 옛날이야기에 나오는 영웅처럼 신기한 운명이야."

정말 진심으로 그렇게 생각한다.

"아무리 부상을 입어도 나는 레벨 96의 모험자야! 고작 상인에게 당할 리가 없잖아!"

여자가 언성을 높였다. 그녀의 말 따위, 이제 아무래도 좋다.

"……우연히도 숲도깨비와 동시에 아공에 머물고 있었기 때문에 경계가 풀린 상태였지. 우연히도 드워프의 폐기물 창고 부근에서 숙박하고 있었어. 그리고 우연히도 그들의 위기의식은 희박했지. 우연히도 아무리 열악한 실패작이라곤 해도 드워프의 병장기를 훔치는데 성공했어. 뿐만 아니라 우연히 상처 입은 드라우프니르까지 입수해서 우연히 츠이게와 연결된 안개의 문 근처까지 도망쳤어. 그리고 이판사판인 상황에서 될 대로 되라고 던진 반지가 우연히 폭발을 일으켜서 추격자들을 따돌리고, 만일을 위해 가져왔던 크레이이지스라는 도구로 최약체 3인방 중 한 사람이 살아남았군. 거기다 드라우프니르에서 누출된 내 마력으로 인해 안개의 문을 우연히 비집어 여는데 성공하고 도시로 귀환하다니…….”

도대체가, 이게 말이 되는 거야? 대체 얼마나 기적을 동시에 일으키면 이 정도로 터무니없는 결과를 만들어낼 수 있는 거지? 그야말로 하늘이 정한 행운이란 건 바로 이런 건가? 아니야, 이미 이건 그 정도 레벨을 뛰어넘었잖아?

내가 들여다봤던 이 여자의 기억…… 연결 방식이 잘못되어 있을지도 모르고, 몇 할 정도는 그녀의 희망사항이 섞여 있을 가능성도 있다. 하지만 그래도, 지금은 그 악몽과 같은 풍경을 믿을 수밖에 없다.

그녀는 운이 너무 좋았다. 아니, 같이 도망치던 두 사람은 이미 죽은대디기 결국 최종적으로 이렇게 나와 맞닥뜨렸으니 운이 나쁜 건가?

“이게 마지막이야. 이 영문을 알 수 없는 안개가 네 소행이라는 건 알고 있어. 빨리 물려!”

나는 오른손을 단검의 칼자루로 가져가 단숨에 뽑아 들었다.

"힉!"

나의 대답을 알았는지, 그녀가 숨을 작게 삼키는 소리가 들렸다.

—내가 알아버린 그의 죽음.

이 세 사람을 담당하고 있던 하이랜드 오크가 있었다. 토모에의 분신체, 그리고 아르케와 함께 도망치는 이 **쓰레기들**을 쫓다가 가장 가까이까지 접근했던 그 남자다.

토모에의 분신체와 아르케는 이 쓰레기의 이상한 행동에 눈치채고 물러나도록 권유했는데, 그럼에도 불구하고 그는 세 사람을 생포하기 위해 노력했다.

이 녀석은 그에게 드라우프니르를 던졌다. 조준은 살짝 빗나가서, 반지는 땅바닥에 격돌한 후 폭발을 일으켰다. 토모에의 분신체는 그 위력을 경감시키기 위해 뛰쳐나가, 스스로 전개한 장벽과 함께 소멸했다. 그리고 어느 정도 멀리 떨어져 있던 아르케조차 만신창이가 되서 생사의 갈림길을 헤맸다. 하지만 아르케보다도 가까운 거리에, 폭심지 한 가운데에 서 있던 일개 하이랜드 오크가 그 폭발을 버텨낼 수 있을 리가 없었다.

그가 책임감에 지배당하지 않고 얌전히 물러났더라면 살 수 있었을지도 모른다.

하지만 그의 행동을 책망하고 싶지는 않다. 아공에 초대한 모험자를 놓쳐버린 실수를 만회하기 위해 필사적으로 노력한 것이다. 그는 용감했다.

당신들이 준 단검으로 그의 원수를 갚았다고, 에마를 비롯한 하이랜드 오크에게 전하자. 적어도, 아주 조금이라도 그의 용기에 보답하기 위해서—.

……이 단검을 가져와서 정말 다행이야. 이 녀석을 처리하는데 이보다 더 적합한 무기는 없다.

"이건 너희들의 발악을 막으려다 죽어버린 그의 종족, 오크 일족에 전해 내려오는 단검이야."

나는 그렇게 말하고, 한발자국 내딛었다.

말없이 그녀와의 거리를 좁혔다.

그녀는 접근하는 나를 향해, 평소의 나 같았으면 마음이 꺾일 정도의 인정사정없는 욕설을 퍼부으면서 들어 올린 장검의 칼끝을 나에게 돌렸다.

욕설의 음량은 내가 접근하면 할수록 점점 커졌다. 어쩌면 그녀는 큰 목소리로 주위에 도움을 요청할 생각인지도 모른다. 여기가 츠이게라면, 그리고 그녀가 지닌 엄청난 운이 효과를 발휘한다면 왠지 이루어질 것 같은 느낌도 든다. 하지만 여기는, 츠이게와 아공을 잇는 문의 도중에 위치한 공간이다. 나를 제외한 누군가가 그녀의 고함소리를 듣고 달려올 일은 없다.

여자는 큰 부상을 입고 있다. 당연히 싸울 수 있는 상태가 아니다. 등을 돌리고 도망칠 수도 없다. 물론 모험자라면, 이 상황에서 상대에게 등을 돌린다는 의미를 알고 있을 것이다.

우리의 거리는 서서히 줄어들고 있었다. 앞으로 몇 발자국만 더 가면 그녀는 내 단검의 공격범위 안으로 들어온다.

장검과 단검은 무기의 유효 범위가 각각 다르다.

유리한 위치를 앞서서 확보한 그녀가 반격의 기회를 살피고 있다는 사실을, 그 눈이 가르쳐주고 있었다.

여자가 들고 있던 장검의 칼끝이 살짝 흔들렸다. 목표는 목인 것 같군. 찌르기가.

그녀가 겨우 시도한 공격이, 내 얼굴 앞에서 날카로운 소리와 함께 튕겨나갔다. 계의 장벽에 막힌 것이다. 마치 검끼리 격돌한 듯한 소리가 울려 퍼졌다. 그녀의 양팔도 검이 튕겨나간 기세에 휩쓸려서 위로 쓸려나갔다.

……나는 특별히 망설이지도 않고 깊숙이 파고들어가, 손에 쥔 단검으로 검을 쥔 그녀의 양손을 베어 넘겼다.

역대각선으로 치켜든 단검이 깊숙한 파란색, 남색에 가까운 빛을 띠고 그녀의 장검과 양손을 동시에 빼앗았다.

별 반응은 없다. 거대 거미의 다리를 절단했을 때도 별다른 저항을 느끼지 않았다. 이런 여자의 가는 팔을 베면서 저항이 느껴질 리가 없지.

그녀의 손목에서 튄 피가 조금 묻어버렸다. 걸리적거린다. 그녀는 비명을 지르는 것조차 망각하고 경악에 일그러진 표정을 짓고 있었다. 내가 그 배를 걷어차자, 다시 나와 그녀 사이에 거리가 벌어졌다.

그녀는 온몸이 통째로 날아가서 안개 속에 숨어들었다. 다시 실루엣만 보이는 그녀가 지르는 비명과 절규가 들려왔다.

그래서 어쩌라고.

아, 정말 귀에 거슬린다.

너도 죽였잖아? 그런 시시한, 휴만이 최고라는 일그러진 가치관으로 말이야. 토모에의 분신체나 오크는 나에게 있어서 너와 마찬가지, 아니 너보다 훨씬 소중한 생명이었어.

나는 몸부림치면서 뒹굴고 있는 그림자를 향해, 서두를 것도 없이 천천히 걸어갔다. 머지않아 찾아올, 사람의 생명을 빼앗는 순간을 예상하면서ㅡ.

이렇게 스스로와 똑같은 형태를 지닌 존재를 죽이는데 아무런 양심의 가책도 느껴지지 않는다. 그저 내 마음 속에 소용돌이치는 것은 분노와 살의, 그리고 반드시 이래야만 한다는 충동뿐이었다.

"……힉!"

내 접근을 깨닫고, 땅에 엎드려있던 그녀의 입에서 공포가 새어나왔다. 그 눈동자엔 이미 싸우려는 의지는 없었고, 삶에 대한 집착만이 남아있는 것으로 보였다.

이 여자의 눈에 나는 어떻게 비치고 있을까? 용서를 구하면 살려줄지도 모르는 선량한 인물로 보이고 있나?

"사, 살려줘어어어어어! 무슨 짓이든, 무슨ㅡ!"

그녀가 내뱉은 말은 하찮은 목숨구걸이었다. 마지막까지 들어줄 필요도 없다.

"그럼, 잘 가."

여자가 내 눈을 보려고 얼굴을 들었다. 그녀가 아까 시도했던 것처럼, 나도 그녀의 목에 단검을 찔러 넣었다.

여자는 잠시 동안 경련을 일으킨 후, 움직임을 멈췄다. 선혈이 그녀의 양 손목과 목, 그리고 입에서 흘러나오고 있을 뿐이었다.

마지막까지 우리는 「대화」하지 못 했다.

모든 것이 끝나고, 나는 무너지듯이 땅바닥에 무릎을 꿇었다.

살인을 저지른 자신에게 후회를 느낀 건가? 아니면 세 사람의 폭주를 막기 위해 죽음을 재촉한 오그를 생각해서였나?

나는, 울었다.

분명히 우리가 추진하던 작업 자체에도 큰 문제가 있었다.

학생이 학교 축제에서 카페를 하는 감각으로 실제 음식점을 경영한 거나 다름없었다. 결국 학생 기분으로 하고 있었다는 부분을 깨달은 것은 바로 지금, 모든 게 늦어버린 후였다.

내 눈앞에 토모에가 있다. 그리고 미오가 있다. 그리고 시키(識)가 있다. 드워프의 장로와 에마, 그리고 리자드 대장과 아르케도 있다.

시키(識)라는 건 리치의 새로운 이름이다.

……시키(屍鬼)가 아니라고? 시키(式)도 아니고? 그의 이름은 지식(知識)을 뜻하는 시키(識)다.

그 꺼림칙한 사건이 벌어진지, 이미 이틀이 경과했다.

나는 그 여자를 해친 후, 태연한 척 가장하고 아공으로 돌아왔다. 아니, 내면은 엉망진창인 상태였지만 말이야. 한바탕 울고 나서 퉁퉁 불어터진 얼굴을 보이고 싶지 않았기 때문에 다른 사람들과 만날 때까지 시간이 필요했다.

그리고 이렇게 일동을 집합시킬 때까지, 아공의 미래에 대해 나

나름대로 여러 가지 생각을 했다. 그 비극을 되풀이하지 않기 위해서이다.

내가 죽인 여성의 시체는 츠이게는 물론 아공에서도 찾아낼 수 없었다. 그 통로에서 어디론가 사라진 건가? 알 수도 없고, 아무래도 좋았다.

지금 사람들이 모인 곳은 내 저택이다.

에마가 집회소로 쓸 예정도 있다고 가르쳐줬던 넓은 방이다.

참고로 저택은 아직 일부만이 완성되어 있는 상태였다. 완전히 완성되면 그 넓이가 어느 정도가 될지 그다지 생각하고 싶지 않다.

커다란 테이블을 둘러싸듯이 자리에 앉아있는 사람들의 모습을 확인한 후, 나는 표정을 한층 더 다잡았다.

중요한 이야기가 있다고 전한 상태였기 때문에, 전원의 표정에 원래부터 긴장감이 감돌고 있었다. 하지만 내가 표정을 고치자 그들 역시 더욱 진지한 표정을 지었다.

"일전에 벌어진 일로 인해 오크 한 명과 토모에의 분신체가 죽었어."

"……"

"이미 그들의 종족에 전해져 내려오는 진혼의 제사를 치르고 그 자리에서도 사죄했지만, 이번 사건의 가장 큰 원인은 나에게 있었어. 그 휴만 세 사람에 대한 대응에 완전히 실패했으니까."

진혼의 제사. 말하자면 장례식이다.

순직한 오크는 엄청난 폭발의 중심지에 서 있었기 때문에, 그 시체조차 수습하지 못 했다. 오크나 리자드의 전사들은 전우의 명복을 빌 때, 불을 피우고 연회 자리를 마련해서 그 죽음을 추모한다고 한다. 그들의 의견을 참고삼아 의식을 집행했다.

내 어처구니없는 실수로 인해 소중한 목숨을 잃었으니, 정말로 면목이 없었다. 나는 그의 가족과 그가 가까이 지내던 오크들을 찾아가 몇 번이나 머리를 숙였다.

분신체를 잃고 부상을 입었던 토모에는, 그 사건 때문에 내가 머리를 숙이는 것에 대해 별로 좋은 표정은 짓지 않았다. 그래도 사죄는 받아들여 줬지만 말이야. 그녀는 내가 오크의 유족들을 만나러 가겠다고 해도 그럴 필요는 없지 않겠냐고 진언했다. 설득하느라 고생했다. 토모에의 논리에 따르면, 측근조차도 아닌 평범한 주민 한 사람이 죽었다고 해서 지배자인 내가 일일이 사죄하러 다닐 필요는 없다는 것이다. 오히려 그들은 나를 위해서 죽었다는 사실에 대해 완전히 납득했다고 말했다.

하지만 이건 나 자신이 매듭지어야 할 일이야. 내 부주의로 생명을 잃어버린 사실에 대해 지고가야 할 책임이라고.

만약 또 다시 나 자신이 선택한 정책의 결과로 그들에게 싸움에 참가할 것을 강요할 수밖에 없는 상태에 처하게 되면, 그때는 나도 개별적인 사죄는 하지 않고 사망자는 사람들을 모아서 진혼의 제사를 지내는 식으로 추모할 생각이다. 그건 이미 결정했다.

이번에 내가 오크들에게 사죄하러 간 것은, 그렇게라도 하지 않으면 나 자신이 점점 수렁에 빠져서 다시는 일어날 수 없을 것 같다는 느낌을 받았기 때문이다. 토모에에게도 그런 취지를 전하고, 이번 사죄에 대해 납득시켰다.

"······이 도시와 휴만의 관계에 대해, 우리는 너무나 낙관적이었어. 그들은 모험자이며, 그 중에는 상당한 실력자들도 있지. 그런데도 나는 그들을 위협이라고 인식하지 않았고, 그렇게 취급할 생각조차 못 하고 있었어. 앞으로는 그들을 이 도시에 있어서, 일종의 이물질이라고 인식하고 똑같은 일이 벌어지지 않도록 노력할 생각이야."

내가 일단 말을 멈추고 주위를 둘러보자, 다들 고개를 끄덕이고 있었다.

"우선은 하이랜드 오크. 에마, 앞으로 휴만을 안내하는 구획이나 행동을 허가하는 범위를 엄밀히 설정하려고 해. 아니, 좀 더 정확히 말하지. 전용 구획을 따로 만들어줬으면 해."

"전용 구획인가요? 물론 마코토 님의 지시라면 따르겠습니다만, 어떤 의미인지 잘······?"

"응. 간단히 말해서, 지금 있는 도시 속에 추가로 벽을 건설해서 한 귀퉁이를 격리하는 거야. 그리고 그 안에 모험자를 초대하기 위한 작은 도시를 별도로 만드는 거지."

"도시 속에 도시를 만드는 건가요?"

말하자면 가짜 도시를 건설해서 그 안에서만 휴만을 상대한다는 방법이다. 딱히 진지하게 문화 교류 같은 걸 할 필요는 없으니, 물자 같은 것도 츠이게나 베이스에서 유통시킬 정도의 적은 양만 준비해도 상관없다. 애초에 아공의 물품을 조금만 세상에 유출시키기만 하면 충분해.

"그래. 그리고 그 안에서 그들의 상대를 담당하는 인원은, 오크가 됐건 리자드가 됐건 드워프가 됐건 나름대로 뛰어난 실력을 지닌 이들에게 맡길 것. 토모에는 처음부터 모험자들을 전용 구획으로 보내서, 그들에게 그곳이야말로 신기루 도시 전체라고 착각하게 만들 것. 건물을 짓기 위해 땅을 다듬기만 하고 아무 것도 건축되지 않은 구역은 많이 남아있어. 그 중 일부를 사용한다면 넓이로 봐서 충분히 가능할 거라고 생각해."

에마는 납득이 갔다는 듯이 고개를 끄덕였다. 내가 하고 싶은 말을 알아들은 것 같다. 힘이 없는 이가 피해를 당하는 사태를 막기 위해서라도, 충분한 실력을 갖춘 이에게 이 임무를 맡길 수밖에 없다. 또한 임무나 업무의 부류로 인식함으로써 방심하지 않고 프로페셔널한 대응 방법을 익힐 수 있을 것이다.

"그렇게 하면, 힘이 약한 이나 어린이들이 모험자와 접촉하지 않아도 될 거라는 말씀이시죠? 그리고 실력자가 교대로 대응, 아니 접객을 하는데 높은 레벨을 필요로 한다는……."

"그래. 지금 여러 가지로 계획을 추진하고 있는 걸로 아는데, 일단 이 작업을 최우선적으로 추진해줬으면 해."

"문제없습니다. 특별히 구획을 지정하실 생각은 없으시죠?"

"응, 그건 마음대로 정해도 상관없어."

에마가 만족스러운 표정으로 미소를 지었다. 나 때문에 동족을 잃었는데도 불구하고, 변함없는 태도로 접해주는 에마에게 감사할 따름이다. 정말 고마워. 나는 현재 도시가 어떤 방향으로 확장되고, 정비되어 있는지 완전히 파악하지 못한 상태였다. 따라서 이 작업은 그녀에게 맡기는 것이 타당하다. 토모에도 곧바로 분신체를 만들 수는 없을 테니까.

"다음으로 엘더 드워프."

"옛."

이 모임에 출석한 드워프 일족의 대표는, 장로인 엘드와 그를 따라온 베렌까지 합해서 두 사람이다.

"당신들에게 우선 하고 싶은 말이 있어."

"……."

두 사람 다, 진지한 눈빛으로 내 말을 기다리고 있다. 아마 말하려는 내용은 이해하고 있을 것이다.

"폐기할 예정의 병장기 전반, 그리고…… 반지에 대해서 할 말이 있어. 당신들은 일류의 장인이니까 그 취급에 대해서 충분히 파악하고 있을 거야. 하지만 여기엔 다른 종족들도 있어. 열쇠도 잠가놓지 않고 소홀히 관리하는 건 곤란하다고."

"실로, 변명의 여지가 없습니다."

엘드가 깊숙이 머리를 조아렸다. 베렌도 마찬가지였다.

그들은 초일류의 장인이다. 실패작이나 폐기할 물품들이 지닌 위험성은 충분히 이해하고 있었을 것이다. 하지만 강한 충격이나 의도적인 조작이 없는 한 폭발하지 않는다는 사실을 알고 있었기 때문에, 확실히 말해 위험물의 취급이 너무 엉성했다. 쓰레기통 대용의 창고에 자물쇠는 달려 있지 않았고, 그곳에 폐기할 예정의 병장기를 대충 처박아 두고 있었다.

위험을 숙지하고 있는 그들의 관리가 얼핏 보기에 조잡해 보이는 데는 이유가 있었다.

그들은 폐기한 병장기나 아이템에 절대 함부로 손을 대지 않기 때문이다. 드워프라면 어린 아이라도 그 위험성을 충분히 파악하고 있다. 그것이 그들 종족이 공유하고 있는 너무나 당연한 상식이었기 때문에, 다른 이들도 마찬가지일 것이라고 착각하여 역으로 폐기물의 취급이 어설펐던 것이다. 본래대로라면 폐기물도 최고 걸작과 마찬가지로 엄중히 보관한 후에 처리해야만 했다.

이번에 휴만 모험자가 흉기로 사용한 것은 드라우프니르였다. 드워프들은 내 마력을 한계까지 흡수하고 그 역할을 끝낸 반지를, 자물쇠도 달려있지 않은 그 창고에 방치해두고 있었다. 드라우프니르가 도난당한 원인은, 그런 해이한 인식으로 인한 것이었다.

하지만 이번과 같은 사건은, 아직 아공의 주민들이 부족마다 무리를 이룬 채 생활하고 있기 때문에 일어날 수 있었던 사태이기도 했다. 원래라면 평범하게 생활하면서 드워프의 작업실 근처에서 멋대로 행동하는 다른 종족이라는 건 있을 수가 없다. 드워프들이 그런 행동을 용납할 리도 없었다.

……드라우프니르의 관리에 문제가 있었다곤 해도, 역시 모험자를 드워프의 작업실 근처에 묵게 한 판단 자체가 실수였다. 토모에가 보고했을 때, 내가 그 위험성을 깨달았다면 이번 사건은 일어나지 않았을지도 모른다. 그런 생각을 하면, 이렇게 엘드와 베렌에게 주의를 주는 것도 마음이 편하지 않았다.

엘드와 베렌이 머리를 조아린 채 움직이지 않고 있었다. 나는 그들을 향해 말했다.

"대부분의 모험자들의 입장에서 보자면, 여러분이 만든 무기는 그 자체로도 가치가 있다는 사실을 잊지 말도록 해. 폐기할 예정의 실패작은 곧바로 폐기할 것. 폐기할 수 없는 경우엔 엄중한 보관고를 설치해서 거기에 넣어두도록. 이 작업은 곧바로 착수해줬으면 해."

"예, 반드시 그렇게 하겠습니다."

"응. 그 이외엔 에마와 협력해서 모험자를 상대할 드워프의 선출을 부탁해. 엘드 씨는 우리가 쓸 병장기에 대해서 보고할 일이 있다고 했었지? 회의가 끝난 다음에 들을게. 베렌 씨는 지금 말한 작업과 병행해서 츠이게에 출장 갈 인원의 후보를 좁혀 두도록 하고."

"알겠습니다."

두 사람 다, 똑똑하고 힘찬 목소리로 대답했다. 이제 그들의 방심은 자취를 감출 것이다. 앞으로는 제대로 관리를 해주겠지. 실제로 그들의 입장에서 보면 쓰레기나 다름없는 무기라고 해도 츠이게에서는 가치가 있다. 도난당했던 물품의 목록을 보고, 쿠즈노하 상회에서 취급할 드워프의 병장기에 대해서 신중하게 검토해야 한다는 사실을 깨달았다. 아니면 아직 병장기 제작의 경험이 부족한 젊은 드워프에게 수행의 일환으로 츠이게 출장을 맡기는 것도 하나의 방법이라고 할 수 있을까? 베렌에게 츠이게로 보내는 드워프들의 통괄 책임자를 맡기는 것도 좋을지도 모르겠다.

"다음. 미스티오 리자드."

"예."

리자드 대장이 대답했다. 전사의 종족인 그들의 최고 권력자이기도 한, 부대의 지휘관이다.

"지금은 개척에다가 호위, 사냥, 토목에 건축까지 다양한 방면에서 활약하고 있다고 들었어. 늘 고마워."

"과찬이십니다. 전체 훈련의 시간을 하사받고 있는 만큼, 다른 종족에 대한 협력도 아끼지 않을 생각입니다."

그들은 종족으로서의 습관을 계속 유지하기 위해, 부대 단위의 전투 훈련을 부지런히 실시하고 있다. 그 훈련을 하고 있는 동안엔 도저히 다른 작업에 참가할 수 없다. 하지만 그들은 거기서 발생하는 작업 시간의 손실을 보충하고도 남을 정도로 다양한 방면에서 활약하고 있다.

"앞으로 너희들의 위치를 조금 바꿀 생각이야."

"……예. 명을 받들겠습니다."

"향후, 도시 밖으로 나가는 경우엔 사냥이나 훈련이 주된 목적이 될 거야. 개척 관련 임무도 조금씩 줄일 생각이야."

"……."

"그 대신, 너희들에게 도시의 순찰을 부탁하고 싶어."

"순찰?"

"간단히 말해서, 도시를 여러 개의 경로로 순회하면서 이상이 있을 경우에 대응하는 임무야. 자세한 사항은 토모에에게 전달해 둘 테니, 그녀를 우두머리로 삼아 이 임무에 인원을 할당해 줬으면 해."

"이 도시는 그 규모가 큰 관계로, 저희들만으로 그 소임을 수행하기는 어렵지 않겠습니까?"

리자드는 토모에의 영향을 받기 쉬운 건가? 아무래도 말투가 딱딱하다고 해야 하나, 너무 고리타분하단 말이지. 무슨 지장이 있는 건 아니지만, 도마뱀 머리와의 갭이 참 뭐라 표현하기 힘들다.

"토모에의 네트워크를 가장 능숙하게 사용하는 건 너희들이니까. 도시에는 오크 일족의 협력도 받아가면서 문제점 등을 발견하고 따로 대처하는 그룹도 만들 거니까, 당분간은 도시를 돌아보는 역할이라고 이해하면 돼. 과도한 부담을 주지 않도록 조심할게."

"알겠습니다. 저희들이 지닌 온 힘을 다해 임무에 임하겠습니다."

무가(武家)의 병졸들이 도시를 순찰하듯이 말이지. 토모에를 두목으로 정한 이상, 십중팔구 에도의 단속관 같은 모양새가 될 것 같지만 나도 그걸 의식하고 있으니 문제는 없다.

아공에서 가장 효과적인 치안 유지 방법을 고안할 경우, 문명 레벨을 고려하면 에도 시대의 제도를 도입하는 것이 가장 알맞을 것이다.

현대의 파출소나 순찰 방식도 아마 그 근본은 똑같다고 생각해. 에도의 실적을 믿어보도록 하자. 아무 것도 안 하는 것보다는 훨씬 낫다.

무슨 일을 부탁하려고 해도 머릿수가 문제지만, 이것만큼은 지금 즉시 해결할 수 있는 성질의 문제가 아니다.

숲노깨비들을 딩장이라도 아공에 불러들이는 방법도 있겠지만, 내가 심정적으로 납득할 수 없는 상황에서 서로 양호한 관계를 구축할 수 있을지는 알 수 없다. 그들이 나에 대해서 어떤 감정을 가지고 있는지도 아직 모르니 피차일반이다.

지능을 갖춘 종족을 발견하면 일단 권유라도 해볼 필요가 있을까? 하지만 지금 있는 주민들보다 명확하게 뒤떨어지는 레벨의 종족을 데리고 오면 서로 간의 격차나 상하 관계 같은 게 여러 가지로 발생할 거란 말이야.

정기적으로 황야의 미개척 지역에 찾아가볼까?

정신 차리고 보니 마(魔)의 군세가 완성되었다는 사태를 피하기위해 어느 정도는 자제하면서—.

나는 머리를 조아리고 승복의 뜻을 전해온 리자드를 향해 고개를 끄덕이고, 다음으로 아르케에게 고개를 돌렸다.

"마지막은 아르케구나."

"도련님. 우선 감사 인사를 드릴 기회를 주십시오. 그 이후로 직접 만나 뵐 기회가 없어, 이 순간을 기다리고 있었습니다."

우와, 말하는 모습이 완전히 유창하다!

대단하군. 언어를 완전히 습득했구나? 나는 하여간 사죄부터 시작하고 싶은데?

"감사?"

"예, 저희 동족의 목숨을 구해주신데 대한 감사 인사를 드려야합니다. 도련님의 치유가 없었다면 위험했다고 들었습니다. 저희들 일동은 도련님께 깊은 감사를 드립니다."

대표자 자격으로 발언하고 있던 아르케가 가슴에 손을 얹고 머리를 조아렸다. 다른 두 사람도 똑같이 움직였다.

"아니, 그가 부상을 입었던 것 자체가 애초에 내 실수로 인해 벌어진 일이야. 구하는 건 당연하잖아? 감사를 받기는커녕 내가 사과해야 해."

"도련님의 깊은 자비에 감사하고 있습니다. 새삼스럽게 도련님을 섬기게 되어 정말 다행이라고 생각합니다."

으아ー, 무슨 소릴 해도 소용이 없겠다.

참고로 대표로 말하고 있는 아르케는 여성형이다. 아르케는 아공에 네 사람 있는데, 남자는 부상을 입은 그와 또 한 사람 있다. 2 대 2니 딱 알맞은 성 비율이다.

"응, 살아있어서 정말 다행이야. 근데 아르케에게도 몇 가지 부탁하고 싶은 일이 있는데, 지금 사람 형태로 변신할 수 있는 건 몇 명이지?"

"전원입니다."

……정말 우수하네요. 그녀와 대화를 나누고 있으려니, 성적이 우수하고 착실한 반장과 이야기하고 있는 듯한 기분이 들었다.

"그, 그래? 전원이라고? 그럼 첫 번째 부탁은 간단하겠군. 오크에게 했던 얘기하고 관련 있는 건데, 휴만을 상대하기 위한 전용 구획에 한 사람씩 교대로 항상 대기해줬으면 해. 물론 사람 형태로 변신해서."

네 사람밖에 없는데다가, 추가로 부탁할 작업도 있으니까 여러 사람이 동시에 대기하기는 어려울 것이다.

"교대로 한 사람씩, 그것도 사람 형태로 변신해서 말입니까?"

"그래. 실력을 높이 평가받아서 도시에 머물고 있는 모험자처럼 행동해줬으면 해."

"휴만의 흉내를 내는 겁니까?"

"바로 그거야. 그리고 휴만들이 수상한 행동을 하면 보고하는 거지. 그리고 실질적으로 쓸모가 있을지는 별개 문제지만, 정보 수집도 부탁해. 만에 하나, 상대방의 의심을 산다고 해도 너희들 클래스의 실력이라면 별 문제없이 처리할 수 있을 거야. 차원이 다른 실력자라면 나나 미오가 특별히 대응할 테니까."

"알겠습니다. 교대로 도시에 대기하고 있겠습니다."

좋았어.

"그리고 또 하나. 지금까지 전원이 분담했던 개척 분야 업무 말인데, 도시에서 임무를 맡아야하는 사람이 늘어나는 관계로 거기까지 손길이 미치지 않아. 그러니까 개척이나 조사 임무는 방향이나 범위를 보고한 연후에, 당분간은 도시에 대기하는 인원을 제외한 나머지 세 사람이 담당해줬으면 해. 물론 조사 범위는 좁아질 테고, 속도도 느려질 거야. 그건 일단 문제없어. 미오와 상담해서 무리가 생기지 않는 범위로 한정해서 작업에 착수해주길 바래."

"예, 문제없습니다. 전투 훈련이나 마술 연구를 병행하는 건 괜찮을까요?"

"괜찮아. 훈련이나 연구는 자유야. 당장 우선시킬 사항이 있으면, 미리 보고한 후에 개척이나 조사는 뒤로 미뤄도 상관없어."

내 승낙을 듣고, 아르케 세 사람은 모두 기뻐 보였다.

그들은 최근에 지식을 획득하는데 의욕을 보이고 있으며, 배우고 싶은 게 많다고 들었다. 좋은 일이야. 미오도 뭔가 나 이외에 흥미를 가질 대상을 가져줬으면 한다……

"내가 생각하고 있던 향후 계획은 일단 이상이야. 추진하면서 문제가 생기면 또 보고해주길 바래. 그럼 토모에와 미오, 시키 이외의 인원은 해산!"

직접적인 종자 세 사람을 제외하고, 다른 종족의 대표자들이 방에서 퇴장했다.

휴우, 조금 몸에 힘이 들어간 상태에서 일장연설을 해서 그런지 어깨가 뻐근하군. 머리를 좌우로 쓰러뜨리고 어깨를 위아래로 움직이면서 힘을 뺐다.

"도련님, 어느 정도 마음의 안정을 되찾으신 모양이군요."

토모에가 말했다.

"도련님, 수고하셨습니다."

미오가 뒤이어 말했다.

"도련님, 이 정도로 다양한 종족을 한번에 상대하시다니 정말 대단하십니다."

시키가 마지막으로 말했다. 시키는 내가 모든 종족과 의사소통이 가능하다는 사실에도 감동하고 있는 것 같다.

"고마워."

나는 세 사람이 각각 꺼낸 위로의 말에 감사로 보답했다.

이 세 사람에게는 따로 내가 정한 일들을 전해야 할 것이다. 내 생각이나 앞으로의 계획에 대해서—.

나답지 않은 행동을 해서 조금 피곤히긴 하지만, 아직 해야 할 일이 있다.

"토모에, 나는 여기에 와서 너와 처음으로 계약했어. 하지만 생각해 보니 계약으로 내가 토모에에게 주는 영향에 대해서 들은 적은 있지만, 그 반대의 경우에 대해선 그다지 들은 적이 없군."

"아마, 불리한 거래가 되지는 않을 거라고 말씀드렸던 것 같은 느낌이 드는군요."

시치미를 떼는 건지, 아니면 정말 그다지 기억이 안 나는 건지 분간이 안 가는 분위기로 토모에가 대답했다.

"나와 계약한 너희들은, 세 사람 다 본래의 모습을 상실하고 전반적인 능력이 강화된 거잖아? 그럼 나는 어떻지?"

나는 이 세계에 온 이후 상위 존재 중 하나로 꼽히는 용과, 무시무시한 재앙으로서 기피와 증오의 대상이었던 검은 거미, 그리고 사람에서 언데드(아무래도 내가 쓰는 용어가 그대로 들어맞는지 의심스럽지만)로 변했던 리치와 계약했다.

용사와 비교해도 더 강하다고 츠쿠요미 님이 보증했던 내 마력의 우위를 이용해서 밀어붙였던 것은 말할 것도 없다.

지금까지 내 몸에 그 계약들로 인해 생긴 부작용 같은 건 없었다.

……단 하나, 부작용이라고 확신할 수 있었던 것은 안개의 문과 츠이게 사이의 아공에서 일어났던 그 사건의 와중에 겪었던 체험 뿐이었다.

—타인의 기억이 머릿속으로 흘러들어왔다. 그건 틀림없이 토모에의 고유 능력이었다.

나는 질문에 대답하지 않고 다음 말을 재촉하는 토모에를 향해 말을 이어 나갔다.

"이틀 전, 나는 타인의 기억을 들여다봤어. 토모에, 넌 뭔가 알고 있지?"

"도련님께서도 의외로 음흉하십니다. 이미 결론을 내신 상황에서 굳이 물으시는 겁니까?"

"그저 확인하는 것뿐이야. 지배의 관계, 그게 종자에게 극적인 외모의 변화나 능력의 향상을 야기하는 건 알겠어. 그렇다면 지배하는 쪽은 뭘 얻는 거지? 내 예상으론, 종자의 특성을 통째로 획득하는 것 같은데."

능숙하게 설명할 수가 없다. 하지만 토모에의 능력을 사용할 수 있다면, 미오나 시키의 힘도 사용할 수 있는 가능성이 존재한다는 것이다.

이종족의 능력을 사람이 아무런 위험부담 없이 자유자재로 사용한다는 건 불가능할 것이다…….

그 말은 지금 나는, 사람이 아닌 무언가로 변해버린 게 아닌가 상상하고 있다고…….

"풋."

"왜 웃지, 토모에?"

너 말인데, 사람이 아니게 된다는 건 상당히 임팩트가 센 경험이거든? 확실히 말해서 이세계에 소환된 이후로 가장 충격적인 사건이라고? 네가 그런 중요한 사실에 대해 입을 다물고 있었다는 건, 사실 나에 대한 배신이라고 받아들여도 이상하지 않을 정도의 안건이거는요?

만약 이 녀석이 「사람을 포기하는 것 정도가 그렇게 대단한 일입니까?」 그 따위 소리를 지껄이기라도 하면 솔직히 말해서 엄청난 충격일 것이다.

"아니, 최근 이틀 동안 고비를 하나 넘기셨다고 생각하고 있었으니까요. 그런데 예상과는 달리, 온갖 착각과 번민에 시달리고 계셨던 거군요……. 그게 좀 재미있어서 그만 웃음이 나오고 말았습니다. 이거야 실례했습니다."

"저는 원래 스스로 사람이기를 포기했던 관계로 이해하기 어렵습니다만, 사람이라는 정체성은 도련님에게 있어서 중요한 요소였군요. 명심해두겠습니다."

토모에와 시키가 내 말을 듣고 정반대의 반응을 보였다. 미오는 아직 상황을 제대로 파악하지 못한 모양이다.

"도련님께서 이 몸의 능력을 사용하실 수 있었던 것은, 현 상황에서는 한 마디로 말씀드리자면 일종의 우연입니다. 본래대로라면 좀 더 나중에 발현될 능력이니까요. 아마 도련님 스스로 제어하시지 못할 정도의 감정에 지배당하셨던 것과, 조금 쑥스럽습니다만 이 몸과 도련님 사이에 **연결 관계**가 생긴 것이 원인일 겁니다."

여, 연결 관계?!

우오! 미오의 눈빛이 단번에 살벌하게 변했다. 착 가라앉았어. 반짝거리던 눈빛이 사라지고 있잖아? 오해야, 오해라고!

미오의 살기가 깃든 눈빛에 공포를 느꼈다. 당장 제대로 된 설명이 필요하다고!

"설명! 토모에, 설명! 빨리!"

"응? 아이코, 표현이 조금 부적절했군요. 연결 관계라 함은, 말하자면 신뢰 관계나 정을 주고받은 결과라는 뜻입니다. 인연이나 충성심의 증거라고 생각하셔도 상관은 없을 겁니다. 참고로 말씀드리자면, 지배자이신 도련님께 종자들의 인자가 끼어드는 일은 있을 수가 없습니다. 그래가지고서야, 대등한 관계가 아닙니까? 저희들은 어디까지나 종자이자, 충성을 맹세한 자들입니다. 도련님께서 바라신다면 저희들의 힘은 아무렇게나 마음대로 사용하실 수 있습니다. 다만, 원래부터 이질적인 존재들이 소유한 능력이기에 사용을 위해서는 숙련 과정이 필요합니다. 따라서 주인이신 분께서는 그 능력들을 서서히 인식하면서 사용할 수 있게 되는 것이지요. 그러나 이 과정에는 예외라는 것도 있습니다. 말하자면 이번 사건이야말로 바로 그 예외에 해당하는—."

종자들의 능력이라? 얘기를 듣고 보니, 나는 그런 걸 내 몸 안에서 느낀 적은 없다. 이틀 전에 일어났던 현상도 토모에의 힘 같은 걸 느낀 게 아니라 능력만이 발현되었다는 느낌이었다.

"……."

미오의 태도가 어중간한 상태에서 진행을 멈춘 것처럼 보인다.

일단 설명을 들어볼 생각이 들었는지, 아니면 질투를 초월한 다른 감정이 찾아오기 시작했는지는 모르겠다. 부디 전자였으면 좋겠네.

"주인께서 사건을 해결하기 위한 수단이 필요하실 경우, 종자와 확고한 신뢰 관계를 구축하신 경우에 한해서 그 해결에 적합한 종자의 능력이 주인의 몸으로부터 폭주와 유사한 형식으로 분출되는 수가 있습니다. 종자의 능력이 그대로 발현되는 경우도 있고, 주인에게 최적화된 상태로 발현되는 경우도 있다고 들었습니다. 이번엔 전자였던 것 같군요."

토모에는 「도련님께 불이익은 전혀 없습니다.」라고 덧붙였다. 꽤

골치 아픈 체험이었는데, 그래도 불이익이 없었다고 할 수 있는 거야? 틀림없이 마력의 소모 같은 건 없었다. 계를 사용했을 때와 비슷하다. 다만 그 능력이 내 마력 구조를 통과했던 건 확실하다. 그것만은 계와 달랐다.

"신뢰 관계 때문에 폭주가 일어난다고?"

내가 토모에를 나름대로 믿고 있다는 건가? 뭐, 틀림없이 그녀는 첫 종자이자 계약 상대이기도 하다. 마음을 허락하고 있다는 측면에서 보자면 믿고 있는 건지도 모른다.

토모에는 내가 기억을 들여다보는 능력을 발현시킨 것에 대해 기뻐하고 있는 구석이 있었다. 말해두지만 그거 엄청나게 불쾌했거든! 앞으로도 또 그런 경험을 할 가능성이 있다는 건가…….

언제쯤 되면 의식적으로 필요할 때 사용할 수 있을까……?

"그렇습니다! 신뢰! 신뢰 관계랍니다, 도련님! 처음으로 이 몸의 능력을 사용해주셔서 정말 감사합니다! 이걸로 이 몸도 도련님의 첫 종자라는 체면이 선다는 것이지요!"

그것이야말로 가장 중요한 사실이라는 듯이 토모에가 선언했다. 그 얼굴에는 만면의 미소를 띠고 있었다. 아, 미오가…….

"……우연."

"응? 뭐냐, 미오? 잘 안 들리는데?"

토모에, 도발은 그쯤 해두라고?

"……이번엔 우연히 도련님께서 그 휴만의 기억이 필요하셨던 것뿐이잖아요! 도련님께서 만약 엄청나게, 거의 죽기 직전의 큰 부상을 입으시면 분명히 제 능력이 발동해서 도련님의 옥체를 재생시킬 걸요!! 우연히, 때마침!! 그냥 그뿐이잖아요!!"

멋대로 나를 빈사의 중상으로 몰지 말라고?! 치유 속성의 계도 스스로에겐 안 통한다고! 그런 큰 부상을 입으면 죽어버리잖아! 아, 하지만 미오의 재생 능력을 쓸 수 있다면 문제없나? 하지만 최적화된 상태로 발동하면 다른 능력으로 변화할 가능성도……

절대로 시도하고 싶지 않은 도박이다. 일단 타인의 회복 술법은 통하니까, 회복 능력이 있는 사람 옆에서 부상을 입도록 하겠습니다.

"흠, 흠. 그래. 우연이다. 미오의 말이 맞아."

기쁜 빛이 얼굴에 가득 하다는 건 바로 이런 걸 두고 말하는 거겠지. 미오의 경우엔, 완전히 도깨비나 귀신같은 형상이다. 토모에게 반발하는 미오의 표정에서 분하다는 감정이 마구 번져나고 있다. 원래 생선 눈깔 모드로 넘어가기 직전이었으니까 말이야.

여기서 시키에게 두 사람을 중재하는 역할을 맡기고 싶지만, 무리인 것 같다. 그는 신입이기도 해서, 선배 두 사람에 대해 상당히 순종적인 모습을 보이고 있다. 시키가 너무 가혹한 대우를 안 받으면 좋을 텐데.

"……후, 후후후. 별로 잘 쓰지도 못 하는 일본도를 휘두르면서 에도에 사무라이 타령이나 하는 토모에게는 말도 안 통하는 건가요?"

"……. 호오, 미오? 차석이 수석에게 싸움이라도 걸 생각이냐? 이 몸은 도련님과 인연을 만들었거든? 명확하게 격이 다르지 않나?"

인연이라니, 너 말인데…… 호들갑 좀 정도껏 떨어라.

"저, 저도 도련님과 온 힘을 다해 주먹을 나누고 피를 나눈 인연이 있다고요!"

미오, 그건 인연이 아니야. 그리고 피는 내가 일방적으로 빨렸을 뿐이라고.

"흥, 제정신 따위는 없었던 주제에 잘도 말하는군. 그런 경험이라면 이 몸도 가지고 있다! 몸부림칠 정도로 뜨거운 도련님의 봉으로 꿰뚫리기까지 한 사이다!! 일방적으로 유린당한 건 시키 정도겠지! 애초에 미오는……!

불 속성의 불릿으로 공격한 것뿐이잖아?!

"제가 눈속임 종자에 관해서 얘기한 적 있나요? 그리고 너무 간단하게 인연이다 연결 관계다 그런 단어를 쓰시는데 상스러운 것도 정도가 있다고요! 애초에 토모에는……!"

누, 눈속임? 너무 하잖아? 그리고 그건 너희들이 시킨 일이었잖아!

에휴, 처음 만났을 때부터 어쨌다는 둥 내가 이세계로 소환되서 어쨌다는 둥, 그러니까 평소와 똑같은 입씨름으로 발전해버렸다.

내가 정말로 하고 싶은 얘기는 이 다음이었거든요? 두 사람 다 상당히 달아올라서 오래갈 것 같다…….

어쩔 수 없지. 시키에게 먼저 얘기해둘까……. 어, 시키가 방금 두 사람이 벌인 말다툼에 간접적으로 마음에 큰 상처를 입은 것 같나.

그의 눈이 「어차피 나 따위는…….」이라는 빛을 담고 있었다.

개인적인 의견이지만, 리치는 앞으로 꽤 성장할 여지가 있다고 생각해.

하여간—.

나는 시끄러운 두 사람의 목소리를 계를 전개해서 셧아웃했다. 음, 편리하군.

"저 두 사람은 내버려두자. 시키, 난 지금부터 어디로 갈지 정했어."

"윽, 그러한 중차대한 말씀을 저 따위에게 가장 먼저 전달하셔도 되겠습니까?"

부, 부정적이다.

"그래. 나에게 있어서는 토모에도 미오도 시키도, 모두가 소중한 친구이자 가족이니까."

"……."

시키는 뭔가 의외의 발언을 들은 것처럼 두 눈을 크게 떴다. 틀림없이, 본래의 마술적 계약의 개념과 동떨어진 발언이니 그의 반응도 무리는 아니었다. 우리는 「지배의 계약」을 맺은 관계니까.

도대체가, 외모는 쿨하고 키가 큰 인텔리 청년 같이 생겨서는 자그마한 강아지처럼 애처로운 눈빛으로 자신이 없다는 사실을 호소하고 있으니 보통 언밸런스한 게 아니군.

"나는 츠이게로 돌아가서, 며칠 정도 준비를 한 후에 학원 도시라는 곳으로 출발할 계획이야. 상회에 관해선 나중에 자세히 얘기해줄게. 사실 학원 도시라는 곳은 원래부터 갈 생각이었지만, 이번 일로 휴만의 교육이라는 거에 흥미가 생겨서 한시라도 빨리 가보기로 했어. 츠이게에 관해선 다른 사람들에게 부탁하려고 해."

"도련님께서는 혼자서 길을 떠나실 생각이십니까?"

"아니? 시키와 함께 갈 거야. 남자 둘이서 속 편하게 가자고."

"저, 저와 말입니까?! 아니, 저보다는 토모에 님이나 미오 님을 거느리고 가셔야 하지 않겠습니까? 애당초 일이 그, 그렇게 되면 저는 오히려 제 몸을 보전할 자신이…….”

시키, 대체 두 사람한테 얼마나 협박을 당한 거야?

시키가 허둥거리며 당황하는 모습을 보니 쓴웃음밖에 안 나왔지만, 나는 결코 농담으로 꺼낸 말이 아니었다.

……저 두 사람에게는 후배를 상대하는 방식에 대해 교육할 필요가 있겠군. 겨우 이틀밖에 지나지 않았는데 꼬리를 완전히 말고 있잖아?

“어차피 아공에 오면 만날 수 있어. 그렇다면 서로 개별 행동을 하는 편이 여러 가지로 편리할 거야. 문을 만들어낼 수 있는 건 지금은 나와 토모에뿐이니까. 시키는 연구자 출신이라고 했었지? 저쪽에 도착하면 여러 가지 경향이나 대책에 관해서 사전 준비를 하는데 많은 도움이 될 테니, 새로운 토지로 간다면 토모에보다 적절한 수행원일 것 같아. 추가로 말하자면, 원래 휴만이었던 경험이 있으니 저 녀석들보다 상식이 있을 것 같아.”

후반으로 갈수록 말꼬리가 흐려진다.

미오와 싸웠을 때도 그랬고 숲도깨비와 싸웠을 때도 그랬다.

심지어 토모에와 미오는 단 둘이서 베이스를 하나 파괴한 전과가 있다.

“도련님께서도 마음고생이 많으셨겠습니다.”

“뭐, 그런 셈이지. 시키도 앞으로 각오해두지 않으면 여러 가지로 힘들 걸?”

“…….”

"최종적으로 저 입씨름을 한방에 제지할 수 있을 정도까지 성장해줬으면 해."

두 사람의 논쟁은 이미 대화인지조차 의심스러운 레벨의 폭언이 난무하고 있었다. 하지만 아직 서로 직접적인 폭력은 쓰지 않고 있다. 먼저 폭력을 쓴 쪽이 패배라는 룰이라도 정해놓은 건가? 피해가 없으니 다행이긴 한데.

"……도련님, 언데드도 죽는다는 걸 모르십니까?"

시키가 엄청난 바보라도 발견한 듯한 눈빛과 진지한 표정으로 나를 깨우치듯이 말했다.

"넌 회복 마법이 있으니까 괜찮을 거야."

"전탄 오버킬이 확정적인 노도의 연속 공격이 들어올 겁니다. 회복 따위는 털끝만큼도 의미가 없습니다. 무립니다. 불가능합니다. 죽습니다."

시키가 눈물을 머금고 호소했다. 그의 힘으로는 아직 그녀들에게 대적하기는 힘든가?

"하지만…… 시키에게 개별 행동에 대한 얘기를 전달해달라고 할 생각이었는데?"

"……?!"

"저 두 사람에게는 츠이게를 거점 삼아 북쪽으로 이동하면서 바다를 목표로 움직여 달라고 할 생각이야. ……토모에는 머지않아 해산물이 필요하다고 떠들기 시작할 게 틀림없으니까. 일본 문화를 고집한다면 가다랑어포나 다시마는 피할 길이 없거든. 황야의 모험자들을 이용한 아공 물품의 유출이나 렘브란트 상회와의 교섭을 고려한다면, 토모에는 츠이게 근교에서 대기해주는 편이 편해."

　얼핏 보기엔 저래도 교섭 관련 업무는 의외로 훌륭하게 처리하는 편이다.

　"미, 미오 님을 거느리고 가셔도 괜찮지 않겠습니까?"

　"미오? 사실 데리고 가고 싶긴 한데, 아무래도 토모에 한 사람에게 전부 맡기는 것도 부담이 커질 것 같아서 말이야. 일주일에 몇 번 정도는 만날 수 있을 테니 이렇게 된 김에 저 녀석도 조금은 나에게서 떨어지는 방법을 배우게 할 셈이야."

　시키, 그러니까 왜 이 세상이 끝난 것 같은 비장한 표정을 짓는 거지? 미오가 토모에처럼 뭐든지 능숙하게 처리할 수 있게 되리라는 생각은 들지 않지만, 서로 경쟁하면서 여러 가지로 성장해주길 바라는 마음은 있다.

　"도, 도련님."

　"아, 그리고 학원 도시에 가서는 도련님이라고 부르지 마. 라이도우라고 불러줘."

　"……두 분에게 제가 직접 이 일을 전달하는 것은 결정입니까?"

　"물론이야. 나는 츠이게로 돌아가서 렘브란트 씨에게 인사해야 되거든. 모처럼 점포의 일부분을 빌려놓고 점장이 갑자기 멀리 출타를 해버리는 무례한 행동을 서시르는 셈이니 저에도 인사만큼이라도 확실히 해두고 싶어."

　"처음으로 도련님께서 내리신 분부가 이렇게 위험한 임무일 줄이야……. 드디어 흙으로 돌아갈 때가 찾아온 건지도……."

　나는 그런 시키의 혼잣말을 가볍게 흘려듣기로 했다. 그리고 보니, 리치를 비롯한 대다수의 고위 언데드는 흙 속성을 강하게 지니기 때문에 흙의 정령과 같은 측면도 있다고 들었다. 흙과 암흑을 동시에 지니고 있거나, 흙과 불을 동시에 지니는 식으로 여러 개의 속성을 동시에 지닌 개체가 많다고 했다.

사실 언데드의 흙 속성이나 정령과 같은 측면에 대해선 이미지가 전혀 떠오르지 않았다. 내 단어 정의는 완전히 의미를 발휘하지 못하는 것 같다. 유일하게 정답이었던 것은, 마력을 공급량 이상으로 계속 흡수해버리면 고갈된 끝에 소멸한다는 성질 정도였다.

"그럼, 잘 부탁해. 난 일단 츠이게로 돌아갈게."

이리하여—.

나는 학원 도시 롯츠갈드로 향하기로 했다.

상회의 활동을 어서 본격적으로 전개하기 위한 목적도 있지만, 지식이 모이는 장소라면 부모님에 대해 알아낼 수 있는 기회도 있을 것이라고 생각했기 때문이다.

곧바로 향하기로 결심한 계기는, 내가 해친 그녀의 기억이다.

이 세계는 그 여신이 관리하고 있으니까 당연히 이상할 것이라고 생각하고 있었다. 하지만 그것만 가지고 납득할 수가 없게 된 것이다. 알고 싶다. 이 세계에 관해서, 휴만에 관해서, 여신의 신앙이나 가르침에 관해서, 아인에 관해서, 마족에 관해서, 마법에 관해서, 그랜트에 관해서, 다른 세계에 관해서—.

그렇기 때문에 아직 아공과 츠이게가 어중간한 상태인데도 불구하고 출발하기로 정한 것이다.

렘브란트 상회를 방문했을 때 우연히 목격한 미완성 상태의 세계 지도를 본 충격도 상당히 컸다. 그 지도에 그려진 그 모양과 의미가 궁금했다. 알아내고 싶은 의문점이 점점 늘어나기만 했다.

다행이라고 해야 할지는 모르겠지만, 기묘하게도 렘브란트 씨는 내가 학원 도시로 출타한다는 이야기를 듣고 두 눈을 크게 뜨고 놀라면서도 응원하는 자세를 보여줬다. 상인 업계의 대선배 입장에서 쓴 소리 몇 마디 정도는 나올지도 모른다고 각오하고 있었는데. 본래 절대로 해서는 안 된다고 생각했던 일인 만큼, 아무런 잔소리도 없었다는 사실에 맥이 빠졌다.

뭔가 함정이 기다리고 있는 듯한 느낌도 들었지만, 내 경험만 가지고 산전수전 다 겪은 렘브란트 씨와 그 집사를 상대로 정보를 끄집어낼 수 있으리라는 생각은 들지 않았다. 탐색이나 조사의 속성을 부여한 계도 사람의 마음속까지 들여다볼 수는 없기 때문에 무의미하다.

이유는 모르겠지만 학원 도시에서 필요할 것으로 예상되는 서류까지 준비해줬다. 아마도 그들 나름대로 생각이 있는 것으로 보인다. 나는 렘브란트 씨 일가는 어느 정도 신용할 만 하다고 생각한다. 저주병에 시달리던 가족에 대한 그의 마음을 알고 있기 때문이다. 그들은 틀림없이, 내가 죽인 휴만과는 다를 것이라고 생각한다.

나는 렘브란트 씨에게서 학원 도시에 제출할 서류와 그가 직접 써준 추천서를 받아들고, 깊숙이 머리를 숙였다. 설마 추천까지 해줄 줄은 몰랐다. 변경의 도시 츠이게에서 활약하는 유력한 상인 정도라고 인식하고 있었는데, 어쩌면 그는 내가 예상했던 이상으로 대단한 인물일지도 모른다.

나는 그들의 극진한 대우에 보답하는 의미도 담아서, 두 사람 앞에서 가면을 벗었다. 이미 결심한 일이었다. 사실 여러 가지로 애매한 상태에서 흐지부지 그냥 쓰고 있었을 뿐이다.

그들은 내 얼굴을 처음 보고, 역시 일반적인 휴만의 입장에서 보면 상당히 시원찮은 부류에 들어가기 때문인지 몹시 강한 동정이 담긴 눈빛으로 바라봤다. 하지만 이건 정말 쓴웃음밖에 안 나오는 상황이야. 내가 아니라 당신들 전부 다 이상하다고 말할 수도 없는 노릇이니까.

바로 익숙해질 테니 괜찮다고 은근히 지독한 말로 위로를 들었다. 하지만 가족이 구울이나 다름없는 모습으로 끔찍하게 변모했던 경험이 있기 때문인지, 렘브란트 씨의 외모에 대한 내성은 강했다. 그는 내 외모를 확인하고도 비교적 평범한 태도를 보여줬다.

결국 부인이나 따님들과 면회할 수는 없었지만 회복 경과는 순조롭다고 했다.

덕분에 안심하고 렘브란트 저택에서 나올 수 있었다. 나는 그에게 정말 감사하고 있다. 언젠가 아공의 상품을 그에게 우선적으로 제공할 생각을 가지고 있을 정도다.

남은 문제는 아공이다. 정확히 말하자면 토모에와 미오가 문제였다.

그 녀석들은 시키로부터 전달사항을 듣고 예상대로(시키, 미안해) 난리법석을 피웠다고 한다.

시키는 나에게 일의 전말을 보고하면서 상당히 지친 상태였다. 기분 탓인지 몸이 투명하게 보이고, 입에서 뭔가 나오고 있는 것 같이 보일 정도였다.

시키의 모양새가 너무 불쌍했던 관계로, 결국 직접 설명하기 위해 그녀들을 만나러갔다. 역시 예상대로 그녀들은 따지고 들었지만, 내가 생각하고 있는 의도와 부탁을 순서대로 정중히 설명하니 두 사람은 마지못해 하면서도 납득했다. 가끔 그녀들이 시키를 향해 쏘아대는 시기가 가득 담긴 시선까지는 어쩔 수 없다.

하지만 시키만 데리고 가면서 토모에와 미오 두 사람에게 이대로 아무 것도 없이 헤어지는 것도 조금 적절치 않다는 느낌이 들었기 때문에, 그 대신이라고 하긴 좀 그렇지만 예전에 두 사람이 물어봤던 질문에 대한 힌트를 두 사람이 볼 수 없는 내 기억에서 출력해서 가르쳐줬다. 그녀들이 전부터 계속 궁금해 하던 일들이었지만, 어쩌다 보니 기억을 자세히 훑어볼 시간도 없어서 미루고 있었다.

이 힌트가 정답으로 직결될 거라고 장담은 할 수 없지만 말이야.

토모에의 경우엔 물론 일본도나 검술에 대해 궁금해 했다. 당연히 나는 문외한이었다. 일단 발도술에 한해서라면, 조금 배웠던 경험이 없지는 않지만 실용적으로 써먹을 만한 레벨은 아니다. 사실 왼손에 잔상처가 끊이지 않을 정도의 초보 레벨이다. 볏짚조차 베어 넘길 수 있던 적이 없었다.

그래도 과거의 기억을 따라가다가 겨우 검술의 기본 가운데 한 가지를 기억해낼 수 있었다. 토모에는 앞으로도 일본도를 사용할 생각이라고 말하고 있으니 어느 정도 참고가 될 것이다.

그건 악력이다. 악력을 충분히 단련시켜야만 일본도의 모든 전술이 성립된다는 말을 들은 적이 있다. 만약 내가 들었던 이 소리가 여러 가지 입으로 전해져 내려오는 기법들과 마찬가지로 사실 또 다른 의미가 숨어있는 얘기였다면, 토모에에게 면목이 없지만 말이야. 그러니까 악력을 우선적으로 단련하면서, 진검보다 무거운 연습용 막대기로 훈련하면 어떠냐고 토모에에게 권유했다.

기회를 봐서 머릿속의 기억으로부터 수련하는 분위기나 선생님들의 말을 다시 한번 확인해야겠다. ……재능이 없다든지, 무지막지한 갈굼을 먹는 부분을 제외하면 얼마나 쓸 만한 기억이 남아있을지 의문스럽군.

미오의 의문은 총에 대해서였다. 자유롭게 열람 가능한 내 기억 속의 애니메이션이나 특촬 드라마에 자주 등장하기 때문에 그 구조를 알고 싶다고 한다. 뿐만 아니라 마술로 총의 성능을 재현하고 싶어 한다. ……진짜 좋아하는 모양이다.

마력으로 총탄의 형태를 재현하는 작업은 바로 성공한 모양이지만, 관통력이 생각보다 따라와 주지 않아서 고민하고 있다고 한다. 나는 총탄이라는 건 고속으로 발사하면 자연스럽게 관통력이 생기는 거라고 생각하고 있었기 때문에, 그녀의 상담을 듣고 상당히 고민했다.

총은 원래 세계에 있을 때부터 그다지 잘 아는 편이 아니었다.

총에 대한 설정을 제대로 도입한 만화 등을 읽어본 적은 있었지만, 머릿속에 제대로 남아있지 않은 부분이 많았기 때문에 총탄이 관통력을 지니는 원인을 찾아내기 위해 다양한 기억을 뒤질 수밖에 없었다. 결국 나에게 활을 전수해준 선생님의 말로 해결될 것 같다. 토모에에게 해준 얘기보다는 확실한 어드바이스라고 생각해.

중요한 건 회전이다. 총탄은 총열을 통과함에 따라 회전하면서 명중력과 관통력, 그리고 위력까지 향상된다고 한다. 선생님은 그 원리에 대해서도 자세히 가르쳐줬지만, 나는 활이 좋을 뿐이지 같은 원거리용 무기로 활의 상위 형태로 발전한 총이라는 무기에 대해 흥미를 가질 수 없었다. 따라서 그녀의 설명을 제대로 기억하지 못 하고 있었던 것이다.

내 머리 가지고는 왜 정확도가 향상되는지 알 수가 없었고, 알 필요도 없을 것이다. 사실 일본식 활도 자세한 원리까지는 정확히 모르니까 이상한 것도 아니었다.

그러니까 나는 미오에게 회전의 중요성에 대해 설명해줬다.

내가 해준 설명들이 정말 힌트로써 적합한 내용이었는지는 몰라도, 두 사람이 각자 기뻐해줬으니 일단 잘 풀린 것이다. 같이 데리고 갈 수는 없으니, 최소한 내가 해줄 수 있는 일은 해줘야지.

여러 가지로 엄격하게 말할 때도 있지만, 니는 세 사람을 진짜 가족처럼 생각하고 있어. 미스미라는 패밀리 네임을 주고 싶다는 생각을 가지고 있다. 지금은 그냥 토모에, 미오, 시키니까 말이야.

하지만 어떻게 말을 꺼내면 좋을지 모르겠고, 엄청나게 쑥스러운 느낌이 들어서 결국 오늘은 내 뜻을 전할 수 없었다. ……난 결국 겁쟁이었다.

"아버지, 어머니. 아직 두 분에 대해서는 전혀 모르겠지만, 나나름대로 천천히 찾아볼게요. 그래도 되죠?"

나는 아무도 없는 아공의 언덕에서 독백했다. 시키와 계약함에 따라 아공에 새로운 언덕이나 산이 솟아났다. 번화가와 꽤 먼 장소였으니 망정이지, 근처에 솟아났으면 대형 참사가 일어났을 거라는 생각이 들었다.

나는 그 중 하나의 언덕에 혼자 와 있었다. 시간대는 저녁이고, 아공의 하늘은 붉었다. 찬 기운이 서서히 강해지는 시간이다. 땅바닥에 앉아있는 엉덩이가 점점 차가워지는 것이 느껴졌다.

내 왼손에는 부모님의 초상화가 들려 있었다. 종이의 크기는 A5 정도인가? 정확한 사이즈는 모르겠다. 아버지와 어머니를 각각 다른 종이에 그려달라고 했다. 요전에 방문한 모험자 길드에서 리논 화백님께 부탁했던 그림들이 드디어 완성된 것이다. 아공에는 그림을 그릴 줄 아는 녀석이 없더라고. 그녀가 가장 그림을 잘 그린다는 사실도 좀 그렇지 않나? 하지만 그렇다고 해서, 거리의 초상화가들에겐 왠지 부탁하고 싶지 않더라고.

"……."

또 하나 떠올릴 수 있었던 게 있다. 아니, 똑바로 쳐다볼 결심이 섰다고 해야 하나?

하나의 영상이 위로 향한 오른손 손바닥 위에 홀로그램처럼 떠올랐다. 내 기억 속에 존재하는 한 장의 사진이었다. 사진에 비친 얼굴들은 모두 평화로운 표정을 짓고 있다. 목숨을 걸거나 위험한 일과는 전혀 상관이 없는 장소였다.

내가 소속했던 궁도부의 단체사진이었다.

나는 그 얼굴들 중에서도, 중앙의 한 사람과 상단의 한 사람을 바라봤다.

"……도망친 채로 사라져서 미안해. 나, 드디어 사람을 죽여 버렸어. 엉엉 울었지. 하지만 슬프지는 않았어. 그래서 두 사람에 대해 확실하게 떠올리고 말았어."

내 입에서 두서없는 말들이 새어나왔다.

맨 먼저 가족들의 얼굴이 떠올랐고, 그 다음은 활이었다. 그리고 나머지는 적당히 넘겨도 괜찮다고 허세를 부리며 나는 이쪽에 와 버리고 말았다. 천천히 기억을 떠올려 보면, 그 세계에 남긴 미련은 정말 많은 편이었다.

그녀들 두 사람을 그대로 내버려둬도 될 리가 없었다.

"난 정말 모든 게 적당 적당한 녀석이야. 편할 때만 떠올리고 잊어버리고, 정말 최악이라고 생각해."

하나의 목표를 정하고 온 힘을 다해 임할 수만 있다면, 현실도 궁도처럼 결심한 대로 나아갈 수만 있다면 얼마나 편할까? 나아가려고 할 때마다 고뇌하는 나는, 역시 활을 제외하면 별 볼 일없는 하찮은 인간이라는 생각이 든다.

"이봐. 아즈마, 하세가와. 그래도 말이지? 노력해 보기로 했어. 두 사람이 환멸을 느낄 듯한 최악의 인간에서 벗어나기 위해서. 그러니까, 언젠가 돌아갈 수만 있다면……."

그래도 결국, 나는 사람을 죽였다. 앞으로도 한 사람도 죽이지 않는 건 무리일 것이다.

돌아갈 수만 있다면―.

그 다음 말은, 결국 입에 담을 수 없었다. 이미 나는, 이 사진 속에 있는 내가 아니라는 느낌이 들었기 때문이다.

여신, 사람, 마족, 아인, 그 모든 것에 대해 알아낼 것이다.

지금은 일단 거기서부터 시작해야 한다.

내가 진정으로 해야 할 일은, 그 이후에 결정할 것이다. 그때까지는 사람과 마족이 벌이는 전쟁 따위는 알 바 아니다. 아직 모든 것을 정할 때가 아니다.

나는 웅크리듯이 머리를 숙이고, 결심을 굳혔다.

학원 도시 롯츠갈드. 내가 본 지도에 따르면 대륙의 중앙 근처에 있는, 작은 나라보다도 더 큰 규모의 도시였다. 남서쪽에 위치한 츠이게와 비교하면, 연구나 학문 중심의 도시라고는 해도 마족과 전쟁이 벌어지고 있는 지역에 가까운 장소였다.

그곳이, 나의 다음 목적지였다.

EXTRA 에피소드
렘브란트 동분서주

"실례합니다, 주인님. 쿠즈노하 상회에 문제가 생겼습니다.

모든 것은 그 말에서 시작됐다.

집사 모리스가 방에 들어오면서 간결한 말을 입에 담았다.

하루의 업무를 끝내고 나날이 회복하고 있는 가족들 곁에서 편안한 마음가짐으로 지내고 있는 렘브란트 상회의 대표, 패트릭=렘브란트가 눈썹을 찌푸렸다.

"말해보게, 모리스."

쿠즈노하 상회는 렘브란트의 입장에서 보자면 은인이었다.

그것도, 가장 사랑하는 가족을 절망적인 상황에서 구원해준 장본인이다. 말 그대로 생명의 은인이다.

정확히 말하자면 렘브란트는 쿠즈노하 상회가 아니라, 그 대표인 라이도우라는 소년에게 큰 은혜를 입었다. 하지만 그 차이에 그다지 큰 의미는 없었다.

과거의 렘브란트는 사업을 번창시키기 위해 수단과 방법을 가리지 않던 인물이었다. 그런 그가 스스로의 사업에 큰 관련이 없을 뿐더러 개업한 지 얼마 안 된 작은 상회에 일어난 사건에 반응하고 있다. 그를 아는 사람이라면 모두 놀랄 것이다.

렘브란트는 집사가 넘겨준 자료를 받아들고, 눈 깜짝할 사이에 상인의 표정으로 변하더니 그 자료를 독파했다.

전부 다 합쳐서 10장 정도의 자료였다. 그것은 얼마 전에 창설된 쿠즈노하 상회가 안고 있는 여러 가지 문제에 대한 보고서였다.

렘브란트의 눈이 쉴 새 없이 움직였고, 순식간에 모든 자료를 확인했다.

그리고 렘브란트는 경악이 깃든 심각한 표정을 지었다.

"……휴우. 이거야 문제가 있군. 틀림없이 문제가 커, 모리스."

"예, 어떻게 대응하시겠습니까?"

"당연히 도울 수밖에 없지 않겠나? 이 중엔 신입일 동안에 꼭 경험해야 할 고난도 있긴 하지만…… 그렇다고 해도 양이 너무 많아. 게다가 그는 학원 도시에 가야하지 않나? 본인도 생각이 있는 것 같지만 이쪽도 나름대로 목적이 있기 때문에 그 출타에 찬성한 것이고, 이런 일들을 돕는 건 당연하네."

"그렇다면 이 자료에 적혀있는 모든 사안을 해결하실 생각입니까?"

"음."

"라이도우 님은 행운아시군요. 마님이나 아가씨들도 신경을 쓰고 계시고, 이렇게 주인님까지도 돕고 계십니다. 이래가지고서는 설령 허수아비가 대표라고 해도 쿠즈노하 상회는 츠이게에서 성공할 수밖에 없겠군요."

"……내가 그에게 무르다는 것은 알고 있네, 모리스. 하지만 그 젊은이는 아무래도……. 어딘가 **다른** 것 같은 느낌이 든단 말이지. 지금은 아직 자세히 말할 수 있는 단계는 아니지만, 그는 뭔가 다르다네."

"후후, 알겠습니다. 그런 걸로 해두지요."

"변명이 아닐세. 언젠가 자네에게도 제대로 설명할 생각이지만, 하여간 지금은 이 문제들을 순서대로 처리해야겠군. 내일부터 당분간은 쿠즈노하 상회 일에 매달려 있을 수밖에 없겠어."

렘브란트는 심각한 목소리로 말했다. 그 낮은 톤이, 사태의 중대함을 여실히 표현하고 있었다.

하지만 그의 눈빛은 어딘지 모르게 즐거워 보였고, 집사 모리스도 고개를 끄덕이며 그 모습을 바라보고 있을 뿐이었다.

이상한 분위기가 실내를 지배하고 있었다.

"그래서, 라이도우 님의 일행들은 이 문제들에 대처하기 위해 움직이고 있나?"

"아닙니다. 원료 조달에 관련된 작업을 추진하고 있는지, 다들 빈번히 황야에 출입하고 있는 듯합니다. 자료에 있는 문제들을 깨닫지는 못 했을 겁니다."

"그런가……."

"라이도우 님에게 전하시겠습니까?"

"모든 일을 다 해결하고 나서 넌지시 암시하는 정도가 좋지 않겠나? 생각해 보면, 우리는 쿠즈노하 상회의 누가 어떤 입장에서 움직이고 있는지 아무 것도 아는 게 없으니 말일세."

"그렇군요. 내일부터 가능한 범위 이내에서 쿠즈노하 상회의 내정을 조사해두겠습니다."

"미안하군. 부탁하네."

"이 정도야 옛날에 비하면 별 거 아닙니다."

모리스는 소탈한 표정으로 그렇게 말했다.

"……후후."

렘브란트는 작은 미소를 지으며 모리스의 말을 긍정했다.

이렇게 렘브란트 상회의 대표에 의한 쿠즈노하 상회 구원활동이 시작됐다.

이 활동이 얼마나 쿠즈노하 상회를 츠이게에서 특수한 존재로 자리 잡게 하는지, 아직 아무도 알지 못 했다.

◇◆ 그 1 토지 ◆◇

쿠즈노하 상회는, 이미 독립적인 점포를 개장할 계획을 세우고 있었다.

그래서 그들은 상인 길드에 토지를 알아봐 달라고 의뢰한 것이다. 그리고 토지를 구입한다는 중대사를 처리하면서 놀라울 정도로 신속하게 거래를 끝냈다.

말인즉슨, 쿠즈노하 상회는 이미 토지를 소유하고 있었다.

"거기다, 이곳을 일시불로 구입했다는 건가?"

렘브란트는 모리스로부터 쿠즈노하 상회의 곤란한 상황을 전해 듣고, 다음 날 아침부터 빠르게 움직이고 있었다.

그는 우선 토지의 계약상 문제를 해결하기 위해 상인 길드를 방문했다.

참고로 라이도우, 본명 마코토는 아직 정확히 파악하지 못 하고 있었지만, 렘브란트 상회는 이 츠이게에서 실질적으로 가장 큰 세력을 자랑하는 상회였다.

규모나 눈에 보이는 표면상의 정보로 판단하게 되면, 나름대로 유력한 상인 중 한명으로밖에 보이지 않는다. 마코토도 당장 입수할 수 있었던 정보를 토대로 렘브란트를 그런 인물로 이해하고 있었다.

하지만 렘브란트 상회는 츠이게에서 활동하고 있는 수많은 오래된 상회들의 가장 중요한 부분들을 완전히 손아귀에 쥐고 있었다.

말하자면, 렘브란트를 능가하는 발언력을 보유한 상인은 이 도시에 존재하지 않는다는 뜻이다. 대부분의 상인들이 렘브란트와의 거래를 통해서만 중요한 원료를 조달할 수 있거나, 대표의 약점을 잡혀 순순히 렘브란트의 뜻을 따를 수밖에 없는 상황에 놓여 있는 식으로 엮여 있었다.

이미 츠이게의 경제를 주도하는 업체가 렘브란트 상회라는 사실은 알만한 사람은 누구나 알고 있는 암묵적인 사실이었다.

그렇기 때문에 렘브란트가 아침에 길드의 문이 열리자마자 방문했다는 사실은, 상인 길드를 통째로 들었다 놓기에 충분한 사건이었다.

당연한 일이었다.

뿐만 아니라, 렘브란트의 용건은 최근 창설된 상회에 관련된 안건이었다.

길드는 그저 엄청난 곤혹을 치르면서, 담당자를 카운터로 보내 그에게 모든 것을 맡길 수밖에 없었다.

담당자는 완전히 얼어붙어서 길드가 파악하고 있는 쿠즈노하 상회의 동향을 렘브란트에게 보고했다. 그는 굳은 표정으로 렘브란트의 말에 고개를 끄덕였다.

"예! 쿠즈노하 상회의 구성원인 토모에라는 인물에 의해, 이미 전액 지불을 확인했습니다. 길드의 중개로 이루어진 거래였기 때문에, 기록도 확실하게 남아있습니다."

"……틀림없이 임대가 아니라 구입이군. 대금도 일시불로 지불된 모양이야."

렘브란트는 그래도 일단 기밀 취급으로 다루어지는 자료를 길드 직원의 손에서 자연스러운 동작으로 가로채더니 스스로의 눈으로 정보를 확인했다.

렘브란트가 자료를 가로채도, 남성 직원은 식은땀을 흘리면서 미소를 유지하고 있을 뿐이었다.

양자의 역학관계를 한 눈에 알 수 있는 구도였다.

"……."

직원은 아무 말도 하지 않았다.

쓸데없는 소리를 지껄였다가, 무슨 일이 일어날지 알 수 없기 때문이다.

직원은 지금 자신이 상대하고 있는 인물이 어떤 인물인지 잘 알고 있었다.

"흠, 거래 상대 말이네민…… 미스엘이라는 이류의 지주(地主)가 틀림없나?"

"예. 실적도 충분하고요, 길드와도 친밀한 관계를 유지하고 있습니다."

"흥…… 이 지주는 **꼭두각시 인형**이고, 뒤에 버티고 있는 에레오르 상회가 토지 거래를 주도하지 않았나? 그리고 상인 길드는 에레오르 상회와 유착 관계로 이어져 있지 않나?"

"……!!"

"……그럼 자네에게 질문을 하나 하겠네. 대답은 예 아니오로 부탁하지. 지금 내가 말한 안건에 대해 길드는「알고」있었나?"

렘브란트는 만면의 미소를 띠고 자료를 직원에게 돌려줬다. 그리고 바로 전 질문에 당황한 직원을 몰아세우듯이 추가로 질문을 던졌다.

"……아닙니다. 상인 길드는 어디까지나 미스엘 씨와 쿠즈노하 상회의 거래라고 인식하고 있습니다. 이 기록에 남겨져 있듯이…… 에레오르 상회의 관여와 같은 일은…… 전혀 파악한 바가 없습니다. 그리고 저희 길드가 에레오르 상회와 유착 관계라는 사실은 확인할 수가—."

"그렇군. 고맙네."

렘브란트가 직원의 대답을 가로막았다.

그리고 발길을 돌려, 빠른 걸음으로 나가려고 했다.

"저, 죄송합니다만! 어디로?"

처음으로 직원이 스스로 말을 꺼낼 수 있었다.

"자네의 업무는 끝났네. 수고했네."

렘브란트는 고개를 돌렸지만, 직원의 질문에 대답하지는 않았다. 그리고 짧은 말만 남기고 이번에야말로 물러갔다.

"……대체 무슨 일이 벌어진 거야? 아니 잠깐, 일이 이렇게 돌아가는데 에레오르 상회는 괜찮을까? 렘브란트와 에레오르를 비교하면 아예 격이 다르다고. 아무리 받을 걸 받았어도 이 이상 감싸고 돌 수는 없잖아?"

직원은 렘브란트의 모습이 보이지 않을 때까지 기다렸다가, 조용히 중얼거렸다.

그 독백은, 그가 렘브란트의 추측을 긍정하고 있다는 뜻이었다.

에레오르 상회와 상인 길드 간의 유착 관계.

소위 말하는 뇌물 수수—.

아무리 대단한 렘브란트라고 해도, 자신을 대응한 장본인이 바로 그 뇌물을 받은 당사자라는 사실은 알지 못하는 것 같았다. 남성 직원은 그렇게 생각하고 가슴을 쓸어내리려다가 다시 굳었다.

정말로 그럴까? 혹시 전부 파악한 상황에서 저런 발언을 한 게 아닐까……?

직원은 그런 식으로 멋대로 렘브란트의 행동을 추측하면서 몸을 떨었다.

이름이 알려져 있고 힘까지 있는 상인은, 단지 그것만으로도 상대의 착각이나 오판을 불러일으킬 수 있다. 실제로 렘브란트가 어디까지 파악하고 있는지의 여부는 별도로 생각해도 말이다.

직원은 카운터에 놓여있던 종이를 집어 들고, 이번 사건에 대해 메모를 기록했다.

렘브란트가 흥미를 보인 문제의 거래에 대해서, 상인 길드는 기록 이상의 정보는 무엇 하나도 파악하지 않고 있다는 입장을 유지할 것.

그리고 직원은 덧붙였다.

쿠즈노하 상회라는 신입 상인이 창설한 상회는, 렘브란트의 후원을 받는 조직일지도 모른다고.

한편, 렘브란트는 다음 목적지에 도착한 상태였다.

에레오르 상회―.

당연히 방문 약속 같은 걸 잡은 적은 없다.

사업상의 논의가 아니고 평범한 면담이라고는 해도 무례한 행동이었다.

비상식적인 방식이지만, 그 장본인이 렘브란트일 경우엔 이 정도는 문제가 없었다.

문제가 전혀 없었다.

오히려 여기서 렘브란트를 무시하거나 돌려보낼 경우, 불이익을 당하는 쪽은 에레오르 상회였다.

물론 평소의 렘브란트가 모든 일을 이치에 맞게 추진하는 인물이기 때문에 가능한, 비상수단이긴 하다.

"약속도 하지 않으시고 큰 소리로 이름을 내세우시면서 계속 기다리겠다고 말씀하시면 정말 곤란합니다. 접수 직원 아가씨가 거의 울먹거리더군요."

남자가 정말 성가시다는 표정으로 렘브란트에게 말을 걸었다. 그가 바로 에레오르 상회의 대표였다.

"금방 끝나네. 우선, 갑작스런 방문에 대해 사과하지."

"……. 용건은 뭡니까?"

에레오르 상회의 대표는 침착한 분위기로 렘브란트를 상대했다.

하지만 그도 마음속에서는 상당히 긴장하고 있었다.

무리도 아니다.

에레오르 상회는, 현재 기세가 등등한 중견 상회이기는 하다. 주로 토지나 건물을 취급하고 있기 때문에 커다란 금액이 움직이는 거래가 많다.

하지만 아무리 그렇다고 해도, 렘브란트 상회와는 비교조차 할 수 없는 규모다.

숫자를 늘어놓는 게 무의미한 레벨이다.

렘브란트 상회의 입장에서 보자면, 대부분의 중견 상회들이 쿠즈노하 상회와 별 다를 바 없는 존재들이었다.

그런 대규모 상회의 대표가 갑자기 약속도 하지 않고 찾아와서는, 언성을 높이면서 자신과 만나고 싶다고 말했다.

평상심을 유지할 수 있을 리가 없었다.

표면적으로는, 에레오르 상회의 대표는 상인으로서 모범적인 태도로 이 자리에 임하고 있다고 볼 수 있었다.

"조금 지난 얘기긴 하네만, 쿠즈노하 상회라는 새로 출범한 상회에 점포로 쓸 토지를 매각하지 않았나?"

"아닙니다, 저희 상회는 그리한 거래에 연루된 바 없습니다."

에레오르 상회의 대표는 렘브란트가 꺼낸 화제를 듣자마자 즉시 대답했다.

"미스엘이라는 인물이 매각했다고 상인 길드에 기록이 남아있는 안건이네만…… 정말로 기억이 안 나나?"

렘브란트는 괘념치 않고 계속 질문했다.

"……그렇다면 그 미스엘 씨라는 분이 쿠즈노하 상회에 토지를 양도한 거 아닙니까?"

"……."

"……."

잠시 침묵이 흘렀다.

렘브란트가 그 침묵을 깼다.

그는 작은 탄식을 내뱉은 후, 예리한 눈빛으로 상대를 바라봤다.

"미스엘이 너의 비공개적인 거래를 돕고 있다는 사실 따위는, 벌써 오래 전에 파악했다. 녀석이 사용하는 자금을 네가 내고 있다는 사실도 말이지."

"……. 무슨 말씀을 하시는 겁니까? 분명히 미스엘 씨는 많은 토지를 보유하고 있는 지주 분이라서 저희와 친분은 있습니다. 하지만 비공개적인 거래는 뭐고, 제가 자금을 냈다뇨?"

에레오르 상회는 아직 생긴 지 얼마 지나지 않은 업체였다.

대표는 오랫동안 다른 상회에서 근무하다가, 신뢰할 수 있는 동료들과 에레오르 상회를 개업한 것이다.

나이도 이제 겨우 서른 정도인 비교적 젊은 사업가였다.

그도 다른 도시에서 츠이게에 사업상의 기회를 바라보고 찾아온 인물이다. 따라서 그는, 패트릭=렘브란트의 **과거**를 알지 못 했다.

그렇기 때문에 그가 알고 있는 렘브란트는 강력한 세력을 보유하고 있기에 조심해야 하는 존재이기는 했다. 그러나 렘브란트가 자신과 마찬가지, 아니 어쩌면 그 이상으로 악랄한 수단을 통해 사업 규모를 불려온 인물이라는 사실을 상상조차 할 수 없었던 것이다.

그에게 있어서 렘브란트는, 주위의 존경을 받는 도시의 유명인이라는 인상에 가까웠다.

"나는 금방 끝난다고 말했다."

그 유명인이 이빨을 드러냈다.

"예?"

"너 같은 놈과 흥정을 벌이거나 지루한 속임수 따위를 쓸 생각은 없다. 내일 이 도시에 증거가 사방에 굴러다니는 꼴을 보고 싶지 않다면, 이야기를 다음 단계로 진행시키자고."

"……!"

"나는 네가 내연녀를 세 사람이나 두고 있다는 사실은 물론이고, 비밀리에 아인 애호를 하고 있다는 사실도 알고 있다. 물론 미스엘과 손을 잡고 땅 투기와 사기를 저지르고 있다는 사실도 알고 있지."

"무, 무슨 말씀을?!"

"물론 증거도 전부 가지고 있다."

"……!!"

"쿠즈노하 상회에 매긱힌 토지에 수작을 부렸지? 물론 계약서에도."

숨을 삼키는 소리가 들렸다.

"당신…… 어째서?"

어째서, 눈치를 챈 건지 물어보고 싶은 듯한 탄식이, 에레오르 상회 대표의 입에서 새어나왔다.

그리고 또 하나―.

어째서 네가 쿠즈노하 상회를 상대로 한 시답잖은 돈벌이 얘기에 끼어드는 거지?

두 가지 의미가 담긴 말이었다.

"쿠즈노하 상회의 대표인 라이도우 님은 내 지인이다."

"……!"

"그것도, 이 몸을 바쳐서라도 지키고 싶을 정도의 친밀한 사이지. 그와 나의 관계는 머지않아 온 도시에 알려질 테니 숨길 필요도 없어. 내 가족의 생명을 살려준 은인이야."

"그랬군요. 당신 가족이 걸렸던 저주병 사건. 전해지는 말에 따르면 신입 모험자가 대박을 냈다고 소문이 자자하던데……."

"그래. 라이도우 님은 모험자이자 상인이니까."

"그 인연으로 당신이 그 녀석의 뒤를 봐주고 있다 이 말입니까?"

에레오르 상회의 대표가 입술을 깨물었다.

그 표정에는, 스스로의 정보수집능력 부족에 대한 분한 감정과 라이도우에 대한 질투가 나타나 있었다.

밑바닥 생활을 거치지도 않은, 어디선가 갑자기 튀어나온 애송이가 손쉽게 출세하고 있다는 사실에 대한 어두운 시샘이 드러나 있었다.

그 감정은, 쿠즈노하 상회를 봉으로 삼으려 했던 동기와도 직결되는 것이었다.

렘브란트의 후원에 관해선 알지 못했지만, 믿어지지 않을 정도의 젊은 나이로 상회를 일으킨 신입에게 사회와 선배의 입장에서 세례를 선사해주고 싶었다.

그런 심정이 없지 않아 있었던 것이다.

"이제야 알아들은 모양이군. 즉시 그의 토지에 저지른 수작질을 거둬들인 후, 계약서를 일반적인 매매계약서로 고쳐서 곧바로 라이도우 님과 재계약을 하도록."

"녀석은 이 사실을 알고 있습니까?"

"아마 아닐 거야. 그러니까 너는 대충 이유를 갖다 붙여서 계약서를 새로 쓰기만 하면 돼. 그렇게만 한다면 나도 이 이상 뭔가 행동을 일으킬 생각은 없어."

"……저는 터무니없는 보호자를 둔 상대에게 손을 댔다는 겁니까?"

"보호자라."

렘브란트는 그의 말에 담긴 의미를 헤아리고 웃음을 참을 수 없었다.

"제 말이 틀렸나요? 본래 이건 그들의 서투른 조치로 인해 발생하는 손해였습니다. 이 바닥에서 계약을 할 때는 서류를 구석구석까지 자세히 검토하는 게 당연하지 않습니까? 그들이 멍청했을 뿐이에요. 틀림없이 제대로 된 장사 같은 걸 해본 경험이 없을 겁니다. 어떤 싱품을 취급할 생각인지는 모르겠지만, 조만간 추태를 드러내리라는 것은 분명해요. 그런 자들을 이런 방식으로 돕고 계시니 정말 무르시다는 말씀밖에 못 드리겠군요."

렘브란트의 웃음을 비웃음으로 받아들였는지, 에레오르 상회를 통솔하는 남자도 비교적 감정적으로 말을 이어 나갔다.

"아니, 틀린 건 없어. 미안하군. 우리 집사도 너와 똑같은 소리를 하더군. 그래서 조금 웃음이 나와 버렸어. 내 직감에 지나지 않는다고 하니 집사에게 오해를 샀지. 흠, 상관없지. 틀림없이 나는 무른 거겠지만…… 그들에게 무른 건지 너에게도 무른 건지 분간이 안 가는군."

"무슨 말씀이시죠?"

"미스엘과 현장에서 계약을 나눈 상대는 여성이라고 들었다."

"예. 상회의 구성원이라고 하더군요."

"그녀 역시 모험자의 자격을 가지고 있어."

"……그 말씀은, 쿠즈노하 상회가 모험자 출신이 모여서 만든 상회라는 뜻이군요. 그렇다면 더더욱 오래가지 못할 겁니다."

모험자 출신이 상인으로 전직해서 성공하는 이는 많지 않았다.

필요로 하는 능력이 다르기 때문에, 당연하다고 하면 당연한 일이었다.

"그건 지금 그다지 중요한 문제가 아니야. 내가 너에게 말해주고 싶은 건 그녀의 레벨이지."

"황야에 갔다가 돌아와서 200을 초월하는 정도라면 어느 정도 인정할 만하지요……. 레벨이 몇인지 여쭤 봐도 되겠습니까?"

"……황야 출신의 1500이야. 모험자 길드가 함구령을 내린 상태이기는 하지만, 사람의 입에 자물쇠를 달아놓을 수는 없는 노릇이니 금세 소문이 퍼질 거야."

"천……오백? 분명히 드래곤 슬레이어라고 불리는 모험자의 레벨이 920 정도였다고 기억하고 있습니다만."

남자는 자기도 모르게 소파에서 미끄러질 뻔 했다.

네 자릿수의 레벨이란, 그 정도의 임팩트가 있는 숫자였다.

"그래. 그 드래곤 슬레이어를 더욱 능가하는 네 자릿수야. 나도 처음 보는 경우야. 저 정도의 힘을 지닌 이가 어째서 상회의 구성원 따위를 하고 있는지 의문이 끊이질 않는군."

"하지만 아무리 레, 레벨이 높다고 해도 그것과 사업은 문제가 다르지 않습니까?"

"물론이야. 실제로 이렇게 토지 계약이라는 중대사에서 실수를 저질렀지. 하지만…… 만약 네가 계약서에 수작을 부린 사실을 깨달은 그녀가, 참지 못하고 이곳에 찾아와 압도적인 힘을 앞세워 난동이라도 부리면 어떻게 될까?"

"……!!"

"무섭군, 정말로 무서워. 지금 나는 어쩌면 네 목숨을 살려준 거나 다름이 없을지도 모르겠군."

"실없는 말씀은…… 적당히 하시지요. 그런 사태가 벌어지면 영주님도 가만히 안 있을 겁니다."

"가만히 있을 거야."

"어째서?!"

"내가 손을 쓸 기거든. 이 도시의 영주는 너희들이 어떻게 되건 전혀 움직이지 않을 거다. 모든 일이 마무리될 때까지, 절대로 움직이지 않아."

"……아."

렘브란트의 말은 확고한 자신에 입각한 장담이었다.

에레오르 상회의 대표는 렘브란트의 진의를 깨달았다.

그에게 처음부터 선택지는 없었던 것이다.

하지만 그것을 깨달은 상황에서도, 말로 표현하기에는 어느 정도 시간이 필요했다.

좌절은 처음 겪는 게 아니었고, 패배도 처음으로 겪는 건 아니었다.

하지만 그렇다고 해서, 분한 마음이 없는 것은 아니었다.

"……이번엔 렘브란트 님의 충고에, 정말로 깊은 감사를 드립니다. 앞으로, 쿠즈노하 상회와는 건전한 거래 상대이자 선량한 이웃으로서 관계를 유지하겠습니다."

그는 잠시 동안 침묵을 지키다가, 겨우 그 말을 내뱉을 수 있었다.

"훌륭하군."

렘브란트가 그를 칭찬했다.

"……."

"현명한 판단일세, 에레오르 상회 대표님. 그럼, 뒷일을 잘 부탁하네."

"벌써 돌아가실 생각이십니까?"

"그래, 자네 말고도 쿠즈노하 상회에 시비를 거는 멍청이들이 많아서 말이야."

"당신이 스스로 그 모든 상대를 처리하실 겁니까?"

"은인이자 지인이 곤경에 처했으니 당연한 거 아닌가? 그럼 이만 실례하겠네. 아, 그리고 말일세. 자네의 취미나 비공개적인 사업 말이네만, 2년 정도 전부터 이미 파악하고 있었네."

"……?!"

"훗. 그리고 또 하나. 자네의 훌륭한 결단에 보답하는 의미로 가르쳐주지. 자네의 두 번째 내연녀 말이네만, 자네의 아내와 함께 **좋지 않은 일**을 꾸미고 있는 것 같네. 빠른 시일 내에 손을 쓰는 편이 좋을 거야."

씨익. 렘브란트는 미소를 지으면서 그런 말을 남기고 이번에야말로 물러갔다.

"……2년 전이라고? 우리가 지금보다 훨씬 규모가 작았을 때부터 그 정도의 정보를 파악하고 있었다는 건가? 어떻게 그럴 수가?"

그는 도시의 유명인이라는 렘브란트의 인상이 새까맣게 물든 이질적인 존재로 변하는 것을 느끼고 있었다.

남자는 혼자서 조용한 방에 남겨진 채, 천정을 바라보며 중얼거렸다.

"만약 이 일을 모른 채로 녀석에게 이빨을 보였다면…… 눈 깜짝할 사이에 반격을 당해 끝장났을 거야. 저 자식, 겉모습이 다가 아니라는 건 알고 있었지만……. 틀림없어, 손은 새까맣군. 나 같은 녀석보다 훨씬 지독한 수라장을 겪은 놈이야. 저 자신에 가득 찬 표정. 저건…… 예전에 실제로 「똑같은 경험을 겪었기 때문」에 지을 수 있는 표정이야. 영주까지 영향력 하에 두고 있다니……."

◇◆ 그 2 원료 조달 ◆◇

패트릭=렘브란트의 집사인 모리스는, 렘브란트 상회의 정보망에 걸린 정보를 토대로 한 점포를 방문하고 있었다.

그 가게에는 일반적인 고객의 모습은 보이지 않았고, 동업자인 상인들의 모습을 많이 확인할 수 있는 장소였다.

이 가게는 도매상이었다. 미리오노 상회는 상인을 상대로 장사를 하는 가게였다.

많은 상인들이 이곳을 방문하여 담당자와 교섭하는 와중에, 모리스는 대합실에서 기다리고 있었다.

"많이 기다리셨습니다, 모리스 님. 부디 이쪽으로 오시죠."

"갑작스럽게 찾아와 정말 죄송합니다."

"아닙니다. 지금 안내해 드리겠습니다."

모리스는 안내 직원을 따라, 교섭 공간이 아닌 가게 안쪽으로 걸어갔다.

입으로는 갑작스런 방문에 대해 사죄하고 있었지만, 여기서도 렘브란트의 힘이 강한 영향을 끼치고 있었다.

안내 직원도 미소를 지은 채 모리스를 인도하고 있었다.

"정말 잘 와주셨습니다!"

안내 직원이 안쪽 방의 문을 열자, 의자에 걸터앉아 있던 남자가 기세 좋게 일어서서 모리스의 방문을 환영했다.

모리스는 사전 약속도 없이 이곳을 찾아온 셈인데, 그런 것치고는 너무나 과분할 정도의 환대였다.

"오랜만에 뵙겠습니다, 하우 님."

"그 당시엔 정말 큰 신세를 졌습니다. 저는 지금도 그 은혜를 잊지 않고 있습니다."

"이 츠이게에 없어선 안 될 정도의 도매상을 건설하셨으니, 저

같은 하수인에게 머리를 숙이시면 안 됩니다."

"이 모든 것이 렘브란트 상회에서 물심양면으로 지원해주셔서 가능했던 일입니다. 정말 감사를 드릴 수밖에 없지요."

"하우 님의 지금과 같은 겸허한 자세야말로 성공의 진정한 이유일 거라고 생각합니다. 저희 주인에게도 안부를 전해드리겠습니다."

두 사람은 테이블을 사이에 두고 마주 앉아, 잠시 동안 인사치레를 섞어 대화를 나누었다. 인사치레가 끝나자, 잠깐 침묵이 찾아왔다.

모리스가 용건을 꺼내자, 서로의 표정이 진지하게 변하면서 실내의 분위기도 크게 변화했다.

"……그럼, 렘브란트 상회는 쿠즈노하 상회를 전면적으로 지원하시는 거지요?"

"예. 저희 주인님은 이미 마음을 굳히셨습니다."

"……알겠습니다. 현재 어려운 상황이기는 합니다만, 저희들도 가능한 범위 내에서 돕도록 하겠습니다."

"감사합니다. 주인님이 분부한 용건을 무사히 마칠 수 있어, 저도 당장 안심이 되는 군요."

비교적 심각했던 실내의 분위기가 조금 밝아졌다.

하지만 모리스의 입장에서 본론은 아직 남아있었다.

모리스는 이야기를 꺼낼 타이밍을 재면서, 담소를 진행시키며 그때를 기다렸다.

"하지만, 놀랐습니다. 설마 모리스 님의 입에서 쿠즈노하 상회라는 이름이 나올 줄이야."

"……호오, 그건 또 무슨 연유로 그런 거지요?"

모리스는 천천히 서두르지 않고, 가끔 은근한 유도심문을 섞어 가면서 지극히 자연스럽게 그 본론을 이끌어냈다.

"그 상회의 대표는, 저희들 사이에서도 꽤 입담에 오르내리고 있어서요. 방금 협력에 대해서 어려운 상황이라고 말씀드린 것은 실은 바로 그 부분이 원인입니다."

미리오노 상회의 대표인 하우는 모리스의 유도심문을 깨닫지 못하고, 스스로 쿠즈노하 상회에 대해 언급하기 시작했다.

"그를 잘 아신다면 이미 이 안건도 파악하고 계실지도 모르겠습니다만, 최근 츠이게에 황야의 소재나 자재가 대량으로 반입되고 있습니다."

"예, 그런 소문은 익히 들어 알고 있습니다."

주로 황야의 물자를 취급하는 미리오노 상회이기 때문에 직접 관계된 정보였지만, 모리스도 그 사실은 벌써 파악하고 있었다.

"그 원인이 바로 그 남자입니다. 아무래도 황야를 마음껏 드나들 수 있을 정도의 모험자를 종업원으로 두고 있는 듯합니다. 그로 인해 많은 소재가 이 도시에 유입된 거지요."

"좋은 일이 아닙니까?"

"물론입니다. 다만……."

"다만?"

"너무 갑작스럽다는 겁니다. 지금부터 드리는 말씀은 저의 직감에 의한 예측도 포함되긴 합니다만, 아무래도 그냥 지나갈 일이 아닙니다. 일이 그렇게 돌아간다면, 수요가 압도적으로 공급을 능가함으로써 높은 가격을 유지하고 있던 시장이 머지않아 크게 변화될 것이라 예상됩니다. 실제로, 벌써 조금씩 영향이 드러나기 시작하고 있습니다."

하우가 고용인이 가지고 온 차에 입을 댔다.

그는 입술을 적시고, 능숙하게 맞장구를 치는 모리스를 상대로 여러 가지 사정을 마저 밝혔다.

"수요와 공급의 밸런스가 변화하는 것은 이 업계에서는 항상 일어나는 일이지요. 그 사실은 저희들은 물론이거니와 저희와 거래하고 있는 분들도 충분히 알고 있는 일입니다. 하지만 너무 갑작스럽게 진행되면…… 조금, 곤혹스럽기는 하지요."

"당연한 이야기군요. 하지만 저희 주인이라면 그런 상황에서 미래를 예측하는 것이야말로, 상인들이 자랑하면서 갈고 닦아야할 미덕이라고 말씀하실 겁니다."

"지당하신 말씀입니다. 하지만 그 남자, 라이도우는 마치 자연재해와 같이 갑작스럽게 나타났습니다. 예측이 빗나가버린 여러 상인들을 책망하는 것도 좀 불쌍한 얘기지요."

모리스의 눈빛이 날카로워졌다. 그의 얼굴에서 지금까지 짓고 있던 미소가 자취를 감추기 시작했다.

"……하우 님. 그 말씀은 뭔가 손을 쓰셨거나 아니면 손을 쓰려는 단계에 들어가고 있다는 뜻인가요?"

"후자입니다. 현재의 추세로 보자면, 쿠즈노하 상회에 물자를 유통시키지 않는다. 당분간 유통 상의 협력은 하지 않는다. 쿠즈노하를 상대로 거래할 시엔 비싼 값에 매각하는 경우로 한정해야 한다. 대충 이런 식이군요."

"그 방침이, 도매상 분들과 이곳을 이용하고 있는 고객 분들의 의지입니까…… 당분간이라는 건 혹시 언제까지를 뜻하는 건지요?"

"……라이도우가 반입한 소재가 원인이 된 것은 사실이고, 그가 조금 더 시장에 대해 깊이 생각해줬다면 다른 방식을 고려할 수 있었던 것도 사실입니다. 하지만 현재 이 추세도 악의에 따른 행동이 아닐 뿐만 아니라, 황야의 소재가 대량으로 거래된다는 것은 본래 바람직한 일입니다. 따라서 저희들이 재고로 보유하고 있는 소재를 거의 다 팔아치우고 나면, 그와 양호한 관계를 재구축하려고 마음먹고 있었습니다."

―성공이다.

모리스는 그렇게 생각했다.

사실 이 정도의 정보는 모리스도 이미 파악하고 있었다.

렘브란트 상회가 츠이게의 시장 상황에 대해서 모르는 사실은 거의 없다고 볼 수 있다.

하지만 그러한 상황을 가능한 한 알려선 안 되는 상대도 있다.

지금 모리스의 눈앞에서 온갖 사정을 스스로 털어놓고 있는 미리오노 상회와 같이, 렘브란트 상회의 **대외적인 얼굴**만 가지고도 충분히 포섭할 수 있는 상대가 바로 그런 경우였다.

따라서 이쪽에서 여러 가지 사정을 밝히는 것이 아니라, 상대로 하여금 스스로 입을 열게 하는 것이야말로 최고의 수법이었다.

"마음먹고 있었다고 말씀하심은, 그렇다면 그 방침은 이제 무효화된 것이라고 판단해도 되겠습니까?"

"……그렇습니다. 렘브란트 상회가 후원을 하고 계시니, 어차피 이런 수작은 그다지 의미가 없을 겁니다. 가장 중요한 것은, 저희가 은혜를 입은 렘브란트 님께서 신뢰하시는 분이라면 저 역시 양호한 관계를 맺고 싶다는 것이지요."

도매상 몇 군데가 담합을 해서 방해공작을 전개해봤자, 렘브란트가 지원을 표명하게 되면 실질적으로 무의미한 행동으로 전락한다.

하우도 그 사실을 잘 알고 있었다.

과거에 그 스스로가 그런 식으로 은혜를 입은 경험이 있기 때문이다.

당시, 하우는 현재의 라이도우와 다른 형태로 눈에 띄는 활약을 보였다. 그리고 방금 본인이 발언했던 내용의 압박을 받았다.

그리고 렘브란트 상회의 지원을 받아, 그 재능을 꽃피운 덕분에 현재 츠이게에서도 손가락에 꼽히는 소재 상인으로 이름을 날리고 있는 것이다.

"저희 주인님은 마님과 아가씨들의 생명을 구해주신 라이도우 님에게 큰 힘을 쏟고 계십니다. 저희 주인님도 하우 님의 결단에 몹시 기뻐하실 겁니다."

모리스가 다시 미소를 지으면서 감사 인사를 전했다.

"렘브란트 님께서 기뻐하실 일이라면, 무슨 수를 써서라도 성사시켜야 하겠군요. 오늘 뵐 수 있어서 정말 다행이었습니다. 방금 전 말씀드린 안건도, 아직은 궤도를 수정할 수 있는 상황이었으니까요."

하우도 웃는 얼굴로 대답했다.

"그 안건 말입니다만……."

모리스가 하우의 말에 의견을 제시했다.

"무슨 문제라도?"

지금부터 할 말이, 모리스의 본론이었다.

"하우 님께서는, 최근 도매상들의 모임에서 뭔가 좋지 않은 분위기를 느끼신 적이 없으십니까? 저희들이 알고 지내는 상인 중한 사람으로부터 신경 쓰이는 얘기를 들은 지라, 저희 주인이 하우 님을 염려하고 계십니다."

"……확실히, 도매상 중에서도 몇 개 정도 파벌이 생겨나고 있습니다. 하나 같이 독과점을 노리는 패거리라서 정말 불쾌한 족속들이죠. 하지만 지금 단계에서는 손 쓸 방법이 없어서 시간만 보내는 상황입니다. 이런 동향을 파악하다니, 그 상인은 상당히 우수한 인재인 것 같군요."

"예, 제가 뒤를 봐주고 있는 인물이라서…… 언젠가 하우 님과도 만날 자리를 마련하겠습니다."

모리스가 대답했다.

"기대되는군요."

"아, 이야기가 본론에서 벗어났군요. 그래서 저희 주인님이 말씀하시길, 이쯤해서 라이도우 님으로 하여금 한 차례 분발을 부탁드려서 독과점을 노리는 이들의 세력을 약화시켜 보는 건 어떠냐고 하셨습니다."

"……구체적인 방법은?"

하우의 눈빛이 변했다.

모리스는 하우의 변화를 확인하고 나서 이야기를 꺼냈다.

"우선 라이도우 님께 이쪽의 의도를 전함으로써 당분간 소재를 그다지 유통시키지 않는 방향으로 유도합니다. 지금 츠이게에서 황야의 소재를 공급하고 있는 장본인은, 거의 대부분이 쿠즈노하 상회와 관계가 있는 모험자이므로 이 조치를 통해 소재의 가격을 상승시킬 수 있습니다."

"흠."

"그리고, 쿠즈노하 상회가 언제까지 소재의 유통량을 억제할지에 대해 하우 님에게만 말씀드리겠습니다. 이 방법으로 당신은 현재 재고를 보유한 소재들을 가장 비싼 시기에 팔아치우실 수 있습니다."

"……!"

"또한 그 이후에도, 쿠즈노하 상회를 경유해서 렘브란트 상회가 모험자들로부터 일정량의 소재를 구입하여 미리오노 상회에 원가 이하의 가격으로 제공하겠습니다."

"……!! 그 말씀이 정말이십니까?"

하우가 너무나도 파격적으로 유리한 조건에 경악했다.

갑작스런 커다란 기회에 놀라움 감출 수 없었다.

"물론입니다. 유통량의 정보부터 시작해서 소재의 가격 설정에 이르기까지, 어떻게 쓰느냐에 따라 어중간한 파벌이라면 날려버릴 수 있을 정도의 위력을 발휘할 겁니다."

"……충분하고도 남을 겁니다."

"황야의 소재를 전문으로 다루고 있지 않은 저희들의 서투른 작전에 지나지 않으니, 상세한 부분은 미리오노 상회에서 뜻대로 정하셔도 상관없습니다. 가능하다면, 츠이게의 도매상 업계가 미리오노 상회를 중심으로 일치단결하길 희망합니다. 저희 주인님도 그렇게 해야만 이 도시의 추가적인 발전을 기대할 수 있을 것이라고 말씀하셨습니다. 저 또한 주인님과 마찬가지로 생각합니다."

"정말 송구스러운 말씀입니다. 지금이 미리오노 상회의 갈림길이라고 생각하고 명심하겠습니다."

"그럼 건투를 빕니다. 이만 실례하지요."

"렘브란트 님께 안부를 전해 주십시오. 또 무슨 일이 있으시면 언제든지 달려가겠습니다."

"틀림없이 전해드리겠습니다."

쿠즈노하 상회는 츠이게 도매상 업계로부터 위협으로 인식되고 있었다. 라이도우와 친분이 있는 모험자 파티인 토아 일행에 의한 황야 소재의 대량 반입으로 인한 결과였다.

조금만 더 늦었어도, 도매업자들이 결탁해서 그를 응징하기 위해 움직이려던 참이었다.

하지만 렘브란트 상회의 암약으로 그런 담합은 비밀리에 매장되고, 그 영향으로 중견 도매상이 몇 군데 정도 도산했다. 그 대신, 미리오노 상회가 단번에 그 이름을 떨치게 된다.

미리오노 상회가 떨치고 일어선 계기가 쿠즈노하 상회였다는 소문은, 극히 일부의 관계자들 사이에서만 은근히 퍼져나갔다.

◇ ◆ 그 3 종업원 ◆ ◇

렘브란트와 모리스는, 그 이후로도 쿠즈노하 상회와 관련된 많은 장애물들을 사전에 제거했다. 렘브란트는 일련의 작업을 진행하면서, 총 8개의 상회를 도산시켰다.

그리고 10개의 상회가 그의 본색을 알고 한 발 물러섰다.

쿠즈노하 상회에 압력을 행사하려고 했던 상회 중 대부분이, 쿠즈노하 상회의 후원자가 누구인지 알 수밖에 없는 상황에 처했다. 렘브란트는 상황과 상대에 따라 대외적인 모습과 본래의 모습을 구별하면서 움직였다.

그 결과—.

아직 개업하지도 않은 상황에서, 쿠즈노하 상회는 츠이게에서 도저히 건드릴 자가 없는 지위를 구축하고 있었다.

그러나 라이도우의 귀에, 이러한 사실은 전혀 전달되지 않고 있었다.

어쩌면 그는, 앞으로도 계속 이 사실을 알아채지 못 할지도 모른다.

렘브란트가 스스로 말을 꺼내지 않는 이상, 다른 상회들도 섣불리 내뱉을 수 없는 사실이었다.

그들의 입장에서 보자면, 거대한 존재가 쿠즈노하 상회를 후원하고 있다는 사실을 암묵적으로 인정하고 라이도우와 양호한 관계를 구축하는 것 이외의 선택지가 없었기 때문이다.

그것은 그렇다 치고—.

렘브란트와 모리스는 본인들이 경영하는 상회보다 명확하게 긴 시간을 투자하며 쿠즈노하 상회의 장래를 걱정하고 있었다. 대부분의 문제를 해결하고 난 어느 날의 일이다. 렘브란트와 모리스는 테이블을 사이에 두고 마주앉아 골머리를 썩고 있었다.

"……아직 종업원조차 제대로 준비되지 않은 상태였을 줄은 몰랐군."

렘브란트가 이마에 손을 갖다 댄 채 중얼거렸다.

"……모집조차 시작하지 않은 것 같습니다."

"라이도우 님은 전부 자신들만으로 시작할 생각이었던 건가?"

"토모에 님과 미오 님을 데리고 세 사람끼리 시작할 생각이었을지도 모르겠군요."

"우리 직원들 중 우수한 인재를 몇 사람 정도 파견하는 건 어떤가?"

"하지만 지금은…… 인원을 동원하기 어려운 상태입니다. 쿠즈노하 상회의 개업이 조금만 더 나중에 이루어졌다면, 저희 쪽도 인원에 여유가 생겨 직원 파견이 가능했겠습니다만."

모리스가 아쉬운 표정으로 대답했다.

"세 사람이라……. 점포를 운영하는데 있어서 조금 불안한 인원수가 아닌가? 모든 일에 예상치 못한 사태는 따라오는 법이니까 말일세."

"쿠즈노하 상회에 발생한 문제들은 자업자득과 주의력 부족으로 인한 경우가 많았습니다만, 우발적이면서 운이 없어서 발생한 문제들도 많았으니까요. 이 정도로도 괜찮을 거라고 장담할 수 없다는 점에 불안요소가 남는 군요."

"정말이야. 대체 어떤 별의 운명을 타고난 건지…… 그는 정말 여러 가지로 한쪽에 치우친 사내군."

렘브란트는 당장 고민에 시달리면서도, 어딘지 모르게 즐거워 보이는 표정을 짓고 있었다.

그 표정은, 처음에 모리스로부터 쿠즈노하 상회에 문제가 생겼다는 보고를 들었을 때와 같은 표정이었다.

"결국 사업 형태도, 만물상으로 결정하신 모양입니다."

"그래, 우리 상회와 같은 업종이지."

"어째서일까요? 저는 그들과 경쟁 관계가 되리라는 생각이 조금도 들지 않습니다. 저의 위기의식이 부족한 걸까요?"

"아니, 나도 동감이네. 아마도 라이도우 님은 기존의 업체들과 전혀 다른 상회를 만들 것 같군."

"그것 또한 직감……이십니까?"

렘브란트가 모리스의 질문에 고개를 끄덕이면서 대답했다.

"음, 인생을 장사에 바쳤던 내 직감일세."

지금은 가족을 최우선으로 삼는 렘브란트지만, 상인으로서의 직감이 무뎌졌다고 생각하지는 않는다. 가족들이 보는 앞에서, 사용하는 수단을 약간 제한했을 뿐이다.

머릿속에 떠오르는 아이디어나 사업의 추진 방법, 그리고 문제를 대처하는 방법에 있어서도 그는 과거와 마찬가지로 **다양한** 수단을 갖추고 있다. 이번에도 몇 군데의 상회는 렘브란트의 그런 본색을 엿볼 수 있었다.

잠깐 침묵이 흐른 후, 모리스가 렘브란트에게 질문했다.

"주인님께서, 개업한 후에 쿠즈노하 상회가 어떤 과정을 거칠 것으로 예상하고 계신지 여쭤 봐도 되겠습니까?"

"그렇군……. 아마도, 당장 인원 부족을 실감한 후에 머지않아 종업원을 모집할 걸세. 그리고 사람을 부린다는 일이 얼마나 어려운지 학습하면서, 반년 정도는 적자가 계속 나거나 손익이 0인 상황이 계속되겠지. 하지만 비축 자금이 떨어질 때쯤 되면 장사도 자리를 잡고, 그 이후엔 장기적으로 흑자가 날 것으로 예상되는군."

"……그 의미는?"

"반년 이상이나 잠자코 쳐다보고 있을 수가 없다는 거지."

"후, 하하하!!"

"모리스가 웃다니 별 일 다 있군."

"아, 죄송합니다. 기간을 반년이라고 예상하신 이유는 있으신지요?"

"루비 아이의 보수 금액을 고려해 봐도, 지금과 같이 대출을 전혀 받지 않는 경영 체제를 고집할 경우엔 그 정도의 기간밖에 버티지 못 할 것이라고 예상되기 때문이야."

"……그 말씀을 듣고 보니, 쿠즈노하 상회는 아직 어디에도 대출을 받지 않은 상탭니다. 전부 직접 보유한 자금으로 움직이고 있군요."

일반적으로 가게를 새로 내는 상인은, 길드나 원래 근무했던 상회의 주인에게 대출을 받아 개업하는 경우가 많다.

그리고 우선 그 빚을 전부 갚은 후에, 다음으로 일정한 신용을 획득하는 것을 목표로 삼는다.

쿠즈노하 상회는 바로 그 점에 있어서도 이질적인 존재였다.

다른 상회에 소속된 경험도 없었으며, 대표자는 상인 길드의 시험에 갑작스럽게 합격했다. 게다가 점포를 개점하기 위한 자금은 전부 직접 보유한 돈이었다.

그리고 결정적으로, 장사의 기본을 배우기도 전에 가게를 개업하고 있다.

"깨끗한 몸이긴 하지만, 그만큼 다른 업체와의 연계도 없지. 아마도 상인으로서는 마이너스로 작용할 공산이 커."

"주인님께서도 라이도우 님의 그런 점까지 편애하시지는 않는군요."

"그래."

"그렇다면, 되도록이면 빨리 라이도우 님의 밑에서도 제대로 활약할 수 있을 만한 인재의 목록을 작성해 두겠습니다."

"부탁하네."

렘브란트는 라이도우의 곁에 신용할 수 있는 종업원을 붙여주고 싶다는 생각을 하고 있었다.

지금까지의 경험으로 알게 된 라이도우의 은근히 어설픈 구석은, 장사의 세계에서는 상당한 결점으로 작용할 것이다.

그렇기 때문에, 어중간한 인재가 아니라 성실하고 분명한 능력을 지닌 인물을 밑으로 보내서 라이도우 본인의 수행에도 도움이 되도록 해주고 싶었다.

정말 너무 무르다.

막내 아이를 편애하는 부모들이 많다고 하지만, 렘브란트의 입장에서는 라이도우가 가족의 생명을 구해준 은인인 동시에 갑자기 생긴 막내아들처럼 느껴지고 있는 건지도 모른다.

모리스가 물러난 후, 렘브란트는 의자에서 일어서서 창문을 통해 츠이게의 즐비한 거리를 바라봤다.

"처음으로 사업을 시작하기에는, 이 도시는 여러 가지로 어려운 장소지. 약간의 실패가 치명상으로 이어지는 경우도 적지 않아. 그러니, 라이도우 님. 당분간 자네를 지켜보겠네. 충분히 다시 일어설 수 있는 장소에서, 충분히 좌절을 경험하도록 하게. 예를 들면 지금부터 자네가 향할…… 학원 도시 같은 장소에서 말일세."

그 눈빛은 몹시 자상했고, 동시에 무언가를 기대하고 있는 것처럼 보였다.

◇ ◆ 그 4 개업 ◆ ◇

그리고 몇 개월이 지났다.

쿠즈노하 상회는 우여곡절을 거쳐 렘브란트 상회의 점포를 일부 빌리는 형태로 장사를 시작했다.

렘브란트는 복잡한 표정으로 쿠즈노하 상회가 붐비는 모습을 지켜보고 있었다.

"설마 아인을 고용할 줄이야, 전혀 예기치 못한 해결 방법이었군."

카운터에 라이도우의 모습은 없었으며, 그 대신 흑발의 미녀와 땅딸막하고 야무진 인상의 중년 남성이 둘이서 손님들을 상대하고 있었다.

가게 밖까지 행렬이 늘어서 있다.

완전히 렘브란트의 예상을 초월한 광경이었다.

"정말로 경악스러운 것은 아인의 고용이 아니라, 아인이 판매하고 있는데도 불구하고 저 정도로 팔리고 있다는 게 아니겠습니까?"

마찬가지로 그 모습을 바라보고 있던 모리스가 렘브란트의 옆에 대기하고 있다가, 그에게 자신의 의견을 제시했다.

"그것도 그렇지. 설마 갑자기 큰 흑자를 낼 줄은 몰랐어."

"라이도우 님께서는 아인들과의 친분이 상당히 두터우신 것 같습니다……. 예상치 못한 비장의 수를 숨겨놓고 계셨군요."

"평범하게 생각하면, 아인을 고용하는 건 마이너스 요인으로밖에 작용하지 않을 걸세. 가축이 종업원으로 일하고 있는 셈이니, 올 손님도 떠나갈 일이야. 하지만 저 사내는 드워프야. 생각해 보니 그렇군. 우수한 병장기를 제작하는 것으로 널리 알려진 그들이라면, 마이너스는커녕 일류의 간판 노릇을 할 수도 있겠어."

"하지만 그 영향으로 모험자들이 몰려드는 건 이해가 안 가진 않습니다만, 일반 시민들까지 찾아오는 이유는 뭘까요?"

"과일일세."

렘브란트는 주저하지 않고 핵심을 찔렀다.

"과일이요?"

"그래, 그들의 진정한 비장의 수는 바로 저 과일이라고 할 수 있어."

"여성 고객을 붙잡으려면 달콤한 미끼가 필요하다는 말씀이시군요."

"그 이외에도 지금 유행하는 신기루 도시의 물품도 진열되어 있

군. 과일 이외에도 종류가 많은 모양이야."

"신기루 도시……. 황야를 떠돌다가 어느샌가 헤매게 된다는 그 장소를 말씀하시는 겁니까?"

그의 말투로 판단하건데, 모리스는 그 소문을 그다지 믿지 않는 것처럼 보인다.

모리스는 최근에 신기루 도시에 대한 소문을 자주 듣고 있었다. 지금 쿠즈노하 상회에 진열된 과일들처럼, 실제로 갔다 왔다는 이가 가지고 돌아온 물품도 틀림없이 존재는 하고 있다.

하지만 소문 자체가 너무 황당무계해서, 모리스는 아직도 그 진위 여부를 의심하고 있었다.

"아무래도 라이도우 님은 그 도시에 가는 방법이나 연락을 주고받을 수 있는 수단을 알고 있는 것으로 보이는군. 모험자들에게서 사들인 양만으로 저런 물품을 지속적으로 팔 수 있을 리가 없어. 미리오노 상회가 아직 시범 단계인 판매품으로 폭리에 가까운 가격에 유통시키고 있는 품종도 있네. 저 부근은 되팔이들의 먹이가 될 것 같군."

"나중에 하우 님에게도 정보를 전달해두겠습니다."

"그렇게 하게."

"그건 그렇고…… 주인님의 예상이 이렇게 화려하게 빗나가는 모습은 오랜만에 보는군요."

"최근 들어, 라이도우 님에 관해 예상한다는 건 너무나 쓸데없는 짓일지도 모른다는 생각이 들고 있네. 설마 본인밖에 유통시킬 수 없는 품목을 벌써 확보하고 있었을 줄이야."

'그리고…… 저렇게 처음에는 과일이나 진기한 품목에 관심이 생겨 모인 여자들이, 동시에 진열되어 있는 상비약 종류에 머지않아 손을 대겠지. 그리고 병장기를 구입하기 위해 모여든 모험자들이, 상처나 독을 치유하는 약을 시험해볼 거야. 당장 나도 실제로 사용해보고 효과를 확인했지만, 명백히 마법약에 필적하는 효능에다가 저렴하기까지 해. 만물상이라고 하면서도, 약을 주로 취급하고 싶다는 의사를 표명했던 라이도우 님의 희망사항도 동시에 이루어지고 있는 거지. 쿠즈노하 상회의 평판은, 언젠가 이 츠이게에 수많은 인파를 불러들일 정도로 유명해질 거야. 이 모든 것을 계산했다면 정말 대단한 남자겠지만, 만약 아무 것도 계산하지 않았는데도 일이 이렇게 돌아가고 있다면 그건 그것 나름대로 정말 대단한 일이군. 쿠즈노하 상회와 이 츠이게의 발전이, 앞으로 정말 기대되는군.'

"주인님?"

모리스가 눈을 감고 입을 다물고 있는 주인의 반응을 보고, 걱정스럽게 얼굴을 들여다봤다.

"아니, 앞으로 바빠질 거라는 생각이 들어서 말이야. 아무래도 쿠즈노하 상회는 이 츠이게라는 도시에 터무니없는 극약 처방이 될 것 같아. 그들과 양호한 관계를 유지한 채, 이 도시를 보다 풍족하게 만들어 나가는 것이야말로 나의 역할이라고 다시 확인했을 뿐이네. 아마 자네도 꽤 고생스러울 거야."

"어디까지나 함께 하겠습니다. 저도 저런 광경을 보고 있으려니, 왠지 몸에 활기가 들어차는 듯하여…… 기분이 나쁘지 않군요."

　"쿠즈노하의 기세를 이대로 계속 유지하세나. 이렇게 된 마당에, 내가 할 수 있는 일은 남김없이 해볼 걸세."

　"……뜻을 따르겠습니다."

　패트릭=렘브란트는 학원 도시 롯츠갈드로 떠난 라이도우가, 스스로도 의도하지 않은 선물이 츠이게에 큰 변화를 가져올 거라고 생각했다.

　그의 직감은, 그럭저럭 들어맞는 편이다.

달이 이끄는 이세계 여행 3

1판 1쇄 발행 2018년 2월 10일
1판 5쇄 발행 2022년 4월 8일

지은이_ Kei Azumi
일러스트_ Mitsuaki Matsumoto
옮긴이_ 정금택

발행인_ 신현호
편집장_ 김승신
편집진행_ 권세라 · 최혁수 · 김경민 · 최정민
편집디자인_ 양우연
관리 · 영업_ 김민원

펴낸곳_ (주)디앤씨미디어
등록_ 2002년 4월 25일 제20-260호
주소_ 서울시 구로구 디지털로 26길 111 JnK디지털타워 503호
전화_ 02-333-2513(대표)
팩시밀리_ 02-333-2514
이메일_ lnovellove@naver.com
L노벨 공식 카페_ http://cafe.naver.com/lnovel11

TSUKI GA MICHIBIKU ISEKAI DOUCHU 3
Copyright ⓒ Kei Azumi 2014
Cover & Inside illustration Mitsuaki Matsumoto 2014
Cover & Inside Original design ansyyqdesign 2014
Korean translation rights arranged with AlphaPolis Co., Ltd.
through Japan UNI Agency, Inc., Tokyo and Korea Copyright Center,Inc.,Seoul

ISBN 979-11-278-4384-7 04830
ISBN 979-11-278-4112-6 (세트)

값 9,000원

*잘못된 책은 구매처에 문의하십시오.

검사를 목표로 입학했는데
마법 적성 9999라고요?! 1권

넨쥬무기챠타로 지음 | 리이츄 일러스트 | 김보미 옮김

「하지만 전 전사학과에서 검객이 되고 싶어요!」
일류 검사를 꿈꾸는 소녀 로라는 불과 아홉 살에 모험가 학교에 합격.
「검사 친구가 많이 생겼으면 좋겠다」는 기대에 부푼다.
그리고 다가온 입학식 날. 로라는 검 적성치 측정에서 경이로운 107점을 기록.
보통의 학생은 50·60이기에 로라는 틀림없이 검 천재다.
그런데 하는 김에 마법 적성치도 측정한 결과…… 무려 『전 속성 9999』!!
전대미문의 압도적 수치에 학교 전체가 들썩. 마법학과로 즉시 전과 결정♪
검객이 되고 싶은 바람과는 반대로 로라는 천재 마법사로 쑥쑥 커가고
순식간에 마법학과의 어느 선생님보다도 강해지는데…….
인기 폭발 학원 판타지!!

©Sui Tomoto/『理想郷』,Project/OVERLAP
Illustration Tetsu Kurosawa

세이버즈=가든

토모토 스이 지음 | 우미시마 센본 캐릭터 원안 | 쿠로사와 테츠 일러스트 | 요시무라 마사토 콘셉트 디자인 | 송재희 옮김

검도에 열심인 소년 텐조 키즈나는 어느 날 사범인 조부에게서
선조 대대로 물려 내려왔다는 검 모양의 액세서리를 받는다.
그로부터 며칠 뒤, 머릿속에 자신의 이름을 부르는 목소리가 들리고—.
목소리에 이끌려 도장 뒤편의 거목을 만진 순간,
액세서리가 진동하더니 키즈나의 시야는 화이트아웃.
정신이 들자 그곳은 낯선 이세계의 대지였고,
갑자기 현대에는 존재하지 않을 터인 『마물』에게 습격당한다.
"어째서 그 검을 안 쓰는 거야?"
아무것도 모르는 키즈나를 도운 것은 에바라는 수수께끼의 소녀인데—?!
『아르카디아=가든』으로 이어지는《대지와 정령의 이야기》시동!!

NOVEL

© Taro Hitsuji, Kurone Mishima 2017
KADOKAWA CORPORATION

변변찮은 마술강사와 금기교전 1~9권

히츠지 타로 지음 | 미시마 쿠로네 일러스트 | 최승원 옮김

알자노 제국 마술 학원의 계약직 강사인 글렌 레이더스는 수업 중
자습 → 취침 상습범.
그러다 웬일로 교단에 서나 싶으면 칠판에 교과서를 못으로 고정해놓는 등,
그야말로 학생들도 기가 막혀 하는 변변찮은 강사다.
결국 그런 글렌에게 진심으로 화가 난 학생,
「교사 킬러」로 악명이 자자한 시스티나 피벨이 결투를 신청하지만—
이 해프닝은 글렌이 허무하게 패배하는 안타까운 결말로 막을 내린다.
하지만 학원에 닥친 미증유의 테러 사건에 학생들이 휘말리자,
"내 학생에게 손대지 마!"
비로소 글렌의 본성이 발휘된다!

TV애니메이션 방영 화제작!!

©Tatematsuri/OVERLAP
Illustration Ruria Miyuki

신화 전설이 된 영웅의 이세계담 1~4권

타테마츠리 지음 | 미유키 루리아 일러스트 | 송재희 옮김

오구로 히로는 일찍이 알레테이아라는 이세계로 소환되어
《군신》으로서 동료와 함께 나라를 구하고,
주변 나라들을 정복하여 거대한 제국을 건설했다.
그 후, 히로는 모든 것을 버리기로 각오하고
기억을 잃는 대가로 원래 세계로 귀환한다.
그 후, 매일 행복한 날을 보내던 히로는
무슨 운명인지 또다시 이세계로 소환되고 만다.
그곳은 바로— 1000년 후의 알레테이아?!

자신이 이룩한 영광이 『신화』가 된 세계에서
『쌍흑의 영웅왕』이라 불렸던 소년의 새로운 『신화전설』이 막을 올린다!

라이트노벨의 새로운 빛! L노벨의 신간은 매월 10일에 발매됩니다. http://cafe.naver.com/lnovel11

© Hiroaki Nagashima/AlphaPolis Co., Ltd
Illustration Kisuke Ichimaru

잘 가거라 용생, 어서 와라 인생 1~3권

나가시마 히로아키 지음 | 이치마루 키스케 일러스트 | 정금택 옮김

밭일에 힘쓰고 음식을 얻기 위해 동물을 사냥한다.
검소하지만 따뜻한 변경의 생활에 청년 드란은 「삶」의 기쁨을 맛보고 있었다.

그러던 어느 날,
부근의 숲에서 마을을 괴멸시킬지도 모르는 위협과 직면하게 된다.

반인반사(半人半蛇)의 미소녀 라미아, 경국의 미인 검사와 협력!
우리 마을을 지키기 위해, 청년 드란은 용종(竜種)의 마력을 해방시킨다!

**삶에 지친 최강최고(最強最古)의 용이,
변경의 청년으로서 「인생」을 산다!**

라이트노벨의 새로운 빛! L노벨의 신간은 매월 10일에 발매됩니다. http://cafe.naver.com/lnovel11